科伦·麦凯恩 作品系列

隧道尽头的光明

〔爱尔兰〕科伦·麦凯恩 著
虞钧栋 译

This Side of
Brightness
Colum McCann

人民文学出版社
PEOPLE'S LITERATURE PUBLISHING HOUSE

著作权合同登记号　图字 01-2017-5666

THIS SIDE OF BRIGHTNESS
Copyright © 1998, Colum McCann
All rights reserved

图书在版编目(CIP)数据

隧道尽头的光明/(爱尔兰)科伦·麦凯恩著;虞钧栋译.—北京:人民文学出版社，2017
(科伦·麦凯恩作品系列)
ISBN 978-7-02-013222-5

Ⅰ.①隧⋯　Ⅱ.①科⋯②虞⋯　Ⅲ.①长篇小说-爱尔兰-现代　Ⅳ.①I562.45

中国版本图书馆 CIP 数据核字(2017)第 203777 号

责任编辑　甘　慧　潘爱娟　邰莉莉
装帧设计　李　佳

出版发行　人民文学出版社
社　　址　北京市朝内大街 166 号
邮　　编　100705
网　　址　http://www.rw-cn.com

印　　刷　上海盛通时代印刷有限公司
经　　销　全国新华书店等

字　　数　200 千字
开　　本　890 毫米×1240 毫米　1/32
印　　张　9
插　　页　2
版　　次　2018 年 1 月北京第 1 版
印　　次　2018 年 1 月第 1 次印刷

书　　号　978-7-02-013222-5
定　　价　42.00 元

如有印装质量问题，请与本社图书销售中心调换。电话:010-65233595

目录

第一章　一九九一年　001
第二章　一九一六年　003
第三章　第一场雪　026
第四章　一九一六年至一九三二年　039
第五章　时间过得真慢　061
第六章　一九三二年至一九四五年　083
第七章　我们都来过这里　106
第八章　一九五〇年至一九五五年　123
第九章　下来回到你属于的地方　141
第十章　一九五五年至一九六四年　158
第十一章　上帝觉得应该这样　177
第十二章　被阳光劈开　199
第十三章　钢筋会在那里碰撞天空　219
第十四章　既然我们都很幸福　245
第十五章　我们的重生跟以前的不一样　269

我们在下雪之前开始死亡,并且像雪花一样,继续下落。真令人惊讶,我们还剩下这么多人要去死。

——路易丝·厄德里克《轨迹》

第一章　一九九一年

初雪前的那个晚上，他看见结冰的哈德逊河里有一只大鸟。他知道那应该是一只白鹅或者白鹭，但他却认定那是一只白鹤。它的脖子夹在翅根下面，脑袋浸在河水里。他低头注视着水面，想象那仅供观赏的古老鸟喙会是什么样子。大鸟的腿是伸开的，一只翅膀舒展开来，似乎想穿过冰面飞起来。

有一条小路直通河滨，树蛙在路边找到几块砖头，然后高高举起，朝大鸟的方向扔过去。第一块砖头在冰面上弹起，又滑行了一段距离，不过好在第二块打破了冰面，让白鹤稍稍移动了一小下。它的翅膀微微跳动，脖子也动了一下，划出一道僵硬但又美妙的弧线。它的脑袋从水下冒了上来，颜色发灰，有些浮肿。树蛙又恶狠狠地朝那边扔了很多块砖头，如同疾风骤雨一般，直到大鸟脱离冰面才收手，最后它随着河水在冰上四处漂荡。

树蛙把太阳眼镜推到前额上，看着大鸟漂走。他知道那只鸟可能会深深沉入哈德逊河，或者又一次被冻住。尽管如此，树蛙还是转身走开了。他穿过一个无人的公园，有时候对着垃圾踢上几脚，有时候摸一摸沙果树上结冰的树枝，最后来到隧道的入口，把两件外套都脱掉。他从铁门的夹缝里挤了进去，一路向前爬。

隧道又高又宽，里面很暗，听不到任何声音，一切都熟门熟路。树蛙沿着铁轨往前走，在一根巨大的水泥柱前停了下来。只见他双手扶着柱子，定了定睛，然后抓住把手，以一种惊人的力量把自己拉了上去。

接着，他就沿着横梁一直走，平衡保持得相当好。到另一处窄梁后，他再次像火车变轨一样向上一跃。

树蛙在隧道高处有个小窝，里面黑漆漆的，他在那里用树枝和报纸生了堆火。现在是深夜了。一列火车从远处开过，发出轰隆隆的声音。

本来在床边的桌子上还积了几团老鼠屎，他在开抽屉之前把它们都扫掉了。树蛙从抽屉很里面的地方拿出一个不大的紫色珠宝袋，解开黄色的系绳。他用戴着手套的手攥着口琴，然后放在火上暖了暖。接着，他把口琴放到嘴边试了试温度，便在隧道空气的包围下吹了起来。霍纳牌口琴沿着他的嘴唇滑动。树蛙的舌头对着簧片微微颤动，脖子上的肌腱发亮。他感觉音乐正把他呼进吐出，穿过自己的身体强调它的存在。他女儿的影像闪过——她就在那里聆听，她就是他音乐的一部分，她坐在地上，双膝贴着胸口，像孩子般摇晃身体，陶醉其中——这一切又让他想到河里结冰的白鹤。

树蛙的小窝里瘴气弥漫，漆黑一片。他坐在那儿吹着口琴，振动空气，把原本属于隧道的音乐还给隧道。

第二章 一九一六年

天一亮他们就到了，头上的帽子高高低低，排出特别的形状。一片黑压压的身影悄无声息地移动着，朝码头方向前进。

一开始的时候，他们三三两两地站在布鲁克林区的街道上——有人坐电车来，有人坐渡船来，有人坐高架列车来——现在都开始集中起来。这些男人都很卖力，一个劲儿地抽着烟，走路的时候顺便把前一天留在靴子上的泥巴跺下来。雪地上留下一串烂泥组成的足迹。他们重重地踩下去，原来结冰的小水塘都裂开了。一股寒意趁人不备，偷偷摸摸地渗进他们的身体。有人留着浓须，在嘴唇上晃动的样子就像草原上的长草。还有一些人很年轻，未曾受过剃刀的修饰。他们的工作有一种重力作用，使得每个人的脸都凹陷进去；他们抽烟抽得很凶，因为他们知道自己几个小时后可能就会死掉。即使现在蜷着身子躲在外套里，他们也还能闻到昨晚留在自己身上的气味——要么喝醉了，要么一直在做爱，要么一下子把两件事都干了。待会儿他们会对这些喝酒做爱的故事哄笑一番，但是现在他们都保持沉默。实在是太冷了，除了走路和抽烟，其他什么都干不了。他们朝着伊斯特河①一路走，在隧道入口集中，同时还要在鹅卵石上跺跺脚，好让自己暖和一点。

他们脚边的雪已经一片泥泞了。

当哨声响起，叫隧道工们开工的时候，他们会抽上最后一口烟。发

---

① 纽约市内分隔曼哈顿岛和长岛的河流。

红的烟蒂还在燃烧，被一个个扔在地上的时候，就好像成群的萤火虫归巢一样。

内森·沃克站在队伍的中间，看着上晚班的人从隧道里出来。他们都累坏了，从头到脚都是脏兮兮的。沃克意识到，他现在看到的就是自己的未来，因此他也没有看得太认真。但是有的时候，他会伸出手，拍拍某人的肩膀。那个筋疲力尽的家伙会抬起头，再点点头，踉跄着往前走。

沃克一直忍着不打喷嚏。他知道感冒就意味着失去一天的薪水——水下的空气压力很大，他的鼻子或者耳朵可能会流血。如果有人报告说他感冒了，工头就会把他从人堆里拽出来。因此，沃克要流鼻涕或者吐痰的时候都会朝里吸，全都吸到胃里去。他从口袋里取出一块石头，这是他的护身符。石头在手指间滚来滚去，这个能带来幸运的小玩意摸起来冰冷冰冷的。

沃克对自己的搭档康·奥列里耳语了几句。

"怎么了，伙计？"

"整个把我喝挂了。脑袋疼，难受得要死。"

"我也是。"

"老天爷啊，还怪冷的。"奥列里说。

"可不是嘛。"

"头抬起来，小子，咱们走。"

工头朝那两个隧道工点了点头，他们来到隧井升降机口，加入人群当中。他们站在那儿，彼此挨得很近，一点一点地往前走。沃克听见压缩机的哀鸣声从地下传来。这刺耳的声音很响，而且时间很长，但用不了一会儿，他的耳朵就听不到这声音了——河流是一个声音抓取器，它会将声音收进来，然后一口吞下。沃克理了理帽子，朝远处看了最后一眼。河对面的海关大楼有三道拱门，早晨的时候看上去是灰色的；港口工人在码头上十分忙碌；几艘货船正在穿越巨大的浮冰阵；河面上还有艘渡船，一个身穿亮红外套的年轻女人站在甲板上，来来回回地挥着她的胳膊。沃克认得出她就是毛拉·奥列里，就在他从视野里消失之前，她的丈夫康·奥列里摸了摸自己的帽子，做了个不屑或者厌烦的手势，但事实上，这个手势里面充满了爱。

看着他们，沃克咧嘴笑了起来。接着，他便低下头，开始朝河底下降，又一天的挖掘工作开始了。这个早晨实在是太冷了，他甚至觉得自己的心脏已经结冰，被冻在自己的胸膛上。

气密过渡舱①的门紧闭着，空气进来的时候在隧道工的身边嘶嘶作响。

沃克把外套最上面的一颗扣子解开了。现在是在温暖的高压空气里，他感觉自己的脚趾很放松。一滴汗珠积在他的眉毛上，沃克用拇指抹了一下，把它甩掉。在他身旁的是奥列里，只见他萎靡不振地靠着墙，大口喘着粗气。过了一会儿，西恩·鲍尔和大黄范努奇也来了。随着气压升高，空气变得有些燥热，就好像这股热浪铁了心要陪他们在地下度过冬季。四个人捏住鼻子，直到耳膜鼓胀。

几分钟后，鲍尔蹲下身子，从粗布工装裤里拿出一副扑克牌。几个人在口袋里找出些硬币，一起打猪牌。这时候，他们身上的气压已经有每平方英寸三十二磅。沃克赢了第一局，鲍尔拍了拍这个黑人小伙子的

---

① 通常设于两个大气压力不等的地方之间，比如矿井、隧道等。

肩膀。

"嗨，瞧你，黑桃王啊！"

沃克没有生气，他知道在河底自有民主。在黑暗之中，每个人身上流淌的血都是同一种颜色的——南欧毛子、黑鬼、波兰佬和爱尔兰鬼佬都差不多——所以沃克也就笑笑，然后把赢的钱放到口袋里，开始第二局。

从气密过渡舱出来，隧道工们进隧道的时候仍旧戴着帽子，这时身边充满了压缩空气。他们总共有一百来号人，全都在泥地里走，泥水溅得到处都是。这里很热，他们都把帽子和外套脱了。这些人里有送水工和电焊工，木匠和泥水匠，起重机操作工和电工。有的人身上有文身，还有些人肚子大得晃来晃去的，有几个人看上去很消瘦，不过大多数都是肌肉发达的那种。在这之前，他们差不多每个人都当过矿工——在科罗拉多、宾夕法尼亚、新泽西、波兰、德国、英格兰——留在身体里的黑肺可以证明这一点。如果他们能把手伸到自己的喉咙里，那肯定能用凿子把肺里的疫病凿掉，指尖还会把焦油和其他的脏东西带出来。他们可以拿着一张染成烟灰色的纸巾说：看看隧道在我身上留下了什么。

虽然隧道里经常会死人，但是隧道工们认可这么一条规则：除非干不动了，否则就得一直干；只要你在干，你就活着。

裸露的电灯泡时明时暗，光线不太稳定。这些男人在其中穿行，在墙上投下波状影子。墙上的影子渐渐消融，来回闪躲，彼此相连，时而拉长，时而缩短。隧道中间有一条很窄的铁轨，以后会用来运设备和渣土。这些男人沿着轨道一路走，然后在不同的地方离开大部队。有人把金属饭盒扔在地上,有人从口袋里掏出念珠。能开工干活让他们特别兴奋,借着这股暂时的兴奋劲儿,他们都把衬衫脱了。看这里,一捏拳头,手臂上的肌肉就显现了出来;瞧那边,两个肩膀朝后一拉,健硕的胸膛就露了出来;听后面,有拳头撞击手掌的砰砰声。

但那四个装运碎石的工人——沃克、奥列里、范努奇和鲍尔——没有停下来说话。他们必须走完整个隧道,头上有铸铁的环形圈,一路上还会看到各种机器、台钳和螺栓,还有巨型扳手和成堆的波特兰水泥。沃克走在前面,想法儿在一根铁轨上保持平衡,而其他三个则小心翼翼地踩在枕木上,他们的铁锹在大腿边上晃来晃去。沃克把自己的名字刻在铁锹的柄上,奥列里的那把铁锹头上有点弯,鲍尔在手握的地方包了毛巾,范努奇的那把铁锹之前有点裂开,现在套了一个金属的套管。他们继续向前,直插黑暗腹地。

"今儿比婊子的厨房还热。"鲍尔说。

"可不是嘛。"

"你在婊子的厨房待过?"

"只是去吃早餐的,"沃克说,"粗燕麦和双面煎的鸡蛋。"

"说真的!听那年轻人说!"

"还有一点油炸培根。"

"喔,我喜欢。"

"后腿培根,还有一点皮。"

"这么说才对嘛!"

走到隧道入口的地方就能看到大头盾构,这是巨大的金属块,靠着液压千斤顶在河里推进。它是最后一道安全防线,如果发生事故,盾构就会像圆筒上的盖子一样挡住泥浆。但是,这四个人还得往更深的地方走。他们每个人都深深地吸了口气,然后俯下身子,走进盾构里的那扇门。这就好像你到了世界的尽头,走进那里的一间小房间:七十五平方英尺。黑暗、潮湿、充满危险。在这里,长长的木头挡板和巨大的金属起重机用来挡住河床。在他们头顶上方,有一层钢铁的天花板从两边伸出,这样一来,滚落的石块或者泥石流都伤不到他们。他们眼前就是一个灯泡,外面还缠着电线。在灯光下,他们能看到几个小土堆和脏水坑。由于电流不太稳定,灯泡时明时暗,就像脉搏跳动一样。这个小房间的地上全是水,内森·沃克和康·奥列里边趟水边伸手去摸木头挡板,想讨个吉利。

"摸木头,蓝调小子。"

"我在摸。"奥列里说。

"真该死,连木板都搞得变热了。"

一天过完,挡板后面的垃圾都会被弄走,先是装上小车,沿着细铁轨拉出去,然后装上马车。几匹马会喘着粗气,把垃圾运到布鲁克林区的一个垃圾场。垃圾运走之后,大头盾构会再向前推进。他们几个人都在暗暗地跟自己较劲,想在河床里钻得更深些,如果运气好,他们甚至可能推进十二英尺。几个人搭了一个平台,好让自己站在上面。沃克松开一部起重机,范努奇取下两块挡板,这样就能有个窗口让他们铲土。鲍尔和奥列里朝后退,准备把泥土装上车。一天里,四个人会不停地交换位置,铲土装车,装车铲土;把铁锹用力插进土里,让金属锹头深深埋进去。

不久之后,内森·沃克会坐在医务室里,一边发抖一边对他的朋友们说:"要是他们那几个家伙知道怎么用英语说话就好了,倒霉事就不会发生,根本不会发生,一点事儿也没有。"

虽然只有十九岁,但他是几个人中最好的。尽管这活儿实在是让人难以忍受,但第一个开挖和最后一个完工的永远是沃克。

他的个子很高,而且肌肉发达,只要做一个下铲的动作,手臂上的肌肉就会凸出来,皮肤都被汗水湿透了。其他几个河工都很羡慕他流畅的动作,铁锹似乎融入了他的躯体,他挖土的时候平静而熟练,锹头在空中反复划出弧线,一次,两次,三次,铲下去,拉出来。他站在平台上,两脚分得很开,身穿整套蓝色工作服,膝盖的地方还有破洞,红色帽子斜扣在头上,帽檐上还穿了一根线,方便系在下巴上。每隔十秒钟,湿乎乎的烂泥就会从齐腰高的两块挡板间涌出。铲土的时候,沃克发现了几个贝壳,他还用手指把它们刮干净。其实他希望能弄到些骨头、箭头或者石化的木头,但是从来没有实现。他偶尔也会幻想,那下面是不是有植物在生长,比如黄色的茉莉花、木兰或者越橘丛。奥克弗诺基大沼泽[①]仿佛在眼前,棕黑色的水流涌进他家乡的萨旺尼河。

这个铲土的活儿,沃克已经干了两年了。他是从佐治亚州搭火车到这里来的,那时候尖锐刺耳的汽笛声就在他耳边。

尽管金属盾构在他的头顶上伸展开来,但是他大部分的活儿是要越过盾构完成的,在那儿就没有任何保护了。他们几个人都没有戴安全帽,只有他们自己和河里的泥土了。

沃克脱掉衬衫,光着膀子开始铲土。

[①] 奥克弗诺基大沼泽:位于美国佐治亚州和佛罗里达州交界处,是世界上最大的泥炭沼泽之一。

只有接触到河泥的时候,他的皮肤才觉得凉快。有时候他会把泥巴涂在身上,盖住黑黝黝的胸膛和肋部。这样摸起来感觉很好,可要不了一会儿,他就从头到脚都很脏了。

他知道,随时可能来一股泥石流,把他们冲回去。他们可能淹没在伊斯特河里,还有奇石怪鱼顺着喉咙一起下肚。水流可能会把他们钉在大头盾构上,这时候警报会响——那是一种金属发出的嗒嗒声,令人非常不安——隧道后部的人会拼命爬到安全区域。要么就是隧道漏气之后,他们被吸到墙上,然后在空中嗖嗖地飞来飞去,最后撞在木头挡板上,把脊椎摔得粉碎。要么就是铁锹从手里滑脱,把前额划开。要么就是着火,火舌舔遍整条隧道。要么就是减压病——可怕的减压病——它会将氮气气泡飞快地送到膝盖、肩膀或者大脑的位置。沃克曾经见过有人在隧道里晕倒,这些人死命地抓着自己的关节,浑身都是一条一条的印迹,会感到突然的剧痛——这就是隧道工特有的病,所有人都无能为力,染上这种病的人会被送回气密过渡舱,然后他们的身体会逐渐减压,这个过程要多慢有多慢。

但是这些事情都吓不倒沃克——在昏黄的灯光下,他充满活力,使出全部力气铲掉隧道里的淤土。

装运碎石的工人有一种特殊的语言——液压千斤顶、沟渠千斤顶、细刨花、车轮异常摆动、锥形环、装配防护——但要不了多久,他们的语言都几乎归于沉默。在高压空气里,每一个字都是很宝贵的。一句"真该死!"就会让眉头冒出一茬汗。除了安静,就是铁锹的声音,这样会很省力——只有沃克偶尔会用他自己的福音歌曲打破这一切。

主啊,我不曾见过日落

自从我下落到此。

不，我不曾见过如日落一般的东西

自从我下落至此。

他唱的时候，鲍尔和范努奇会和着节奏下铲挖土。

地上有一根管子，会把他们脚边的水抽走。他们叫它厕所，有时候他们会对着管子小便，这样周围就不会很臭。没有什么事能比在高温里撒尿更糟了。他们的肠子要屏住，这样就不用大便了。还有一点，在这种两倍正常气压的情况下，大便真不是件容易事。过一会儿，他们会到猪舍里洗热水淋浴。而在这之前，大便全都待在肠子里。洗澡的时候，大便往往会在人不注意的时候跑出来。碰到这种情况，这帮人会隔着潮湿的热气喊话："谁吃了烤豆子？"

干了两个小时，隧道比原来深了三英尺。挖出来的土已经装了一车又一车，运土的小车在铁路上不断转轨，规律无比。

范努奇一边看着沃克，一边向他学。这个意大利人身体纤细，手臂上青筋暴起，纵横交错。因此，大家都叫他大黄。他一开始是个安炸药的，每次都是点火爆破，然后自己伸直身体穿过隧道口——但是爆破工作早先已经完成了，现在就只剩下垃圾需要清理。大黄很想用炸药来处理垃圾，虽然没法炸光。尽管这样，他还是会包一个雷管放在口袋里，就像是他的护身符一样。他跟别人说话的时候基本不说英语，所以每当他在干活时候说英语，他们几个都觉得很了不起。大黄又铲起满满一锹垃圾，这时候沃克在他身边小声说着什么。

一次，两次，三次，铲下去，拉出来。

康·奥列里边喘着粗气边俯下身子干活。西恩·鲍尔站在他左边，舔舐着手掌上的血迹,刚才挡板上的快口把他的手划破了。

几个男人敲打着河底,他们很快乐。

过不了多久,装配小组会过来,在这里装上一圈钢筋——小型起重机马力十足的安装臂会把钢筋放置到位,再用螺栓固定住——隧道会朝着曼哈顿的方向,向前蛇行。工头们会很高兴;他们会搓着双手,想着火车在伊斯特河下穿行的那天。

然后,在上午八点十七分的时候,内森·沃克背对着泥巴墙,大黄范努奇第一次试图用英语说一句完整的话。他的铁锹挥到一半,一边肩膀高,一边肩膀低。沃克没看到隧道内壁上有一个小洞,那里正好是河床很薄的地方。高压空气嗞嗞往外冒。范努奇抓了一袋干草,想堵住那个洞,但是小洞周围的尘土打着旋儿,空气还在往外跑,小洞变得更大了。一开始只有拳头那么大,后来像心脏那么大,再后来就像脑袋那么大了。这个意大利人只能看着黑人小伙被一路朝后拖。沃克的脚抓不住地。只见洞口越来越大,他朝那里滑行,慢慢地被吸了进去,先是铁锹,然后是伸开的胳膊,随后是他的脑袋,一直到肩膀才停了下来,就像给隧道塞了个软木塞。他的上半身都归于土中,双腿还留在隧道里。迎接他的是碎石和河里的尘土。逃窜的空气推挤着他的双脚。旁边的泥土吸噬着他的双腿。范努奇走到爆裂漏气的地方,抓住沃克的脚踝,想把这个挖河的家伙拽下来。就在这个时候,另两个清理垃圾的工人也来了,他们都听到这个意大利人的话在他们四周回响。

"妈的!空气跑出去了!妈的!"

爆裂事故发生之前,几乎每个下午都能看到这四个人从猪舍的淋浴房出来。淋浴房里的黑色水管就挂在他们上方,喷出来的水也是时断时续，从他们身上冲下来的泥都能在脚边形成一个个水坑。当他们出来接触到冷空气的时候，外套里都会升起蒸气。他们坐在蒙塔格大街的酒吧里，发现彼此的脸蛋都很干净，就哈哈大笑起来。一整天过去了，直到现在他们才第一次看到康·奥列里的下巴上有个口子，内森·沃克的眼睛旁边有几个疤，西恩·鲍尔的鼻子里有好几个大包，大黄范努奇的皮肤是棕色的，而且还很有光泽。

这间酒吧很暗，全是木头，一面镜子也没有。

他们从地上捡起一些木屑，卷在自己的香烟里。几个人坐在角落的小隔间里，一根火柴传了一圈。蓝色的烟圈从他们头上升起。这家的酒保叫布里巴特·琼斯，他托着盘子朝他们走来，上面放了八份啤酒，分量有点重，酒保的手一直在发抖。袖箍紧紧箍在他的前臂上。

"怎么样，孩子们？"

"没什么大事。你呢？"

"一样一样。孩子们，你们看上去很渴。"

"我现在嘴巴就像乡巴佬的袜子一样干。"鲍尔喊道。

这附近的几个酒保里，只有布里巴特允许黑人在店里喝酒。有一次多亏了沃克，否则布里巴特的脑袋就要被锤子敲开了。当时沃克一把抓住挥至半空的锤子，回家路上顺手扔进垃圾桶，再也没说什么。从那以后，沃克每个星期来喝酒都能少付几个钱，酒保还会在他外套口里袋放些烟，也不问他收钱。

"隧道怎么样了，孩子们？"

"还有一半。"

"真勇敢。"布里巴特说。

"真蠢。"奥列里说。

"真是渴死啦!"鲍尔举着杯子嚷道。

几个人大口大口地喝着酒,还发出很响的声音,一点儿条理也不讲,隧道里的工作节奏好像和他们离了十万八千里。刚开始的时候,他们的话很难听,声音也很刺耳——比如上个星期的工资少了一毛钱;在气密过渡舱里打牌的时候,那个泥水匠作弊;他们在家里的时候,从无线电上听说英军士兵的遗骸都被撕成一块一块;美国的军队可能会参加欧洲的战争。但是喝了酒之后,他们的话很快就变得不那么难听,嗓音也变得柔和了。几个人放松大笑,想起了很多以前的事情,还有人从口袋里掏出了簧风琴,音乐如咳嗽声一般断断续续在酒吧里回响。各种不同的语言交融在一起。他们会扳腕子,有时候会突然打起架来;有人在吧台撒尿,被扔出去;妓女从窗口走过,烈焰红唇,穿着大胆,还撩起裙边。狼嚎似的口哨声四起,人人盯着这个女人,欲望在心头鼓胀,却又不得发作。时钟在一刻的时候响了一声。

大黄范努奇第一个走,这时候他已经喝了两杯啤酒,时钟也响过四声了。还没喝完最后一口,他就把外套的领子立起来包住脖子。

"再见,朋友们。"[①]

"待会儿见,阿黄。"

"嘿,大黄。"

"嗯?"

"提个醒。"

"不懂。"

"别忘了蛋奶沙司。"

---

① 原文为意大利语。

这是鲍尔开的玩笑——大黄加蛋奶沙司——但是他从没跟这个西西里人解释过。

剩下的几个人咯咯直笑，然后又点了一轮酒。空杯子堆在他们身边。烟圈在空中绕着弯，贝壳烟灰缸满了。

接下来，康·奥列里也走了。他走在鹅卵石铺成的街道上，朝着码头方向去了。他搭了摆渡船去曼哈顿，先是和船员一起站在船舱里，然后从跳板上下船，漫无目的地在街道间穿行，这时候天色已经越来越暗了。尽管他只有三十四岁，但由于风湿病，身体感觉像是已经七十岁了。他走路的时候，肚子会晃来晃去，带钉的鞋后跟直冒火花。过了一会儿，曼哈顿下东区的出租屋映入他的眼帘。走到路口的时候，他看到妻子毛拉正探出窗口跟自己挥手，她顶着一头红发，让人眼前一亮。他也朝她挥了挥手，于是她便赶紧跑到厨房泡两杯茶。

第三个离开酒吧的是沃克。走的时候，他还跟布里巴特·琼斯点了点头。他走到前门口，朝嘴里塞了点嚼烟[①]，溜达到街上的时候就吐掉了。他住在"有色"公寓，他把鞋子挂在门把手上，这样就不会把地毯弄脏。房间很小，充满穿旧的衬衣、袜子和伤感的味道。沃克躺在橙色的床单上，双臂交叉放在脑后，就这样渐渐入睡。他梦见了佐治亚州，梦见他在沼泽里划船的日子。

鲍尔一直是最后一个走的。直到酒保下了最后通牒，他才左摇右晃地离开酒吧。这时候外面的街道湿漉漉的，他会对着月亮举起自己的帽子。鲍尔的手指上会有"日出"，那是几大摊椭圆形尼古丁的印迹。有时

---

① 用于咀嚼的烟草。

候,他喝得不省人事,走路东倒西歪,天边也乍亮。

喊叫声划破整条隧道,从垃圾工到装配工,从泥水匠到送水工,一路回传到控制空气压缩机的那个人那里:爆啦!减压!拿下来!减压①!减压②!气压!嘿!气压③!降下来!

然而,在喊声传递的过程中,各种语言混在一起。只见空气压缩机上的数值没有降低,反而上升了。

沉积了一百万年的河床泥都在他嘴里,他的那把铁锹在头顶上方,看样子要往上去。内森·沃克被困住了,四周漆黑一片。大黄范努奇在下面抓住了他的双腿。沃克的眼睛、耳朵和嘴巴里全是沙石和垃圾,喉咙里塞满了河底的淤泥。挣扎的时候,他的脸划破了。一块小石子划破了他的咽喉,血渗到了泥土里。他像是隧道天花板上的一个塞子,向外逃窜的空气从他身边渗出,永远都没个完,旁边还有条像蠕虫一样的东西在慢慢扭动。沃克转动头顶上的铁锹,想挖一个洞让空气出去。上面的土只动了一点点。

范努奇还是想把他拉下来。

放开我的腿!沃克在泥里一边挣扎一边这样想着。放开我该死的腿!

只要动一下铁锹,空气就会在他周围聚集起来。沃克在淤泥里慢慢地将脑袋转向一边。一瞬间,他死去的母亲像幽灵一样出现。只见她穿着蓝色裙子,胸口戴着一朵黄色的向日葵,站在韦克罗斯的火车站,汽

---

① 原文为意大利语。
② 原文为波兰语。
③ 原文为意大利语。

笛声响，她朝他挥手告别。

沃克又转了一下铁锹，空气呼的一声涌进来，他被弹射出去，就像樱桃核被人吐了出来。他穿过了整个河床，意识还很清晰。一路上都是什么呢？几个世纪前的荷兰沉船？动物的尸体？箭头？连着头发的头皮？脚上绑着水泥块的人？奴隶船上那些连骨头都已经漂白的死人？整个过程中，沃克四周充满空气，起到缓冲的作用，让他免受沙土淤泥的重压。他就像囊里的胚胎，被保护着，一路向上猛冲。就这样，五英尺，十英尺，直到穿越整个河床。空气在淤泥里冲出一条路，让沃克安然无恙。

他的铁锹已经离手了，可还是像门徒一样跟着他，范努奇和鲍尔也像铁锹一样跟着。鲍尔在怀里抓着一包干草，就好像在跟它谈恋爱，范努奇则大吼一声，几个人都觉得自己的肺要炸了。

然后是水——他们正从河水里升上来——也许还有惊诧不已的鱼儿正盯着他们看。沃克会记住的只有纯粹的黑暗，水下的黑暗，一开始都不觉得冷，然后就是咆哮般的声音，嗖的一声从耳边擦过，头颅受到猛击，眼球在眼皮后面不断膨胀。突然吸进一大口水，让他们感觉休克，想要挣扎着呼吸，胸口鼓起来，被黑暗的河水包围，让人感到恐慌，他们确定自己会淹死，全都会淹死，狗鱼和鳟鱼会携石带土，在他们胀大的肚子里安家，驳船会在附近水域搜寻他们的尸体，贝壳会在他们的眼球里筑家。

然后，他们三个都冲破了伊斯特河的水面，脑袋差点撞上浮冰，被弹射到空中的时候只穿了外套和鞋子。几个人的胸口都已经受到感染，现在正发疯似地向外膨胀。他们嘴里一边呕出水和垃圾，一边大口大口地呼吸氧气，感觉脑子被狠狠地打了一下。此外，还有些隧道里用的工具也跟着他们飞了出来，木板打着旋儿，液压千斤顶翻着跟头，还有袋子装的干草、外套、帽子、衬衫，这些最不可能飞起来的东西。现在是早晨，光线充足，他们都在一座巨大的棕色喷泉上，包括他们自己、他们身上的泥和隧道里的设备。水面上有几艘摆渡船，空中有好奇的海鸥，码头那边的工人满脸惊诧，指指点点。三个隧道工在河面上空翻跟头。这一刻，水柱让他们悬浮在布鲁克林区和曼哈顿区之间。这一刻，他们永远无法从记忆中抹去——他们就像神一样腾空而起。

沃克得救了，他被拖上一条小船，半裸着身子，血顺着脸往下淌。这时候，他的第一反应是：我真他妈的冷，你们都能在我上面滑冰了。

毛拉·奥列里用梳子掠去脸颊上的一缕头发，她的脸庞清瘦纤细。

整条伊斯特河都十分平静。她注意到水面上有几艘平底驳船，还有些垃圾漂浮其中。早晨的阳光照射下来，在水波里形成一个个光圈。防波堤上的工人走来走去。河岸边有骡子和马车。另外，水面上能听到有规律的汩汩声，而且声音很小，还有一些小气泡，因为下面的隧道每隔一段时间就会渗出一点点空气，除了这些就什么也看不到了。天气很冷，人都要被冻僵了。毛拉的头上裹了一块羊毛头巾，站在摆渡船上，向四处打量。从天刚亮的时候开始，她就这样乘着摆渡船来来回回，来来回回——这是她每天的习惯。从发觉自己怀孕的那天开始，她每天早晨都会这样做。她丈夫容许了她这种古怪的行为。开摆渡船的也是爱尔兰人，可以让她免费搭船。毛拉正想着靠岸下船，然后乘电车回家，再给孩子买个婴儿床，她还有一个月就要生了。或许还要给康做土豆汤，再休息一会儿，和楼上的其他女人聊聊天。

就在她打算进座舱的时候，河面上突然一片汹涌，传来阵阵怒号。一根巨大的水柱出现在人们面前，不管身处纽约市区，还是对岸的布鲁克林区，都能看个真切。

一开始毛拉只能看到一些沙袋和木板漂在间歇喷泉上面。她一边摇摇晃晃地朝后退，一边用力抓着自己的肚子。甲板上很潮湿，毛拉的双脚根本站不住。只见她倒在地上，双手抓着栏杆大叫起来。伊斯特河里的水还在不断向上喷涌，把隧道里的泥沙碎石都带了出来，距离河面足有二十五英尺。码头上的装卸工人都在抬头看，摆渡船的船长松开了方向盘，船坞上的工人都看呆了，站在那儿一动不动。几只沙袋被冲到喷泉的顶端，在上面蹦蹦跳跳。只见棕色的水柱里飞出一块木板，就像车轮一样打着转落到河面上。毛拉似乎看到湍流里有一只袋子扭成一团，另外还有一只断肢，看上去松松垮垮，非常奇怪。她意识到这是人的胳膊，还有一把铁锹从它旁边飞了出来。隧道里竟然喷出一个人！一、二、三！来自四十英尺深的河底！毛拉看到了内森·沃克，他的身子很壮，头上的红帽子用绳子系在下巴上，就像他的亲笔签名一样明显。相比之下，另两个人就很不好认，只能看到他们在水柱的顶端不断往上升，样子特别奇怪。

丈夫的名字——"康！"——从毛拉的嘴里说了出来，这声音不断延伸，好像是有弹性的。

那三个人还在喷涌的水柱上颠簸，尽管这时隧道内外的气压差开始缩小——几乎是非常缓慢地——喷泉不断降低，把他们带到了河面上。沃克落下来的时候，头还差点撞到一大块冰。只见他沉到水里，又浮了上来，过了一会儿，就开始朝安全的地方游。沃克的双臂就像风车一样在水里猛转，带起一排白色的浪花。

范努奇和鲍尔抓着浮板。一个人的头上开始淌血，另一个耷拉着脑袋，好像是脖子断了。

布鲁克林区那边已经有一艘平底船朝他们驶去。摆渡船也拉响了汽笛，发出短促尖利的求救声。还有人在隧道入口的地方吹哨子，声音特别刺耳，然后就看到一长串工人又重见天日了。这群人就好似一条蛇慢慢地伸展身体，从隧道里爬了出来。河面上的喷泉逐渐消失，最后便成了汩汩细流。

"康！"她喊道，"康！"

第二天早上的报纸说，内森·沃克一直游到平底船那儿，然后被拖了上去。他满脸是血。范努奇和鲍尔在得救之前，始终抓着浮板。他们三个被带到气密过渡舱里，好让身体的压力慢慢降下来。沃克坐在那儿，一声不响。大黄范努奇想马上回去干活儿，可他的身体还在流血。一个小时后，他就被送回家了。西恩·鲍尔被送到过渡舱的时候，两只胳膊全断了，一条腿也惨不忍睹，前额上还有条很深很长的口子。别人在他的耳朵里塞上了软管，好把里面的淤泥吸出来。工头给他喝威士忌，鲍尔喝完之后呕吐出来的东西就像沙滩上的沙子和砾石。

在一列铅字中段，写着——旁边是对这次大爆炸的生动描述——来自爱尔兰罗斯康蒙的三十四岁工人康·奥列里仍未找到，预计已死亡。

毛拉住在四楼的廉租公寓里，邻居们都来了。他们身穿黑衣，默默地坐在毛拉家的客厅里，围成一个光环的形状。沃克、范努奇和鲍尔送来的花就立在小桌子上。

毛拉拿出银版照片，为弥撒通知做准备。她用一把厨用小刀把自己的人像从老照片上挖下来。就剩下奥列里一个人了，毛拉拿在手上，他注视着她。毛拉把照片举了起来，用嘴唇碰了碰。在照片里，丈夫的脸严肃沉默。这个隧道工大部分时候都很沉默，回家之后他会用小刀刮掉鞋子上的泥巴，如果吃晚饭的时候毛拉叫他做家务，他先是不说话，然后耸耸肩，把胖乎乎的双手举到空中，模样很可爱地问道："可这是为什么呢？"他穿旧的白衬衫现在还晾在窗户外面。毛拉刚才还在使劲搓衣领上的污垢。一本教义问答手册摊在桌子上，旁边是他的棒球明信片：为了成为美国人，奥列里决定彻底爱上这项运动，认认真真地了解它的一切。他知道每场比赛的比分，每座体育场，所有的球队教练、击球手、投手、捕手和垒手。

壁炉前面有一架钢琴，里面全挖空了，地板上都是黑白两色的琴键，之前奥列里一直在修修补补，想把它弄好。这架钢琴是他从垃圾堆里救出来的，用一根绳子拖着，穿过整个曼哈顿。经过鹅卵石路面的时候，他还把钢琴的脚弄断了，这些脚上本来还是刻着花纹的。奥列里还花钱雇了四个人把钢琴抬上楼，他才看出这只是仿斯坦威牌的钢琴，值不了几个钱。他还想把琴键排好——原来的键都粘在一起，出来的音都是乱的。这样，晚上他们就可以弹毛拉会弹的曲子。

外面有人敲门，毛拉把银版照片放在钢琴上面，转头望向门的方向。

一个分量很重的男人走了进来，他穿着正装，打着领带，戴着圆顶礼帽，还掸了掸肩上的积雪。他想让毛拉的邻居先离开。

这些女人就等毛拉点头，然后一个个离开，走的时候还不时地回头，投来怀疑的目光。她们就待在楼梯上，想听听里面在说什么。房间里只有一把椅子，这个大屁股的男人就坐了上去。他把裤子朝上一提，毛拉就看到——他脚旁边正好起了一摊水——他的皮鞋擦得锃亮。

"威廉·兰道尔。"他说。

"我知道你是谁。"

"我真的很抱歉。"

"你要喝茶吗？"她说话的时候好像喉咙里有好几颗玻璃球。

"不用，太太。"

"水正烧着。"

"不用，太太，谢谢你。"

然后是长时间的沉默，直到他想起要把帽子脱了。

"爆炸之后，"兰道尔说，"隧道就被淹了。那些运气好的人活了下来。我们得在河底铺一层帆布，然后倒上些土，从驳船上倒。再把隧道整个封起来。我们必须这么做。当然，我们会给你赔偿，太太。足够你和你孩子用。"

男人指了指毛拉鼓起的肚子，她正双手交叉，放在肚子上。

"没时间去找康了，"他说，"我们相信他是在第二次爆炸的时候被困住的。我们只能这么说了。一百块够吗？"

兰道尔边咳嗽，边拨弄着自己黄褐色的八字须。

"尸体可能会出现，到那个时候我们也会付葬礼的钱。不管怎么说，我们会付葬礼的钱。你打算办葬礼吗？太太？奥列里太太？在照顾工人方面，我一直很上心。"

"是吗？"

"我对工人一直很照顾。"

"你现在可以走了。"

"总是有希望的。"

"我很欣赏你的想法,但你可以走了。"

那男人的喉结颤动了一下,然后他用手帕擦了擦眉毛。刚刚擦完,豆大的汗珠马上又渗了出来。

"我说你可以走了。"

"太太。"

"走。"

"好吧,太太,如果你一定要这么做。"

毛拉·奥列里看着康的衬衫袖子在窗边迎着飘雪摆动。她的手指在茶杯口摩挲着,埋怨自己怎么会想给兰道尔倒茶。毛拉走到门口,轻轻地替兰道尔打开门,一句话也没多说。她站在门里,外面的邻居都朝后退了几步,让那男人过去,一路看着他吃力地走下楼,他脖子后面那圈肥肉晃来晃去。这些隔壁邻居又一个个走进毛拉的房间,各种不同的口音一时间都融合成了一种。街上踢踏的马蹄声被汽车的噪声淹没了。几个孩子在用爱尔兰曲棍球的球杆打棒球。毛拉倚在窗口边,看着孩子们从兰道尔汽车的车辙间走出来。车身上打过蜡,有几个男孩还伸手摸了摸。毛拉转过身,拉上了镶着蕾丝边的窗帘。

这些隔壁邻居都紧握双手,耷拉着脑袋,不好意思问她到底发生了什么。毛拉和她们站在一块儿——没有人想坐下——把眼前的一缕长发梳到一边。她告诉邻居们,自己的丈夫已经变成了一块化石,尽管有些人还不知道这个词是什么意思,但他们还是点点头,让这个词挂在自己的嘴边:化石。

*

  内森·沃克嘴里一直重复着那个词。他刚才去毛拉住的地方待了一小会儿，还在厨房的桌子上留了满满一信封的钱。这些钱都是工人们凑份子凑起来的。

  冬天的街道显得特别明亮，内森·沃克一边朝渡口走，一边用外套的袖子擦眼泪。他想起去年冬天，有一次晚上下班之后发生的事。那天，他早早洗完淋浴，刚从猪舍出来就被四个喝醉的电焊工狂揍一顿。他们用手镐的柄来打人。一次次的重击如雨点般砸在他头顶上，不一会儿他就倒下了。其中一个电焊工弯下腰，在沃克的耳边轻轻地说"黑鬼"，好像这个词是他刚发明的。"嘿，黑鬼。"沃克抬起头来，一巴掌打了过去，手掌根跟正好击中那人的牙齿。这么一来，手镐柄又朝他砸了过来，木柄还在他脸上划来划去，而他脸上则已满是鲜血。就在这个时候，传来一声呼喊——"老天爷啊！"——沃克听出了那个声音。康·奥列里刚从淋浴房里出来，只穿着鞋子和裤子。在日光灯下，这个爱尔兰人看上去赘肉很多，身材魁梧。他开始挥舞起自己的拳头。两个电焊工倒了下来，然后大家就听到远处传来警察的哨声。那几个电焊工走的时候都有点东倒西歪，随后便在幽暗的街道中散开了。奥列里跪在地上，让沃克的脑袋靠在自己雪白的胸口上。"你会没事的，孩子。"他说。

  爱尔兰人胸下渗出一片血迹。他把沃克的帽子从地上捡了起来，那上面全是血。

  "在我看来，这就像一碗番茄汤。"奥列里说。

  两个人都想笑。奥列里说"番茄"这个词的时候，好像在中间要叹口气。之后的几个星期,他每次看到这个老朋友都会记得这个词的每一个音节:番-茄。

如今,沃克走在曼哈顿下东区的街道上。他抹去眼中的泪水,舌尖又撑起另一个词的重量:化石。

第三章　第一场雪

醒来前的那一刻，他觉得自己可能永远都醒不过来了。树蛙摸了摸自己的肝，确定自己还没变成干尸。他想起昨天那只在哈德逊河里结冰的白鹤。

一阵刺痛袭来，让他的胃部剧烈抽搐。他在睡袋里翻了个身，拉下拉链，解开衬衫，用手指揉了揉胸口。刚才金属拉链压得太紧，让他的胸口凹下去一块。他用力掐凹痕两边的皮肤，马上就看到那里起了一长条红色的印子。冷，真他妈的冷，甚至比在上面还冷。他伸出手，越过床头的小桌子，点燃一根安息日蜡烛，然后双手握拳，放在烛火上方，让热量潜入他的身体。他的双掌贴着烛火来回移动，一时间他的双手似乎从身体里游离了出来，和烛光融为一体，身体的其他部分则滞留在黑暗中。手掌离蜡烛越近，火舌就蹿得越高。树蛙让双手一直在烛火上盘旋，直到感觉太烫才拿开。他享受这种疼痛，将双手高高举在空中，投入刺骨的冷空气之中。

他听到几只啮齿类动物在后面的墙洞里窜来窜去。"妈的，"他说，"妈的。"树蛙把一个空罐子扔过肩头。罐子击中了那面墙，老鼠安静了一会儿；然后，它们又开始用爪子东刮西蹭。该放些老鼠夹子了。

树蛙的家离地面有一段距离，他坐在睡袋里，把手放在裤裆里取暖，然后身子前倾，隔着矮墙看外面。

雪穿过铁隔栅，从隧道上方落了下来。这些隔栅离地有十几米，雪会在上面停留一会儿，然后下落。雪片在一束束光线中旋转，那是冬日的蓝光。它们轻舞回旋，降落在铁轨上，形成片片积雪，一直延伸到隧道里面。然后，积雪就被黑暗吞没。这样的情景，树蛙已经见过太多次，甚至丝毫都不觉惊讶。尽管如此，他还是会盯着看很长一段时间，然后对着空气大声说："地下雪。"

每一天都是如此开始。他的晨间仪式。他起身，在严寒中穿衣服，点燃蜡烛，闭上眼睛。他摸黑来到小窝的后面。他的小窝一共有两个房间——一间空中的旧储藏室和一个墙洞。

树蛙感受黑暗，嗅出黑暗，属于黑暗。

他在墙洞里蜷着身子，闭着眼睛到处转悠。烛蜡滴在他手上。墙洞里黑暗潮湿，灰色石块上到处是裂缝。墙上有一排架子，还有几个暗格。这些暗格都挺大的，可以容下树蛙的一个拳头。他把蜡烛放在架子上，伸手拿了一张方格纸和一只削尖的铅笔。他绕着墙洞走了一圈，走的时候手始终贴着墙壁，感受上面的裂缝和冷冽。每当景物有所变化时，他都会睁开眼睛，在方格纸上添上一笔。随后他原路返回，再用另一只手触摸刚才经过的地方，在石块上一番摩挲，让寒气渗进自己的皮手套。树蛙喘着粗气，眼前由呼吸造出的云雾让他浮想联翩——形状奇特，动作诡异。他一路摸着墙壁，本能地弯腰、转向，最后来到墙洞后部的图书馆。他把双手放在一个摇摇晃晃的木架子上，站在那里好像是祈祷一般。

树蛙让铅笔在左右手间换来换去。

架子上有他保存的工程笔记，每一本都装在特制的塑料袋里，还用标签来分类。他的手指在这些笔记上移动，最后在他最喜欢的那本笔记——隧道建设——上停了下来。然后继续扫过他收集的地图，在上面走遍世界，到达更远的地方。

他从墙洞里钻出来，回到那间大一点的前厅。即使闭着眼睛，他也能知道闪烁的烛光会照出什么样的阴影。他的鞋子先是从地毯移到满是尘土的地板上，再从地板移到地毯上。他从来没有踩错过，而且总共的步数永远是偶数。根据地面与脚接触时的不同感觉，他能分辨出泥地里的每一处空隙和裂缝。他的大部分垃圾都放在这儿：旧的纸板箱、报纸、雨里泡大的沙发、罐子、茶壶、小刀、针、三打轮毂和几本书。为了防潮，这几本书都被塞到了密封塑料袋里。生火的东西都堆在火炉旁边。树蛙在"古拉格"前面停了下来。这是墙壁上一个大洞的名字，它足有三十厘米深。"古拉格"下面有一只盒子，他的小猫卡斯特就睡在里面。树蛙的头顶上方悬着一根用领带组成的晾衣绳，床垫边上还排列着好几个巨大的尿壶，他经过床的时候特别小心，一路用胳膊肘顶着墙壁，不让自己的脚碰到尿壶。

待会儿去倒尿壶的时候，他会把它们带上去，在雪堆上刻下自己的名字。黄色的字迹模糊不清，除了乌鸦大概谁也看不懂。

小窝边有一根金属大梁，他伸手抓住，然后转了一圈，又伸出另一只手。他用铅笔在方格纸的上方做了个记号。小窝的金属大梁上挂了个坏了的速度表，树蛙摸了摸——指针卡在三十六这个数字上，这是他的年龄——他对自己说：放轻松，别撞车。

他睁开眼睛，看了看方格纸，上面都是成排的点和波浪线。他很快就把自己刚走过的大致路线画了下来。对他来说，这是最重要的仪式。如果不做这些，一天的生活都没法开始。他在地图上把每一个细节都放大十倍，这样一来，纸上的小窝看上去就像大杂烩，里面有巨大的峡谷、高山和平原。即使是墙上最细小的缺口都会变成深坑。待会儿他会把这些东西移到一张更大的地图上。过去的四年里，树蛙都在花心思做这张记录他住处的地图，手工绘制，错综复杂，神秘莫测；有小山，有河流，有 U 形湖，有蜿蜒的小溪，有阴影——黑暗制图法。

天气很冷，树蛙用颤抖的手指把早上的地图塞进床边桌的抽屉里，然后耷拉着眼皮走到窄梁上。在那上面走路需要极强的平衡感——他脚下离隧道有六米。他飞身跃至下面三米处的第二根梁，先是蜷着身子，然后纵身一跳，悄无声息地落在沙石堆上，这时候他弯着膝盖，心怦怦乱跳。在黑暗中，他睁开了眼睛。

在这条隧道里，住得离他最近的人也要和他相隔三条道。有时候他呆呆地看着远方，会看到那里有水流在涌动。对树蛙来说，就像是有人在用力划独木舟，抑或是他女儿伸开双臂朝他游了过来，又像是他妻子穿过黑暗朝他走来，她的眼睛乌黑，身材苗条，不计前嫌。但是，黑暗马上显形，这些画面都不见了。

蓝色的光束从上面照下来——旁边有一幅壁画，画的是萨尔瓦多·达利的熔钟——树蛙坐在那儿，让雪片落在他身边。他从外套口袋里拿出一支注射器，然后举到眼睛前看上面标的刻度。他让空气占满针筒的四分之一，再用舌头润了润十六号大小的针头。那针头冰冷冰冷的，差点没把树蛙的舌头和金属针头冻到一块儿去。他在针尖上留了点唾沫，又从另一个口袋里翻出一个粉红色的手球。树蛙把针头塞进球里，然后推注射器的塑料推杆，如同注射入皮肤一般。有了空气，球就膨胀起来，树蛙揉搓了一下，感觉球又重新圆了起来。完美。他拿出一支黑笔，在针头进入的地方做了个记号。接着，他又从外套里面掏出第二支注射器，那里面都是胶水，外面则用袜子包起来保温。树蛙用双手抚摸着注射器的推杆。

　　他把第二支针插进刚才标记的地方，一边把胶水打进橡胶里，一边缓缓地吹着口哨。尽管整个过程有点长，得花上半个小时，但是空气和胶水会让球的弹性变得更好。他听到隧道深处传来一阵嘟囔声，等转身去看的时候，什么人也没有。

　　"嘿哎，"他对着黑暗说，"嘿哎。"

　　树蛙又从口袋里拿出一个手球，朝身后的轨道走去，眼前便是熔钟。这壁画是几年前"爱心老爹"画的，早在树蛙来隧道之前就有这幅画了。壁画里的时钟黑灰相间，高两米多——上方是铁隔栅，这样一来画的时候就能见到光——弯曲得如同女人的腰身一般。旁边的墙壁布满红色的涂鸦线条，这线条七扭八歪，像是喝醉了一样。夏天的时候，一群孩子带着喷罐下来过。那时候树蛙就待在小窝里看着他们。孩子们反戴着棒球帽，几个人靠在一起，害怕极了。在墙壁上喷涂一番之后，他们就把空罐子留在隧道的尽头。但是他们从来不会去碰"爱心老爹"的壁画。他们去了那老家伙的破房子，甚至还敲了门，但是"爱心老爹"从来不会回应，过去不会，将来也不会。

　　雪如天幕般环抱四周，树蛙对着墙壁扔出小球，黑色的头发和长长的胡须在风中飘动。他先是用右手扔球，然后再是左手——这个游戏有它的规则：他必须保持身体平衡，维持均势，投球的时候不能打乱次序。要是连续两次用左手投球，那就得再用右手投两次。如果是用右手掌心击球的话，左手击球的时候也要用掌心。粉色小球从壁画上弹回来的时候，他把精力都集中在球上——壁画里的指针停在四点钟的地方，画面在那里有些皱褶，那个地方是熔钟的中心，如果球能够击中那里，树蛙就会很开心，这也是游戏中最让他开心的一刻。

小球对着墙壁快速来回。

树蛙的身子暖和起来了，现在他一门心思想的就是如何让球始终飞在半空中，低手投球，过肩投球，胸前投球，从腿边投球，从头顶投球；始终简练，始终精准，尽在掌握，在隧道里，在光束下，在雪中。

他的节奏掌握得丝毫不差，感觉到暖流穿过自己的身体，无拘无束，毫不吝啬。一股汗水流过他的腋下。刚才他投球的时候过于用力，球碰到墙上的裂缝之后就飞了出去，超出了他的控制范围。小球飞到了他身后，落在第二段铁轨上。他听到远处有列车的声音，是去蒙特利尔的69号列车，灯光和金属声一齐冲了过来。声音很响，而且越来越响，现在可以跟小球说晚安了，因为列车从上面驶了过去。对于这些，树蛙甚至连头也没回；小球可能会被车厢下面的气流带出隧道，也可能被压得粉碎。列车的声音渐渐消失，它正向哈莱姆区驶去，然后一路开到加拿大。树蛙用拳头打自己的手掌。

"哟。"

光线从隔栏间透了进来，树蛙盯着光束的方向，看到以利亚从轨道远端的阴影里走了出来，他穿了一件兜帽的长袖运动衫，身上还披着一条毯子。

"给我个打火机。"

"去你的。"树蛙说。

"得了，伙计，给我个打火机。"

"为什么？"

"我冷死了，给我个打火机。"

"你的取暖器又坏了？"

"我的取暖器当然没坏,我就是想抽口该死的烟。"

以利亚把挡住脸的兜帽拉开,露出下颚上一条又红又长的口子。

"你怎么了?"树蛙问。

"没什么。"

"有人划了你一刀?"

"跟你有什么关系,去你妈的。"

树蛙耸了耸肩,"就问问。"

"别问了,没什么事。行吗?没事,给我个打火机。"

树蛙从口袋里拿出第二个球,用手切削球的边缘,让它从墙上反弹回来的时候呈一定的角度。伸开手臂准备击球的时候,他轻声笑了起来。"你要给我什么?"

"我会给你抽支烟。"

"三支。"树蛙说道。这时,小球在另一只手的引导下,缓缓地朝墙壁飞去。

"两支。"

"四支。"

"好,三支,该死。"

"来验验货。"

以利亚把毯子扔到地上,然后把手伸到汗衫口袋里,拿出一盒软壳的薄荷烟。他拍了拍烟盒,三支烟就出来了。

树蛙放开那个球,任由它歪七扭八地穿过碎石堆。远处有一幅两米高的壁画,画的是马丁·路德·金,小球就这么一路蹦蹦跳跳地朝那儿去了。他从外套口袋里拿出六只塑料打火机,平放在两只手掌上说:"选个死法,伙计。"

以利亚从树蛙那儿一把抓过那个亮橙色的打火机,三支烟也从盒子里掉了出来,一切发生得太快,好像一个动作就完成了。以利亚的小屋在隧道的南面,这会儿他已经在回去的路上了。

树蛙把烟放到嘴里,打着了打火机。他感觉有一小块雪落在自己的脸颊上,于是为了对称,为了均势,他第二次大声说道:"地下雪。"

树蛙在这里过的第一个冬天就很冷,连口琴都冻在嘴唇上了。当时他坐在窄梁上,还没来得及去暖一暖,霍纳牌口琴就粘在了他的嘴巴上,硬扯下来的时候还掉了一块皮。

不久之后,在上面的时候,树蛙被人逮到在百老汇大街的一家药店偷润唇膏。他把润唇膏的小细管子藏在舌头下面,但还是被一个店员看到了,他就站到树蛙面前,把他朝店里推。树蛙想绕开他,但是那店员一把抓住他的长头发,使劲把他往感冒药柜台拉,上面的药瓶哐啷撒了一地。树蛙站直身子,一拳就打断了店员的鼻子。然而,一个下班的警官出现在他身后,用枪抵着他的太阳穴说:"狗娘养的,别动。"

树蛙感觉脑袋上被枪指着的地方很凉。他在想,对于一个要死的人来说,子弹穿过头颅时会发出什么样的声音呢。于是他就想让警察把枪放到另一边的太阳穴上,但是警察只是让他跪在地上,把手举起来。

跪在地上的时候,树蛙把润唇膏吐了出来。这时,旁边还有些人在围着看。店员手里拿着纸巾,把润唇膏捡了起来。整个过程中,树蛙一直把口琴夹在腋下保暖。

穿制服的警察来了。因为树蛙想不起来自己的真名叫什么,他们就用警棍使劲捅他的肋部,还猛打了一番,然后全身搜查,看他有没有带凶器,最后把他铐了起来。口琴顺着他的袖子掉到了地上,几个警察上去一顿猛踩，黑色的皮鞋把霍纳牌口琴踩碎了。这口琴几乎被毁掉了；外面的金属部分都被压到簧片里面，看上去像银色的嘴唇，还是一副伤心的样子。他们一遍又一遍地问他叫什么名字，他只是双手举过头顶，一个劲儿地喊："树蛙，树蛙，树蛙，树蛙。"后来，等他把口琴找回来的时候——之前已经在看守所里待了两个晚上——那上面还能闻到他腋窝的味道。之后的一个星期，树蛙都没有吹口琴，他可不想在自己的身子上舔来舔去。

*

打完球，树蛙的身子也暖和起来了。他脱下外套扔在碎石堆上，然后伸开双臂，就像被钉在十字架上一样。他抬头看着上方的隔栏，用两只脏手捧成杯子的样子，让飘落的雪片融化在里面。他用力搓着手指，把在隧道里积的灰尘都弄掉，再用双手和着雪水洗了洗脸，还让几滴雪水流到舌头上。然后，他用力地擦自己的后颈，感觉凉飕飕的水珠顺着衬衫领子淌下来，渗到保暖内衣的后面。他已经好几个星期没有洗过淋浴了。他用冷水擦了擦自己的喉结，然后把衬衣一件件解开，只消一个动作就顺手把灰色的保暖内衣从头顶套了出来，扔到轨道边的一堆衣服上。树蛙的胸口上都是刀伤和灼伤留下的疤痕。

他身上残缺的地方太多了。

滚烫的回形针、钝头剪刀、钳子、香烟、火柴、刀片——它们都在树蛙身上留下过印记，其中最显眼的就是他肚子右边的那个。有一次，树蛙用刀捅了别人，刀子在那人的肋骨间划过，就像扎破了一个气球。刀子划进划出，那个人缓缓地叹了口气，感觉很难受。不过他并没有被捅死——那个人偷了树蛙一支烟——那阵子真是倒霉，简直糟糕透了。当时，树蛙觉得必须在自己的胸腔上也捅一刀，位置还要跟那个人相反。他上了纽约市区的一辆巴士，用自己的小刀在身上划开一条十五厘米的口子，而这样做就是为了找平衡。他一定要用两只拳头来敲刀柄。接着，一股古怪的暖流在他的肚子上化开了，血流了一地，弄得车厢后部到处都是。司机通过无线电求救，但是树蛙却摇摇晃晃地走出车门，沿着百老汇大街一路走，最后在时代广场的霓虹灯下失去了意识。没过多久，他回到了隧道。这时又有了一个骇人的想法，他是否应该让伤口也平衡一下——是不是应该在左手边也捅上一刀？——但是他没有这么做；他只是用大拇指按了自己一下，幻想金属柄进入皮肉的感觉。

尽管冷得不能再冷，他还是用水擦了擦上半身。这么一来，身上的皮肤马上紧绷起来，有刺痛的感觉，乳头也硬硬地立了起来。他用雪水擦了擦腋下和青筋暴起的前臂，同时考虑要不要豁出去用雪水擦裤裆，后来还是算了。

他抓着自己的衣服穿过铁轨——就宽度和高度而言，这个隧道有一间飞机仓库那么大。

树蛙向上一跃，之前在柱子上凿出的口子正好作为抓手，他把脚放在柱子和墙壁之间，用双手把自己拽上去，这样就到了第一条窄梁上。接着，他又一骨碌上了第二条窄梁，动作十分轻巧。只见他小心翼翼地把一只脚放在另一只脚前面，边走边把打火机打着了，先是用右手，然后是左手，面前出现一团巨大的廉价火焰。他的头发落在眼睛前面，这让他几乎什么都看不见。

他来到小窝边上——十二步，永远是十二步——跃了进去。

入口的地方有一具打烂了的交通灯残骸，当时是法拉第解救回来的。树蛙用带刺的铁丝把交通灯固定在墙上的钩子上，但现在它已经没有红黄绿三色了，原因就是他不想用电，没门儿，还是让小窝保持黑暗比较好，他喜欢那样。

他对着交通灯点点头，然后朝自己的床去了。

因为身体压在上面，床垫的中间有些凹陷。树蛙坐在那儿，听来自上方世界的声音，有西区公路上的车水马龙，有孩子们在公园里滑雪橇时的欢声尖叫，有曼哈顿的低声咆哮。树蛙一般都把衣服放在睡袋里过夜，这样的话，穿起来就不会觉得冷。现在他又从睡袋里拉了几件衣服出来添在自己身上。有三双袜子，还给自己加了一件外套和一副手套，另外又在口袋里放了件T恤，打算当围巾用。他又一次从潮湿的小窝爬到隧道底部，这儿的土都冻得结冰了。他喜欢一边在铁轨上走一边保持平衡。他走了五分钟，一路上经过迪恩、以利亚、"爱心老爹"和法拉第的水泥小屋，但屋子里都没什么声音。树蛙在一道道光线中移动，到了楼梯井之后便开始一路爬，然后从铁门的洞口挤了出去。

在外面的世界里，雪花好白，让树蛙感觉眼睛很疼。他翻着自己的口袋，想找副太阳眼镜。

当他到河边的时候，那只鹤已经不在了。冰层已经进一步融到哈德逊河里，他扔砖头的地方也已经像伤口一样自己愈合了。现在只有几条树枝和一个塑料油桶冻在靠近岸边的地方。几艘驳船在远处的航道上，那里的水仍然在流动，偶尔会有大块的浮冰漂过。再往南走，有几艘居住船被拴在码头上，拴绳上还七零八落地排列着好多冰柱。

雪花在码头边漫天飞舞，发出愤怒的咆哮。

树蛙把后来加的 T 恤裹在头上，好让自己不受暴风雪侵袭。他穿过公园，路过高速公路的转角，那里没什么车，而且开得很慢，然后树蛙到了隧道入口上方。他躲过孩子们扔来的雪球，一边在一米多厚的雪里艰难前行，一边数着步子。97 街旁边有一片操场，树蛙找到一张野餐桌，在上面铺了一个塑料袋。旁边有片用细铁丝网扎成的篱笆，那桌子就拴在上面。树蛙坐了下来，离秋千的地方很远。

　　有几个孩子在雪中跑来跑去，很是开心。他保持着距离，以免吓到他们或者他们的母亲。如果仔细看，他们也许会认出他，尽管样子已经变了很多，比如他以前头发很短，而且紧贴着头皮，还有就是他以前没有留络腮胡子。

　　坐在野餐桌那里，树蛙就可以俯视操场——两只玻璃纤维做的恐龙可供孩子们坐在上面，一部弯曲的银色滑梯，两部小一点的滑梯，几个攀爬架，一座小吊桥，一个挂起来的轮胎和六个整齐划一的秋千，三个是给小孩子玩的，三个是给大一点的孩子玩的。

　　刺骨的寒意嚼食着他的身体，风一吹，鼻涕都冻在胡子上了。

　　但是，当他把太阳眼镜摘下放在头上的时候，他看到了自己的女儿。多年前的那个夏天，她十一岁，身穿红褐色的裙子，头发上串着珠子。树是绿的，光线是黄的，操场上人头攒动，整个世界生机勃勃——那是最美好的时光——她在半空中开心地荡着秋千，伸开一只手臂，双脚藏在秋千下面，白色球鞋，蓝色短袜，裙边刚到膝盖。树蛙在她身后抓着秋千，把她推到更高的地方，他的双手动了动，感受到身体里那种熟悉的巨大空虚感，他只想躲开，此情此景让他痛苦。

　　树蛙感觉饿得很难受，胃里发出咕噜咕噜的声音，连他的肝脏也不好受。他需要找些瓶瓶罐罐来卖了换钱。树蛙站在那儿，朝蓝色的空塑料袋里猛吹气——今天那些空罐子会很重,因为里面都是融雪。他应该吃个三明治,或许吧。或者去百老汇大街上的中餐馆买点鸡肉。如果有钱的话,可能再去喝瓶杜松子酒。他已经听说,在北方的缅因州,人们可以在一个叫"赎回中心[①]"的地方用空罐头换钱。

　　树蛙站在操场边,隔着漫天雪花朝自己的女儿挥手。随后,他又把太阳眼镜架到鼻子上,抹掉胡子上的冰渣,一边打着冷战,一边朝前走。他会穿过97街,一直到百老汇大街。在那里,他会逡巡于曼哈顿的各个垃圾箱,成为一个离群索居的人。

[①] 美国专门回收处理饮料或食物包装的场所。

第四章　一九一六年至一九三二年

每个工作日的早晨，当内森·沃克下到伊斯特河底的隧道，继续挖土干活儿的时候，他都会一个人待一会儿，对收殓在上面土里的那个人说几句话。其他的隧道工也不去管他。沃克用铁锹拍打着钢铁天花板，发出很响的金属声。

"嘿，康，"他说，"嘿，伙计。"

他继续朝隧道尽头走，一路溅起的泥水落在他的破外套上。在大头盾构那里，挖掘工作才刚刚开始。范努奇已经和两个新来的隧道工忙活开了。西恩·鲍尔没法儿干活了，那次事故把他的身体彻底搞残了。沃克穿过盾构上的那道门，朝那几个新来的点了点帽子。他们也朝他点点头。在短短两个星期的时间里，他们几个之间已经形成了默契，这一点对隧道里的垃圾工来说很有必要。沃克一声不响地开始挖土，但是——过了一会儿——他开始感觉到节奏渗入身体，便让隧道之歌从嘴里溜了出来。主啊，我不曾见过日落，自从我下落到此。不，我不曾见过如日落一般的东西，自从我下落至此。

爆炸过后的第十九天，艾丽娜·奥列里在家里出生了，那天正好是毛拉三十四岁生日。卡梅拉·范努齐是接生婆。她小心翼翼地把孩子捧了出来，还用意大利语小声祈祷。婴儿的头上有一撮红色乱发。

毛拉靠在床上——床单是用漂白的面粉袋做的，摸上去很粗糙，还能闻到淡淡的香味，像是小麦的味道——她想到自己的丈夫和他口袋里的表，不知道那只表在河泥里还走不走。到了晚上，毛拉逼着自己睡觉，醒来的时候发觉小麦的味道更重了。有时倦意来袭，她会觉得自己已经回到罗斯康蒙的赭色田野，天鹅在空中拍打着翅膀，如同飞舞的五彩纸屑。可当她抬头望着窗外，却是曼哈顿的煤气灯在盯着她看。

身体好些的时候，她就会见客人。这个时候，她会在睡衣外面套一件暗色的裙子，在床上撑起自己的身体。对于梦见丈夫的手表的事，她一个字也不会提——它就在那儿，在他的肋骨间滴答作响，他的骨头跟裤子的背带绞在一起，秒针记录着肉体消失的速度。

一个月后，毛拉在离伊斯特河不远的一家油画笔厂找到了工作。工头允许她带着孩子上班。工厂的玻璃窗上满是灰尘，她把上面一圈擦干净，这样就能看到外面，可以想象康穿过水面死而复生的样子。他会手握铁锹，一跃而起，对着太阳大声呼喊。光线把他鞋跟上的饰钉照得闪闪发亮。他会在半空中翻个跟头，然后随着喷泉下降，落到河里，抓着一块浮板，在上面坚持一会儿。他会面带微笑朝岸边游来，毛拉会在码头上迎接他，拥抱他，亲吻他。见到未曾谋面的孩子，康会摸着她的脸颊说："老天爷，毛拉，她真是个美人。"

毛拉整天就这样一边想象一边给画笔上毛。这份工作让她的手指起了老茧。下班的时候，她还得把婴儿车搬下楼，这样一来，她胳膊上的肌肉也发达了起来。弥撒通知卡一直待在她口袋里——康的脸永远在她的臀部旁边。回到家之后，她会把卡片支起来放在钢琴上，然后再弹奏几个音符。毛拉环顾四周，等待他的双手来抚摸自己的肩膀。

内森·沃克会在每周日的下午来看毛拉，因为他想到，如果晚上来的话，他的肤色会引起太多闲言碎语。他会把鞋子脱在进门的地方，这样双脚踩在木楼梯上就不会发出声音。他悄无声息地走上了四级楼梯，把嚼烟留在花盆里，然后开始敲门。

毛拉顺着走廊一路望去，确保没有人看到他。她用胳膊肘把他引到屋里，而他始终低头看着地。

"你吃得还好吧，内森？"

"好，好。"

"现在也是？我看到卖肉的刀上多了不少肥肉。"

"我吃得还好，太太。"

"嗯，我觉得你有点瘦。"

"相信我，我可没少吃。"

"我这有几个土豆。"

"不，谢谢你，太太，我刚吃过。"

"真的，一定要吃。"

"嗯，"他说，"如果不吃就要浪费了的话，太太。"

看到自己准备的大餐，毛拉感觉有点不好意思，于是也就一直低着头。吃完土豆、肉、茶和饼干之后，她让沃克把艾丽娜抱在怀里。他的手臂非常粗壮，对毛拉来说，看一个小伙子抱孩子是件很奇怪的事。他五大三粗的样子衬得婴儿看上去更小。肤色是那么不协调。她感觉眼前的一切有些怪怪的，于是就一直留意着沃克。尽管她听说过一些关于沃克的事，但现在他身上显现出的则是温柔的一面。有时候他会轻轻地摇着艾丽娜，让她在自己的膝盖上慢慢入睡。喂艾丽娜吃东西的时候，他会把金属调羹当成齐柏林飞艇，仿佛它正在穿越他俩之间的那片天空。每次走之前，沃克都会在壁炉上放一个一块钱硬币。毛拉·奥列里会把这些钱放到一个饼干罐子里，上面写着：艾丽娜。

沃克离开廉租公寓的时候动作很快，生怕别人看见。

不久之后，他去了一家电影院，还非要坐在后排。银幕上在放《缇丽的伤心罗曼史》[1]，前排观众的脑袋让沃克看不清查理·卓别林挥舞手杖的样子。沃克突然想到，只有在隧道里才能感受到黑暗带来的平等。隧道工是这个国家第一个实现种族融合的人群，他知道，只有在地下，肤色才会失去意义，人才真正为人。

就算是在昏暗的电影院里，他也无法像蛇一样从自己的皮肤里钻出来。

当他还是个十岁小男孩的时候，住在佐治亚州的沼泽地那里。有一次，他把一条水蛇逼到了摇摇晃晃的木头桥墩上，让它在上面待了五个小时。之前他就听说水蛇会在阳光下脱水。那条蛇一开始还拼命反抗，扭动着身子，想从桥墩上回到水里，但是沃克一直拉着蛇的头和尾，不让它下去。他知道这条蛇是没毒的，因为他记得有句老话是这么说的：红配黄，人必亡；红配黑，无所谓。他不想亲手把它弄死，就是想让蛇直接热死，但它还是不停地抽动。奥克弗诺基大沼泽上的太阳开始落山了。这个小男孩觉得很沮丧，于是就把脚放在蛇的脖子上，用刀子把它划开。它的内脏还是热的，沃克把这些都扔到了水里，然后把蛇皮带回家，挂在了墙上。家里大部分地方都是用木头盖起来的，只有他自己的房间是用煤渣砖盖的，所以他在墙上钉钉子的时候动静很大。在卧床上方铺展蛇皮的时候，他母亲进来了，问他这东西是从哪儿弄来的。沃克把整件事说完之后，母亲就抽了他一顿，说他缺乏尊重。

母亲告诉他，所有生物都应得到相同的对待，没有高低贵贱之分，一切都是平等的。它们到这世上时一无所有，离开时都是两手空空。只

---

[1] 卓别林主演的无声电影。

有信仰上帝和人的美德才能给它们带来幸福。

"再这么做,"她说,"我非打死你不可。"

周日做完礼拜之后,牧师告诉他要做一点补救。沃克就在盒子里养了一条不太一样的蛇,并且悉心照看,给它喂老鼠吃。夏天的时候,他看着蛇蜕皮,透明的蛇皮就留在了盒子里,他感到十分惊讶——很像十年后,如今的他看到的,在纽约街头,他们蜕下老百姓的装束,披上军队的制服,奔赴欧洲参加"一战",其中有一些甚至就是一起在隧道里干活的同事。制服都是熨过的,看上去很挺括,他们头上歪戴着军帽,感觉不太舒服。他听说,在法国前线血色的落日下,隧道工很会挖散兵坑。与其他人相比,他们干得更快更卖力,挖的坑也更远更深。

一个周日下午,沃克在走之前跟毛拉说:"你丈夫以前会给我们变戏法,有好几次了,太太。他跟我们其他人一起挖隧道。我们看着,他会拿一颗子弹,不知道从哪里弄来的,要么是从街上弄来的,我不知道。不管这些,我们在隧道前段,康是不穿衬衫的,什么也不穿。大多数时候我们都不穿衬衫,是的。接着,他就会起来喊:'看这个,小家伙们!'他说话的样子很好玩,就像你呀。番啊茄,土唔豆。就是这样。不管这些,老康会弯下腰,然后把子弹放进胃里。直接放进去。子弹就在那儿不见了!他就这么让子弹在肚子里待一整天,一次也没有掉出来过!还能干活挖土!我们其他人都笑死了,就好像明天不用干活一样。"

"我知道你在说什么,太太,因为我们也想他,他也为我们打破了黑暗,这都是他做的,老康,他很喜欢打破黑暗。"

一九一七年隧道通车的那天早上，沃克戴着红色的帽子，走在布鲁克林区蒙太古大街的石子路上。他的脸上一直挂着微笑，因为他看到其他隧道工大多都回来了，身上穿着工作服：破衬衫和粗布工装裤，戴着他们最喜欢的帽子。

因为上班时间不同，他们中的很多人之前都没有见过面。这些人的妻子和孩子也跟他们在一起，手里拿着还没点着的蜡烛。他们拖家带口沿着地铁站的阶梯走了下来，然后安静地朝站台去了。他们走到列车前方，而他们的老板威廉·兰道尔就站在那儿，正等着闪光灯捕捉他微笑的样子。这是他第一次到下面来，此刻他正对记者和官员说，他对自己的水下隧道是多么地骄傲。他已经等不及把红绸带剪断，让第一班列车驶过。说话的时候，兰道尔还对着镜头好好装扮了一番。他身上有刮胡膏和发油的味道，其中的傲慢对隧道来说陌生至极。

然而，摄影师们并没有躲在黑色遮光罩下抓拍兰道尔的微笑，而是扭头去看那些慢慢涌向站台的男人女人和孩子。

正当这些人拖家带口沿着列车走的时候，隧道一下子陷入黑暗之中。原来是隧道工破坏了这里的电力系统，整个过程有一个小时。工人们列队走过，火柴和蜡烛照亮了他们的脸庞。兰道尔很愤怒，对着一群穿制服的人大喊大叫。这些人把手抬了起来，摆出一副求饶的样子说："我们无能为力，兰道尔先生，长官。"

沃克站在工人队伍的后排，咧着嘴直笑。

这些隧道工和他们的家人一个接一个地从列车前的红绸带下钻了过去，甚至都没有看他们的老板一眼。兰道尔跑过去想阻止他们，但是工人们就像流水一般从他身边经过。

工人们都抬起手，叫摄影师不要跟着他们，好让他们待一会儿，这是属于他们的时刻,最好还是让他们单独待着。

有人低声吹了个口哨,隧道工们便举着蜡烛走进了隧道。

"都是你造的吗,爸?"

"嗯,就一点儿。"

"哇,这有多长啊?"

"大概六百米。"

"精确一点呢,爸?"

"最多差几厘米。"

"好暗。"

"当然暗啦,这就是该死的隧道。"

沃克看到两个小男孩来来回回地扔着棒球。只见球重重地落在他们的棒球手套里,沃克会心一笑,心想这大概是棒球史上第一个水下投球。他从孩子们中间穿过,躲开了飞来的棒球。孩子们都很开心,一个劲儿给他叫好。

"唾沫球①!"沃克说完便朝隧道深处去了。

这些女人中有几个,包括卡梅拉·范努齐——她的身体有些笨重,头发在脖子后面盘了起来——手里都拿着念珠,有几颗珠子从她们手指间漏了出来。她们几个对矿工的守护神圣巴巴拉默默地说着什么。这些女人的动作中带着悲伤——她们正在为隧道中的死难者祈祷——但也有一丝宽慰,毕竟被带走的并不是自己的丈夫。长裙在地上发出沙沙的声音,礼帽盖住了头发,这些为人妻的女人伸手钩着丈夫的胳膊肘,沿着轨道一路走了下去。

---

① 棒球比赛中,为投出曲线球而在球上吐唾沫的行为。

在烛光中,沃克发现西恩·鲍尔握着他外甥的手一瘸一拐地向前走。鲍尔转过身,把手放在小男孩的头上。

"来见见沃克先生。"

小男孩伸出一只满是油污的手,"你好。"

"上帝放屁那天,沃克先生就在这儿。"鲍尔说。

"嗯?"男孩说。

"我们从隧道里被喷出来的那天。"

小男孩咯咯直笑,但还是紧紧握着他叔叔的手。沃克走在他们后面,听到他的同事在给男孩指隧道的各个位置。

"那个眼睛里装玻璃眼珠的工头就坐在这儿,"鲍尔说,"有一天他的帽子着火了。"

"他的眼珠化了吗?"

"当然没有,"鲍尔说,"那个电焊工是在这儿着的火。陀莫茨威斯基。浑身上下就是一个火球。闻上去有烤牛排的味道。"

"真的吗?"

"医生还是保住了他的狗命。"

"他也有玻璃眼珠吗?"

"没有。"

"真遗憾。"

他们停下脚步,抬头看上面用来保护天花板的灰色水泥层。鲍尔倚着拐杖,从口袋里拿出一瓶波旁威士忌。他抿了一口,然后递给沃克。

"叔,河就在上面吗?"

"对,就在我们上面。"

"哇!我可以去钓鱼吗?"

"别说笑话了,"鲍尔说,"看到这儿了吗?有个叫萨伦蒂诺的家伙,在那儿固定螺栓的时候就把手指弄断了。差点完蛋了。在额头上擦了把汗,手指就脱位了。你都不能想象这里有多热,天天都这样。"

"现在很冷,叔。"

"我知道现在很冷,但是之前都热得要死。"

"我能在轨道上放一个硬币吗?"

"干吗?"

"火车来的时候就能把它弄平。"

"不行。"

"为什么不行?"

"火车来的时候,我们都走了。"

"啊。"

"现在我们得安静会儿。"

"为什么呢?"

"有人要做祷告。"

"祷告,西恩叔叔?"

鲍尔指了指沃克。"对,祷告。"

"那个黑鬼?"

"他不是黑鬼,小家伙儿,他是个隧道工,"鲍尔咳嗽了一声,"现在安静,小家伙儿,听着。"

几个男人带着妻儿三三两两地从人群里出来,然后各自准备祈祷。

"开始吧,内森,"鲍尔说,"用神圣的东西打动我们吧。"

沃克把双手合拢,并没有开始做祷告,而是让大家低下头静静地追思所有死去的人。

沃克把双手分开，握紧拳头放在心口。范努奇站在那儿一动不动。鲍尔闭着眼睛。接下来的两分钟时间里，大家都保持沉默，唯一打破沉默的只有鲍尔的外甥用鞋子蹭铁轨的声音。直到叔叔打了他的头，他才停下来，还害羞地低下了头。

剩下的时间里，大家继续沉默，对于那些非常重要的事情，仿佛是先遗忘，再记起，然后立刻全盘重现。

伴随大声说出的"阿门"，祷告结束了。鲍尔立刻朝隧道深处去了，一边走一边从银色酒瓶里抿上几口。这一路上他的瘸腿更加明显了，看到别人的老婆满怀同情地看着他，鲍尔觉得很高兴。

扔棒球的游戏还在继续，还有一瓶沙士汽水让孩子们分着喝——真是好东西，咽下去之前他们都要让饮料在嘴里晃一晃。几个女人把花放在轨道边上，人们又点了好多蜡烛放在花束旁边。在隧道里走到一半的时候，男人们互相握手，电焊工找电焊工，送水工和送水工聊天。隧道两边一打通，垃圾工就彼此认识了。那天大家朝大头盾构上扔了好多瓶香槟，瓶子都砸得稀巴烂。工人们还分香烟抽——气压正常了，抽烟的时间就可以长一些。

鲍尔的外甥一直在隧道里跑来跑去，和其他小男孩儿扔棒球玩。

过了一会儿，就剩下三个垃圾工站在那儿了。河床以前就在与沃克视线齐平的位置，在被喷出来之前，他就被卡在那儿。他伸出手，想抓住手中的空气，仿佛他可以握着它，品尝它，阻止它，重现那个时刻。范努奇站在他身边。在他们上方的某个地方，他们也不确定是哪儿，就是康·奥列里的尸体。

"但愿康能看到棒球在飞，"鲍尔说，"他肯定他妈的喜欢。他玩得可带劲儿了。"

"他肯定会的。"

又是片刻的沉默，他们注视着天花板，每个人都把手放进了口袋。

"你知道为什么海盗过去都带金耳环吗？"沃克说。

"为什么呢？"

"这样他们就能从上帝那儿买一块地。"

"这是我听过最扯淡的事情。"鲍尔说。

"嗯，虽然很扯淡，但是是真的。"

"我希望我不要被淹死，"鲍尔说，"如果淹死，至少得淹死在波旁威士忌里。"

沃克朝隧道边上走了过去，说："嘿！你们两个！过来。"

两个垃圾工走上前去，看到沃克在口袋里掏了半天，拿出一枚金箔戒指。沃克让戒指在拇指和食指间转了一会儿，把它放到眼睛前面，透过戒指观察隧道，然后把它扔到轨道边。三个垃圾工看着它一路飞滚，最后在砾石堆上停了下来。

"毛拉·奥列里让我把这东西留在这儿。"沃克说。

"她什么？"

"她想把这东西留在这儿。"

"嗯，我……"鲍尔说，"她给你这个就是为了让你扔掉？"

"嗯哼。"

"是她的，对吗？"

"是毛拉的戒指？"大黄说。那次事故之后，他学了点简单的英语。

"当然。她的结婚戒指。今天早上她从手指上摘下来给我的。她说她没力气自己下来，让我替她搞定，留在这儿给康，这样他就能在上帝那儿买地了。"

"嗯，我可真服了，"鲍尔说，"真是个好女人。"

"那肯定的。"

"她叫什么名字来着？那个孩子？"

"艾丽娜，"沃克说，"那小孩长得就像杂草一样快。"

"没开玩笑吧？"

"她很快就能站起来走路了。"

他们像串通好了似的，站在那儿一声不响，只是僵硬地点点头，然后朝旁边瞥了一眼。

"我的上帝，看那个。"沃克咕哝着说。

"什么？"

"看那些蜡烛。"沃克小声说。

"哪些蜡烛？"

"看那些蜡烛，它们在动。"

隧道尽头的那些小男孩已经收起棒球，开始扔点燃的蜡烛。蜡烛一个接一个地熄灭，然后火柴一划，点点火光再次闪耀起来，向远处投下重重阴影。鲍尔的外甥伸开手臂抓到一支蜡烛。沃克看着火光在远处的黑暗里来回舞动。工人们和他们的家人被这微微火光点亮了。渐渐地，火光暗淡了。兰道尔站在隧道入口的地方一动不动，真是火冒三丈。一个隧道工路过他身边的时候把红绸带剪断了。兰道尔又颤颤巍巍地把它给接上。最后几簇黄色火光闪烁起来。最后那支蜡烛被人扔了出去，不见了。沃克的双手穿过裤子的破口袋，紧紧抓着大腿，他咳嗽了一声，和两个朋友耳语了几句。

"这些蜡烛，"他说，"是我这辈子见过最他妈漂亮的东西。"

"他们就像萤火虫。"

"萤火虫是什么?"

"你从来没见过萤火虫?"

"没见过。"

"嗯,我会带你看的。"

"它们长什么样?"

"它们就像这样拍打翅膀。嗡嗡。"

艾丽娜重复了一遍:"嗡嗡。"

"嗯,有点像。但其实它们是不出声的,就是一边拍打翅膀一边发光。大多数时候你会看到它们从草丛里升起来。你不常能看到它们边下落边拍打翅膀。它们就是这样子。有时候你还能抓一只,然后把它固定在荆棘丛上,这样它就能在那儿亮好几个小时。"

"嗡嗡。"

"嗡嗡唔。"

"你好奇怪,沃克先生。"

"怎么了,谢谢你。"

"嗡嗡。"

"嗡嗡唔。"

他在曼哈顿的好多隧道都干过,有时候要挖土,有时候要爆破,有时候又要到水下卖命,有时候要把大块的水泥和成袋的碎石装车运走——总是干最危险的活儿,站在隧道头上,前排隧工。他一干起活来就是好几个星期,而且年年如此,到手的工资还算过得去,另外还有些危险作业补贴。不会再有壮观的死而复生,也不再需要这些了——他明白,能延续生命就足够了。沃克的身体还是那样,他依旧拥有粗壮的胳膊、强健的胸腔和凸起的肌肉。下班之后,他喜欢搭地铁回家。他会像往常一样把鞋子挂在门把手上,只要身边有水槽,他就会在里面把衣服洗了。沃克几乎从来不买新衬衫,工作时候穿的鞋子是他唯一的奢侈品——每年都会有双新的。他躺在床上,无线电里有什么音乐他就听什么,基本上不会去调频道,除非那天有爵士乐节目。在这个满是轻佻女郎的年代,他没有到处搭讪,也不想那么做。政府发了禁酒令,他就不去找酒喝了,但如果有人送上门来,他也会欣然接受。这种把酒送上门的事情通常会在跟西恩·鲍尔见面的时候发生。威士忌,格拉巴酒[①],苹果酒,走私来的啤酒,然后胃痛得要死。

　　高兴也好,难过也罢;寂寞也好,独处也罢,沃克经常会——像个有大把时间和自己相处的人一样——无缘无故地放声大笑。

　　有时候他会在隧道里跟人打架,虽然不是他起的头,但这种事还是会让他干不下去。只有在非打不可的情况下,沃克才会开打。尽管这么说,但打架的时候他还是会用上全身的肌肉,来上强有力的一击。有时候街上的警察会把他放倒在地,对此他也不做什么反抗,明白这时候最好什么都别说;他一旦开口,他们就会把他打成肉酱。他把钱存在一家黑人银行里——那里的利息比较少,但至少是在自己人那里,感觉比较安全。有个著名的小号手在哈莱姆区开了家店,二十五岁生日那天,沃克在那里花一大笔钱买了台维克多牌手摇留声机。在别的地方买的话,要便宜两块钱,不过也无所谓了。让它转起来。让它发出声音。两年之

---

① 一种用酒渣酿成的白兰地。

后,他买了更好的一款,上面还带特制的宝石唱针。他把留声机运回家,小心翼翼地摇着曲轴,爵士乐在他身边喷薄而出,而他则围着屋子跳着狂野的独舞。

女人来的来,走的走,不过大多数还是走了——沃克很可能死在隧道里,她们受不了终日为此提心吊胆。另外,他很害羞,又不爱说话,虽然很英俊,但老是要穿那身行头,还要戴他那顶滑稽的红帽子。

这些年来,只有他的住处一直在变——有布鲁克林区的酒店;南曼哈顿老五点廉租公寓边上的阁楼,鸟屎把那里的天窗都遮住了;还有地狱厨房里的那个套间,就在屠宰场旁边,身边时不时会有带爱尔兰腔的嘲笑声响起;还有新泽西城亨德森大街边的一所房子,房子外墙带护墙板,隔壁小木屋里的私酒老是渗进来,弄得房间里一股酒味;接着回到曼哈顿,搬到特丽莎旅馆酒吧边一处给黑人住的租赁房;然后北上,去了131街上的一间不供热水的房间。他生活中唯一一件不变的事情就是每周日去城里看毛拉和艾丽娜·奥列里。沃克感觉到岁月流逝,亦如隧道里的尘埃已在他的肺里落定;亦如皱纹爬上了毛拉·奥列里的眼睛;亦如给艾丽娜讲故事的时候,她的身子会向前靠,轻轻地抚摸他的手肘,好奇心变得越来越重。

"看,"他对她们说,"看。十九世纪六十年代的时候,他们在造城市中的第一条隧道。一个名字叫阿尔弗雷德·埃里·比池先生的人负责。商人。他们叫他什么来着?企业家。脖子上系着领结。比兰道尔还要胖。比池先生想到,或许应该做点什么把火车弄到地下,而不是在地上。没有火车露天跑,只有在地下。在这个比池先生之前,城里的人都没想过这个。他真他妈的聪明,不好意思,太太,但他是聪明。"

虽然没戴帽子,沃克还是在帽子的位置轻拍了一下。看到这个,两个女人都笑了。

"然后他就想弄一张许可证,好让他在市政厅边上的百老汇大街下面挖隧道。就在他们鼻子底下。但是不管他怎么弄,就是拿不到许可证,他们才他妈不会给他呢,没门。他们要在那个埃里身上赚钱。他们不想错过。这就是十九世纪六十年代,像我说的。他们说比池这个老头疯了。大概他是疯了。但不管怎么样,他在前进。他知道只有那些让你心碎的事才是值得做的事,他就是这种人。然后他就弄了几个工人,从穆雷大街的德富林服装店下面开始挖,一切都是秘密进行的。晚上的时候,他们把挖出来的土混在一排排衣服里,然后偷偷运出来。等大家都睡觉的时候,把土运到大街上。除了那帮工人,没有人知道发生了什么。传说那个工头被叫作'绦虫'。他们这么叫是因为他有一次用刀子把一个挖掘工人的胃切了下来,就因为之前那个工人泄了密,说他们在造隧道。"

沃克说话的时候,厨房桌子上的茶杯正冒着热气。

"不管怎么说,他们放了好多壁画、花瓷砖和各种漂亮的画,把它弄成了你所见过最好看的隧道。反正就是好极了。不骗你。在入口的地方,他们在候车室里放了一个喷泉,一个很大很大的喷泉,下面接着水管。他们以前从来没有见过这种东西。阿尔弗雷德·埃里·比池这个老家伙还打算说,他们需要一台大钢琴来欢迎客人。就像这台一样,我猜。"

他朝房间那头康·奥列里的钢琴点了点头。

"然后阿尔弗雷德·埃里·比池这个老家伙就让他的第一列火车通过了。那天一定是个大日子!传说他雇了一位小姐,全身穿着漂亮衣服,到下面来弹钢琴。所有的客人来了之后,看到喷泉,听到音乐,都觉得自己要死了，要去天堂了。不管怎么说，在气压的作用下，他们让火车穿过了隧道。隧道两头各有两个很大的风扇，推动火车前进。嗯，具体的我不知道，但我估摸着它大概有四百米长。他们开了好几年，但都没赚到钱，比池这个老家伙亏大了，所以决定把那该死的东西关了。他就用砖头把隧道堵了。大概是十九世纪七十年代。过了些年，大家都忘了那儿还有条隧道。这也就算了，但就连做地图的人也忘了把隧道加上去。"

沃克朝自己的茶杯里看了看，好像在掂量自己说的话。

"继续。"艾丽娜说。

"接下来最奇怪的事就发生了，我得好好搞搞脑子想一想，但那些事都是真的。"

"继续，继续。"

他停下来喝了一口茶，然后又朝杯子里多加了块糖。

"说时真那时怪。上星期我才听说。有人为这事在胸口划了十字，老大黄也发誓说那是真的。是这样的，他们又在百老汇大街底下开挖了。注意了——已经过去六十年了。大家都把老隧道的事情忘了。他们用炸药把那儿炸开。要做切割铺板，他们事先在街上放了钢板，这样石头就不会飞出来。他们把炸药放进去，把隧道清空，其中一个人点了导火线。他们跑出来，到了街上，等它爆炸。还没等他们说话。是累了，我猜。它就来了，就是炸弹，轰！"

艾丽娜朝后一跳，回到了座位上。

沃克哈哈大笑。"然后那帮工人就顺着梯子回到隧道里。走下去的时候，他们用围巾挡住嘴巴防尘土。其中一个工程师先下去确保安全，确保不会有石头落在他们身上。都确定之后，隧道看上去没什么问题了，他们就开始把碎石弄出去。他们五个人。把大石头朝后搬。准备把支撑天花板的那套东西弄进去。然后，突然之间，其中一个人爬上来大叫。看这儿！他站在那儿，手里拿了一块瓷砖。他们在想真他妈见鬼。不好意思。但他们就是这么想的。真他妈的见鬼，这瓷砖到底是从哪儿来的？然后他们其中的另一个小伙子又捡到一块瓷砖，还有像大楼上那种面孔形状的东西，你们是怎么叫的？"

"兽状滴水嘴。"毛拉说。

"兽状滴水嘴，对，他捡起一块兽状滴水嘴，然后他们所有人都说出了那个词，能多大声就多大声。真他妈的。不好意思，太太。但他们肯定是这么说的。"

十四岁的艾丽娜把胳膊肘倚在桌子上，双手托着脸蛋。

"然后那帮工人就进去想再拿掉些石头，突然他们扑了个空。那儿什么都没有！一样东西都没有！然后他们匍匐穿过隧道里的那道缺口，直到能站起来伸开身子为止！现在，这些人，原来都习惯了整天一直弯着腰，现在全都站起来了！他们边上都是花瓷砖和油画，脚下有条铁轨！然后，他们一共五个人，一路走，没有一个人相信自己的眼睛。再往里面走，然后他们就看到那个老喷泉——当然已经没有水从里面出来了——但就在那儿，那个老喷泉，在那后面，那架大钢琴还在！说真的。那钢琴！上面都是灰。估计把他们都弄出心脏病了。其中一个工人把钢琴盖子打开，开始弹奏起来，然后所有的人都围过来，把灯笼举过琴键。他们没有个人听进一个音，我不知道他们在唱的是什么歌，但我估摸着这也不要紧。他们就一直站在那条老隧道里，直到巡视员下来为止。他看到他们几个对着老钢琴大喊大叫，大笑大唱。"

两个女人坐在那里，对着冰冷的茶杯一言不发。这时，艾丽娜的嘴角突然露出一丝微笑。

"有架钢琴在地下?"她说,"我的老天。"

"艾丽娜!"毛拉说,"你明白的,我跟你说过不要讲那种话。"

"哪种?"

"像我的老天。"

"对不起,妈妈。"

她们坐在那里一语不发,然后沃克开口说道:"但现在不一样了,对吗?"

毛拉点点头:"当然。"

"只要那人愿意,足可以叫他相信。"

"当然。"

"一架地下钢琴。"

"我的老天啊。"女孩又说了。

然后他们三个笑了起来。

艾丽娜给他写了个便笺:六点在威尔斯香烟广告牌下见。

她到早了,身上穿了件她母亲曾穿过的黄色薄纱裙。过路的男人都会注意到她的一头红发。她总是躲开这些注视的目光,同时沿着街面张望。当沃克出现的时候,她上去拉了他的手,但沃克很快就把手拿开了,并走到她身后两步的地方,犹犹豫豫,一言不发,而且很紧张。他走在她的阴影里。街道被大雾抹上了一层灰色。汽车又将废气丢进这抹灰色之中。工头在隧道入口——脸上的痘粒让他心烦意乱——说她不应该让一个黑鬼陪她走进那片黑暗。

"就甭说那些人会干出什么来了,女士。"

沃克走在一旁，双手放在口袋里。

工头带她进了隧井升降机，到下面之后就沿着隧道一路走，给她看满是灰尘的钢琴。她打开盖子弹了几个音。工头凑近她，把灯笼举在她脑袋旁边。只见他偷偷把手放在她腰上，在她的屁股上伸开手指捏了一把。

"别那样！"她边说边把他的手推开。

"噢，来吧。就亲一小口儿。"

"走开！"

她退到一旁，从隧道里跑了出来，但是沃克已经走了。她发疯似地到处找他，来来回回跑遍了整个炮台公园。最后她终于找到了沃克，发现他低着头，腼腆地站在广告牌后面。

"是真的。"她说。

"当然是真的。"

"我知道。"

"那你为什么这么惊讶？"他问。

她挪动着双脚说："那个人，他想碰我。"

"他欺负你了？"

"没有，但是你应该跟他说说。"

"嗯？"

"他不应该那么做。那不对。你应该跟他说说。"

"你是认真的？"

"当然是认真的。"

"我很傻，妞，但我没那么傻。"

"为什么？"

"妞。"

"什么?"

"好好看我一眼。"

"噢，"她说，"噢。"

她身子前倾，想在沃克的脸颊上亲一下。这时候，沃克转了过去，尴尬地嘟囔道："你不应该那么做。那不对。"

不过有一次，他看到一个有名的中量级拳手带着一个法国女演员从特丽莎酒店出来。她身着短裙，脚踩高跟鞋，擦了香水，非常优雅地在手指间夹着一根细细长长的香烟。在酒店门口的时候，她的嘴唇轻轻碰了碰那个黑人拳手的脸颊。然后他们就上了一辆正在排队候客的汽车。等那两个人走了之后，街上的年轻女孩拿棒冰棍的样子活脱脱就像那个法国女人拿香烟一样。她的香水味散在空气中挥之不去，就像是耶稣身上的伤痕一样。

"那就是不对。"沃克说。

话虽然是这么说，但是这几年来他还是一直带她去伊斯特河河畔。陌生人的眼神会让他把下巴贴到自己胸口。他知道他们在想什么。有时候甚至连他自己的伙伴都会对他怒目而视。走路的时候他会走在艾丽娜身后很远的地方，这样看上去就好像他们并不在一起，要是有人盯着他们看很长时间，他甚至会不跟艾丽娜说话。

在河边，艾丽娜说："再跟我说说我爸爸的事吧。"

"嗯，"他说，"有天清早，我们都到下面去，我们在干活儿，跟平常一样，就像我们一直干的那样挖土。"

"嗯哼。"

"我们流了很多汗，装土，又装土，又流了很多汗。"

"然后就出事了？"

"对。我就像这样把铁锹弄到半空中。然后康，他就在我身后什么地方。还有大黄也是。他就是喊的那个人。一开始他全是用英文讲的。都快把我耳朵震破了。'妈的！空气跑出去了。妈的！'"

沃克指了指河心："我们就从那儿升上来的。"

第五章　时间过得真慢

在他小窝的那头，有一条冰柱一动不动地悬在金属隔栅旁。这条冰柱有一英尺长，直冲隧道底部。它看起来就像是一块钟乳石，不过他知道钟乳石不是冰做的，只是矿物沉积罢了。不管怎么样，他还是打算那么叫。钟乳石。他不知道它到底会长多长。可能是十英尺，可能是十五英尺，大概会一路长到地面上。他对着那块尖利粗糙的冰块点点头。"早上好，"他说，"早上好。"他知道，这个世界还是会在不经意间冒出些小惊喜，让人感觉十分神奇。

她来的那个早晨，刚好下了第三场雪。

只有一个黑色手提包，别的她都没带。他当时躲在小窝里不会有被看到的危险，看到她的时候觉得不可思议。她走在他的窄梁下面，裹着件巨大的毛皮大衣，扣子都没有系上。如此一来，她看上去就像是只被纵向剖开的动物，从脖子一直到肚脐眼。大衣很旧了，而且破破烂烂的，但还是隐约让人觉得很美。她下半身穿了一条红色迷你裙和高跟鞋。她的头发上串了各种颜色的珠子，其中的几颗在模糊的光线下显得很突出，就好像很多年没洗了一样。她朝铁轨中间走去，当她来到隔栅附近面向小窝的时候，蓝色的冷光束从上面射了进来，而她就站在光束里。即使是从他的高度也能看到她脸上有几道干了的睫毛膏痕迹。她在冰冷的天气里瑟瑟发抖，把毛皮大衣紧紧地拉了起来。

她看上去真像丹塞斯卡。

她朝隧道内壁走去，靠近熔钟壁画的时候，先是偷偷地四处张望，然后蹲下身子，提起毛皮大衣的下摆，小心翼翼地不让它弄脏了。

树蛙不想在她小便的时候盯着她看，于是就轻轻拉下睡袋的拉链，迈步的时候非常小心，脚都要摆来摆去，不知在哪里下脚，生怕踩到地上哪团老鼠屎。他费力地穿上鞋子，还用冻僵了的手指把鞋带系上。卡斯特在他床边动来动去，树蛙伸出双手去抚摸它。卡斯特弓着背，紧紧窝在他身上。

他很快穿过黑暗，朝窄梁走去。在翻身下去之前，他摸了一下交通灯的残骸：放轻松，别撞车。

横梁非常冷，这里离地面有六米，他翻身下去的时候甚至能透过手套感觉到刺骨的寒冷。他落到沙石堆上的时候几乎没发出什么声音，然后就看到那个女人站起来摆弄了一下自己的裙子，脚边的那泡尿还在冒着热气。她朝他的方向扫了一眼，深深地吸了一口气，还好树蛙及时躲进了阴影里。

"谁？"她说。

他让自己躲到更深的黑暗之中。

"他妈的，谁啊？以利亚？是你吗？"

树蛙躲进外套里呼吸，这样她就看不到他呼吸时候产生的白雾了。

"别玩游戏了。"她说。

他几乎能听到自己的心在砰砰直跳。

"谁？"她又说了，"以利亚？"

她在自己包里乱翻一气，他一度还以为她会有枪，还会在隧道里扫射一番，最后他的脑袋或者心脏上会有个窟窿，也许两个地方都会有，然后她甚至会拿枪对着她自己的脑袋。但是这些都没有发生，她只是拿出一包香烟，然后脸转向一边，把烟点着了。她的毛皮大衣敞开了，露出里面那件紧身衣，能很清楚地看到乳头因为天气太冷而立了起来。她迈了一步，两个乳房微微晃动了一下。他在想，上次隧道里有女人是什么时候的事了？只见她狠狠地抽了口烟，树蛙看到她眼白的部分在脑袋里直转。他让自己牢牢固定在黑暗里，当她开始移动的时候，他给了她一个飞吻。

她从蓝色光束中走出来，进入悠长的黑暗中，接着又走进有亮光的地方，然后进入更深的黑暗之中。她走路的时候身子缩在外套里，树蛙所能看到只就是她的轮廓。隧道就像一间令人捉摸不定的教堂，一些关键的地方能让光进来，而其他地方则是漆黑一片。有条狗在隔栅上面狂吠，那个女人停下来，抬起头，拿出一面小镜子，用手擦了擦脸颊——她一定是在哭——他想象着睫毛膏把她的脸蛋弄花的样子。

他跟跟跄跄地跟在她身后，与她保持在铁轨的同侧。

地上的尘土被压得很紧实，那个女人走在上面的时候，高跟鞋会留下印迹。树蛙用手擦了擦鼻子上的鼻涕，然后抬头冲着声音来的方向。远处有两个光点。是去纽约北部的火车。他猛地看了一眼自己身前的女人，她走路的时候一直低着头。树蛙的心狂跳起来。火车的声音越来越响，他突然感觉自己的喉咙很干。

"不要，"他小声说，"不要。"

她抬起头，死死盯着火车头灯一路朝这边过来。她离铁轨更近了。刺耳的火车汽笛声轰鸣起来，车厢底部火花直冒，发出的噪声震耳欲聋。他觉得她会站到火车前面——就像是把一颗超大的子弹抱入自己怀里——他大喊"不要"，但是这喊声却被淹没在引擎的嘶吼声里。他遮住了自己的眼睛。等再看的时候，她就只是站在铁轨边上，盯着窗户，任这列美铁火车如风卷残云般一闪而过。

他坐在地上,把手放在心口,闭上眼睛对着没有人的地方大声说:"谢谢你,谢谢你。"

她又一次在极寒的环境里走动起来。树蛙跟在她后面,始终保持着安全距离,一路跟到第九十五大街边的那片小隔间那里。这些小隔间——以前是铁路工人的水泥仓库———间挨着一间,排成很长的一排。

法拉第从他的单间里出来,眼睛盯着她看,而她却丝毫没有向后退的意思。法拉第穿了件很脏的黑色外衣,吹了声口哨,声音很低沉。她理都不理,手提包摇来晃去,就像是一件武器。

"嘿,宝贝儿。"法拉第说。

"我不是你的宝贝。"

"看上去就像。"

"妈的。"

她的声音又高又尖,都变了调,树蛙觉得她一定是在哭泣。

"那好啊,"法拉第说,"来吧。"

接着,她便穿过那个堆满垃圾的棒球场,捡垃圾的迪恩就住在球场旁边的小隔间里。光线从她身后洒了下来,这一路上她都是踮着脚走的,地上有好几坨人粪、破旧杂志、空罐子和皮下注射用的针头,针尖上还带着几滴血,就像田地里绽放的罂粟花——她穿着黑色高跟鞋,走起路来就像一只暗色的长脚小鸟——还有破瓶子、老鼠屎、婴儿车、摔烂的电视机、压碎的罐头、丢掉的纸板箱、摔碎的大口瓶、橘子皮、裂开的小玻璃瓶和一只没有眼珠的泰迪熊,它的肚子已经被老鼠一口一口咬掉了。她继续向前走,身边尽是人类破坏之后留下的残骸。

迪恩从小隔间出来的时候，她正好路过。他戴了一副捡来的夹鼻眼镜，把眼镜朝眼睛上推了推，看着她过去。迪恩舔了舔自己的嘴唇，脸上挂着微笑，就好像有一天他也会把她收走。

有一张旧报纸缠住了她的脚，把她的脚踝都包住了，于是她就带着那几个版面走了大概十八米。树蛙——躲在后方的阴影里——觉得报纸的头条会渗进她的脚踝，一直跟随她走遍各条隧道，但她还是把报纸一脚踢开，摇摇晃晃地朝以利亚住的地方走去。她之前一定来过这儿，树蛙想，从她走路的样子能看得出来，而且她走路的时候从不回头看。

她在以利亚的小隔间外停了下来，那里的地面很干净，没有垃圾。地面上的尘土被压得很紧实，"爱心老爹"在那儿种了一棵小树。棕色的树枝冷得发僵，她把手放在上面摩擦了几下。只见她深吸一口气，站在光束里大声喊道："以利亚！嘿，以利亚！"

她打量着整排水泥小屋。

"以利亚！"她又喊了。

树蛙知道她是在哭，他想伸手去碰她一下。但是，正当他从阴影里出来的时候，以利亚从小隔间里冒了出来。只见他揉了揉眼睛，朝铁轨对面看去，发现她就站在树的旁边。树蛙再次让自己躲到了阴影里。

以利亚穿过铁轨，用胳膊勾住那个女人，她就一下子倒在他肩膀上抽泣起来。她把以利亚的运动衫上的帽子拉到后面，然后用手指摸了摸他脸上的疤痕。在回小隔间的路上，以利亚就一直让她靠在自己的肩上。到了之后，他一脚把门踹开，那扇门像喝醉酒似的，连着剩下的那一根铰链晃来晃去。

树蛙坐在外面等着。

一个小时之后，以利亚从小隔间里出来，然后对着墙壁撒尿，就像只狗在给自己的领地做标记。他很开心,一个劲儿地朝隧道天花板挥着胳膊。树蛙转过身,走回到自己孤独的小窝去了。他拿出丹塞斯卡和他女儿的合照,把照片扔到半空中,然后在它碰到泥地之前用双手去抓住。

冻疮。因为寒冷潮湿,双手变得很大,感觉要把手套都撑破了。

*

后来他知道她叫安吉拉。她住在市区的另一条隧道里,在第二大道和百老汇-拉法耶特之间,是一个地铁站,离站台有九十米,每隔几分钟就会有列车开过,隔栅那里也透不进光,一直都有噪声,是条环境很恶劣的隧道,是所有隧道里最恶劣的,是曼哈顿最糟糕的。

她在那儿有六个月了,就睡在一块被雨水泡大的床垫上。牛仔裤口袋里的小玻璃瓶都被压碎了。有天晚上,她躺在那块床垫上睡着了,当时那床垫就在轨道边的一个大洞里,以墙壁为界隔开,离列车不到两米远。噪声已经无所谓了,它就好像是她自身有规律的呼吸。她把悬浮在空气里的钢屑都吞了下去。当她正在睡觉的时候,四个男人拿着自行车链条从百老汇-拉法耶特那头下来了。他们把她踢醒之后,就拉着她的头发往上拽。她从来没见过他们。她大声尖叫,于是其中一个人就把一只袜子塞到了她嘴里。他们撕烂了她的T恤衫,用自行车链条把她的胳膊绑了起来,拉紧之后,她的手腕上就留下了一圈机油。他们让她弯下腰,开始轮奸,还在她耳边把所有的下流话都说了一遍。

安吉拉要窒息了,他们把袜子取出来,于是她一下子呕吐了出来,但他们还是继续。在那之后,她也不出声了。他们其中的一个人用舌头在她的耳垂上舔来舔去,还用牙齿把她的金耳环偷走了。他俯身凑近她,舌头上就是那个小金环。她连朝他吐唾沫的力气都没有了。

她四肢着地趴在地上,然后闭上眼睛,这样就不知道他们是谁了。她想通过这种做法来恳求他们放过自己。最后他们走的时候,每人丢给她五十美分让她买点糖吃——他们说芒兹巧克力[①]——他们沿着隧道一路大笑。

之后的两天安吉拉都没法走路。床垫发臭了。她用长毛绒大象当枕头,粉色的表面上留下了一道道条纹状的血迹。在地铁里,乘客们行色匆匆,车窗里身影交错。她看着那些身影,注视着他们来来往往,然后伸手去转动耳朵上剩下的那只耳环。

有个叫钢丝锯的男人找到了她,对她说:"妈的,安吉,我要杀了那帮糟蹋你的畜生,去他妈的。"

钢丝锯俯下身子,紧紧地抱住她。虽然他身上很臭,但她还是任他抱着,他的手臂肌肉很发达。过了一会儿,他给她买了热咖啡和一个三明治,但是安吉拉吃不下去。他站在她身前,舌头耷拉着——她叫他钢丝锯是因为他的脑子已经废了。

"让我一个人待会儿,钢丝儿。"

"不。"

"我不想跟任何人说话。"

"像这样你会死在这儿的,姐姐。"

"听上去不错。"

[①] 由好时公司(Hersey's)生产的夹心巧克力,夹心为椰子口味,外层包裹黑巧克力。

"妈的，姐们儿。"

"我说真的，听上去很好，我想死，听上去像草莓一样，听上去味道很好。"

"你疯了，姐们儿。"

钢丝锯就不管她了，自己消失在略带黄色的黑暗之中——隧道里的电灯时亮时暗，断断续续——她从应急检修通道爬到上面，来到休斯敦大街中间的一个安全岛里。她在大雪里走得磕磕绊绊，身体又热又干，脑袋涨得要死。安吉拉坐在一个公交车候车亭里抽泣，后来一个戴鼻环的少年走了过来，觉得她很可怜。于是他就把她带去宝丽大街①的警察局，路上一直把胳膊放在她肩膀上。她闻到那个少年身上有股须后水的味道，觉得十分惊讶。那深邃、甜美、持久的味道对她来说非常陌生。一个警察把她带进一间审讯室，里面很小，台灯很亮。审讯室很暖和。她坐在那儿，双手懒洋洋地放着，想叫人把台灯关掉，因为灯光让她的眼睛很难受。另一个警察扭了一下台灯的长脖子，让它对着地面，一个黄色的光点印在了她的视网膜上。安吉拉坐在椅子上的时间不超过五分钟。她想写个报告，但警察说这都是她自找的，做妓女就会这样，就是那么回事儿，你是自找的，姐们儿，谁让你的迷你裙那么短，内裤那么薄呢？

"我不是妓女。"

"你看，我们不傻。你看你他妈把屁股都露出来了。"

"不要看我的屁股。"

"没事儿。"

---

① 纽约曼哈顿一条很有名的大街，位于唐人街附近。

"不要看我的腿。我告诉你我不是妓女。"

"嗯哼。"

"我不是！我是跳舞的。"

"跳舞的？"

"对，你有问题吗？"

"跳舞的！给我们扭两下。"

"去你妈的，你这畜生。"

"跳舞的！"

她结结巴巴地说："我不是妓女。"

当她把休息室的门打开的时候，那个戴鼻环的男孩已经走了，但是他身上的香气还在，她深深吸了几下，想把这种味道都吸到肺里去。有个警察一直跟着她到警察局门口，对她说："我相信你，姐们儿。"他笑了笑，说他对之前发生的事感到很抱歉，他会去隧道里走一趟，再写个报告，明天她得再来一趟。然后他从口袋里拿出二十块钱给她。她耷拉着脑袋，把钱塞进手提包里，走出警察局，恍惚间穿过格林尼治村①。这时她突然想起了住在纽约城外的老朋友以利亚，于是就在阿斯特站一头扎进地铁，在中央车站换乘，又在时代广场换乘，最后到达 72 街。她沿着马路来到河滨公园，铁路隧道入口有个用细铁丝网扎成的篱笆。她穿过上面的那个洞，边走边把破玻璃瓶里剩下的粉涂在脸上，手指在瓶子里戳来戳去。接着，她便踩着黑色的高跟鞋，出现在隧道里。如果那时候树蛙把自己的心跳画成一张图的话，上面的各条等高线一定会靠得很近，即使使用最陡峭和最精细的刻度，线条也都几乎要贴在一块儿了。

---

① 纽约曼哈顿市区的一片大型居住区。

树蛙爬回小窝躺了下来，身边是小猫卡斯特。冬天的时候，只有睡在隧道里才能打发那么多的时光。身边没有一丝噪声。他从床边的桌子那里拿了最后一点大麻，自己动手把它卷成一个小烟卷，用大拇指和食指夹住，然后压实搓长。

他的袜子挂在床上方的晾衣绳上，而这晾衣绳就是一长串各种颜色的领带——有蓝领带、红领带、佩斯利纹印领带、破领带和紫红领带，甚至还有一条古驰牌的，它们被穿在一起，结都打得很漂亮。这些领带在昏黑的小窝里围成了一个圈，从这一头一直到那一头。总共有十六条领带，都是从大垃圾桶里捡出来的。领带绳上的好几处都被钉在隧道天花板上，这样它就不会垂得太低。树蛙脱掉鞋子，把袜子挂在晾衣绳上。袜子里满是汗水，一个小时之后就开始结冰了，树蛙觉得看上去就像是另一个人的双脚在半空中摇晃。

"嘿哎，"他说，"嘿哎。"

他带着蜡烛来到后面的墙洞，然后爬到他放地图的架子那里。在那儿他有成百上千张图表，美工纸上还有一张巨大的地图。地图是卷起来放的，样子很考究，上面还系了根鞋带，看上去很精致。树蛙在地上铺了一个塑料袋，这样地图就不会沾到灰尘。他解开鞋带，把地图铺展开来。得到新数据的时候，他就得用到橡皮，这一点让他觉得很讨厌，但这又是必须的，没有其他办法。这一边，床头的小桌就是隆起的一片高原。一长条孤峰代表他的床垫。圆形的小土垛代表泥地上坑坑洼洼的地方。山洞代表"古拉格"。所有的凸起部分都用数据增量标示了出来。他认认真真地把一条轮廓线擦掉，扩大了原来的范围，因为今天早上那女人来过之后，他发现了墙洞内壁的一个新数据——他也可能是错的。见到她之后,他的双手就一直在发抖。

他咬了咬手套尖,让手指暖和暖和,给它们供点血,再干上几个小时的活,然后睡一觉。一只老鼠悄悄地从他的生殖器上走过,这时他醒了过来,发现老鼠已经在地图的边缘留下了一个脚印,这让他觉得很窝火。

树蛙从后面的墙洞里出来,坐在床边把眼中的睡意一把抹去。

他把秋天的落叶都保存在一个巨大的塑料袋里。

树叶都是棕黄色的,虽然因为护根的关系,外面一圈有点潮湿,但摸上去还是很脆。树蛙把树叶放在戴着手套的手掌间搓了搓,再用手指按了按其中的一些,然后均匀地撒在火炉周围——其实就是一圈石头,中间有个像穹顶一样的小土包,都是些积了很多年的尘土堆起来的。他把一张泛黄的《纽约时报》撕成细条,围着火堆绕了一圈。树蛙在床头小桌的旁边——尽管一个桌腿用书垫着,但整个桌子还是有点像喝醉了一样——找那堆用来点火的东西。

他用手指折了八条小树枝,把它们铺在报纸上面,搭成圆锥帐篷的样子,再在上面放一些大一点的树枝。

火被点起来了,看到跳动的火苗,树蛙就把手伸到"古拉格"里面,打开用铝箔包裹的火腿。他先剥下一片,然后撕成很小的几块,这是给卡斯特准备的——不多不少,能让她心情好,也让她吃不饱。他在盘子里倒了一点点牛奶,然后拿着盘子放在烤架上烤。盗火者普罗米修斯·树蛙!来吧,可爱的鹫鹰,生生世世都来噬食我的肝脏!

他用右手拇指摸了摸盘子,再用左手摸,随后他就坐回到床垫上,一直等着。

牛奶热起来的时候,他正抚摸着卡斯特,用手指把它肚子上的那团泥巴弄下来，然后在双手间扔来扔去。它一直耷拉着脑袋，看着盘子的方向。等牛奶冒出第一个泡的时候，树蛙就把它倒进一个小碗里。

卡斯特轻轻地舔着牛奶，然后把鼻子凑到装火腿的盘子上闻闻味道。

"好姑娘，"他说，"好姑娘。"

树蛙把装杜松子酒的瓶子拿出来，满满地喝了一口，然后小心翼翼地在盘子里打了两个蛋。他下巴上的一根胡须掉了下来，树蛙用右手的手指把胡须从完整的蛋黄上挑了出来，然后又用左手手指依样重做了一遍。他在蛋上放了一片黄油，等它融化之后再吃。树蛙一般都在窄梁上吃早饭，还会用轮毂盖当盘子。他朝隧道里望了一眼，想起那女人靠近铁轨的样子。她长得真美。穿着毛皮大衣和红色迷你裙。美腿，长腿，杂志里女人的腿。她让树蛙想起很多关于丹塞斯卡的事情。他微笑着，让面包在舌头上变得香软。

公园大道上的教堂。圣诞。唱诗班歌曲。他们一起进去。在此之前，他们从没来过天主教堂，但是他们喜欢这歌声，是歌声吸引了他们。丹塞斯卡理了理头发。他把莱诺拉抱在自己的臂弯里。孩子有六个月大。那是一九七六年。她的身体还只有他的手到胳膊肘那么长。他弯下身子亲吻孩子的前额。他的头发很短，没有络腮胡。他拉开滑雪衫的拉链，然后把手放到丹塞斯卡的腰上。她点点头。他们坐到后面的长凳上。歌声神圣而优美。神父从圣杯里喝了口酒。唱诗班继续歌唱。他们身边的长凳渐渐空了。人们正朝圣坛走去。他和丹塞斯卡彼此看着对方，突然觉得有些紧张，不清楚仪式究竟会怎么进行。他们跟着人群，然后开始模仿身边人的动作。他伸出舌头，神父轻轻地把面包放了上去。神父微笑着碰了碰莱诺拉的前额。走回过道的路上，他能感觉到那奇怪的面包在嘴里变软，还粘在了上腭上。他把食指伸了进去，挖出一小块。手指上留了一点。他把那点面包放进孩子的嘴里。有个裹着头巾的老女人瞪大眼睛盯着他看。他能感觉到自己的面颊一下子就泛红了。他做错了。他不知道做错了什么。在接下来的仪式里，他就一直低着头，抱着自己的孩子轻轻摇晃。仪式结束之后，他们低着头，很不自然地从教堂里走了出来。但是等他们走到公园大道的那一头，离开教堂够远的时候，丹塞斯卡突然大笑起来，那声音就像在他身边炸开了一样。他在一排停车计时表前面把孩子交给丹塞斯卡。只见他站到一台计时表上——这就是他的老把戏——只用一只脚控制平衡。他感觉非常好，既滑稽又让人充满活力。他感觉嘴巴里还有面包的味道。他们一起走到自己的公寓，转动门上的钥匙，站在取暖器旁边，他们的胳膊缠绕在一起，彼此亲吻，让熟睡的小孩夹在他们中间。

正午逼近，树蛙从床上起来，把红色的咖啡罐从一只手换到另一只冻僵的手里。黄色的罐子里已经没有水了，所以在去沙石堆的路上，他就一路跌跌撞撞，在两条铁轨之间晃晃悠悠地朝前走。

他走到隧道深处，路过那排小隔间，门上画着各式各样的涂鸦，就像蜘蛛网一样密密麻麻：**以利亚是王。海上的水手。格劳孔在这儿，八七年。妈的**。法拉第的门上面挂了一个马桶圈，门上写着：**我就想坐着，边放屁边思考但丁**。

树蛙停了下来，给以利亚的门来了个飞吻，心想那女人现在一定还在里面睡觉。

第九十四大街底下是一片巨大的厨房区，中间有一个在篝火上烧烤用的架子。**知更鸟不会唱歌。嘞咕。史前穴居人！我思故我漫步。我们不是民兵。纽约糟透了。**一件雨衣被晾在一条很长的钢索上。这块地方一片漆黑，只有从隔栅那里透出的几丝光线能打破这片黑暗。蓝白灰三色交错的光束从上面照进来，落在隧道内壁上，那里都是"爱心老爹"画的涂鸦和壁画。每隔九十米都会有几幅壁画，老鼠在那些人像的脸孔下跑过，有马丁·路德·金，约翰·F. 肯尼迪，米瑞安·马卡贝[1]，嘴里含着阴茎的蒙娜丽莎，还有休伊·牛顿[2]，他被尼克松和约翰逊这两个白毛贼钉在了十字架上。还有一座北美野牛形状的岩雕，上面写着"本牛肉来自美国农业部"。有人在上面画了几个巨大的粉色牛乳。

那些壁画下面满地都是成堆的瓶瓶罐罐和针头。

树蛙把外套的领子竖起来裹住脖子，穿过九十米长的隧道，一路上都是棚户简屋。通过光线的角度他就能判断出现在是几点。当然，还可以通过列车来判断。

他来到铁楼梯那里，然后爬到上面的铁门，一共是十四步，一直是十四步。一条带倒钩的长电线把迪恩的购物车拴在了铁门上——有四只泰迪小熊缠在购物车侧面的网眼里，旁边还有星条旗，上面全是泥。推车底下还有四个被压扁的百事可乐罐，不过树蛙不打算捡，也就二十美分，他可不想为了这个费事。

他透过铁门上的铁丝网朝外瞥了一眼，看到河堤上盖了三十厘米厚的积雪。一切都很安静，就连西区公路上的那个拐角处也没什么车。那个地方经常出车祸，在两辆卡车过来把事故车辆拖走之前，他总喜欢先

---

[1] 米瑞安·马卡贝：南非著名歌手，曾获格莱美奖，被誉为"非洲妈妈"。
[2] 休伊·牛顿：美国黑人运动领袖，黑豹党创始人。

把轮毂从残骸上取下来。

树蛙蹲在铁楼梯上，把空咖啡罐从铁门的豁口里塞出去，然后用罐子铲了些雪，再用手套裹住的拳头压压实，先是右手再是左手。

他看到那上面是一层刚刚落下的雪，下面就是结实的冰层。他应该在窄梁上洒点水，等那儿结冰之后，就肯定没人能到得了他的小窝。他们会滑倒，然后摔下来把脖子弄断。这样他就能永远不受打扰。

他把装雪的罐子塞到外套口袋里，然后回到隧道，爬上窄梁——他知道他不会摔下来的，即使踮着脚也能在上面走——接着他又开始在小窝里生火。木头和树叶都快用完了，这次他用的主要是报纸。

火焰很快就燃起来了。

他把雪都倒在一个熏黑的茶壶里，然后从"古拉格"里挑了一个花草茶茶包。"古拉格"露在外面的部分有一米多长，还有三十厘米深入隧道内壁。这个玩意儿就在他睡床的上方，是他来隧道的第二年才造的。当时凿完洞，还要把里面打磨得非常平整，花了他好几个星期的时间。他在中间放了一个小的不锈钢烤盘，这样食物就不会沾到里面的砖灰，前面还挂了条有彩色斑点的大围巾当门来用。他在墙上敲了几枚钉子，还仔仔细细地把每个钉子都锉得很尖，这样一来，如果有老鼠跳上来偷东西吃，它们的脚就会被锋利的钉子撕得粉碎。他从来没见过有老鼠跳上来，所以大部分时候钉子都是用来挂袜子的。

他把茶壶留在火堆上，自己回到睡袋里，听着南面传来的嘶嘶风声，就像人吹口哨一般。他等待着曼哈顿的黯雪沸腾。时间过得真慢，他在想，如果时间真的是在一点点过去的话。

夜晚的百老汇大街上，雪慢慢变小了。这时他带着满满一袋罐子，一边走一边监视她,而她就坐在交响乐空间①的雨篷下。

她伸开一只胳膊,拿着一叠纸质咖啡杯,大概有二十个。最上面的那个咖啡杯几乎像是在对这条大街鞠躬示意,恳求别人多少能给点。看到这个,他哈哈大笑,同时还听到她对路人说:"给点零钱吧,我会在你的婚礼上跳舞。"

即使没人给她钱,她的身体突然倒在地上,胳膊变僵,脚翻成外八字,眼神变得呆滞,两道让人痛心的皱纹深深刻上嘴角的时候,她还是始终微笑着说:"给点零钱吧,我会在你的婚礼上跳舞。"

*

他一直在门边听着,直到确定以利亚不在才动身。这很容易判断,因为收音机已经没声了,而以利亚一直喜欢吵吵闹闹的——即使在他睡觉的时候也是如此。

树蛙踮着脚朝前走,等了会儿,敲敲门,听到她的呜咽声。

"嘿哎。"

长时间的沉默,毯子翻动,他的脚轻轻地抵着门,又在木门上敲了几下。又是一阵呜咽,但他知道她是在床上翻身。

"滚。"

"是我。"

"谁?"

"树蛙。"

---

① 位于曼哈顿上西区的表演艺术中心。

"你是谁?"

"就是我。"

"滚。"

"嘿,以利亚在哪儿?他什么时候回来?"

"别碰我。"

"我不会碰你的。抽口烟?"

"不要。"

"今天是周三还是周四?"

"滚。"

"是周五,对吗?"

他进去了,她俯卧在床垫上,里面暗得出奇,他连她的身体轮廓都看不清。肯定是断电了。他先用一只手打着了打火机,接着换到另一只手,然后把打火机拿到他认为是床的地方。她用胳膊遮住眼睛说:"出去!"

他知道她在哭,牙齿咬着上嘴唇,拳头攥得很紧,眼睛通红。

她看上去就像个伤心的三明治,被五层毯子包裹着。

屋子里面一片漆黑,他把打火机塞到口袋里,坐在床边的一张柳条椅上,双脚搁在一台电视机上。这台电视机已经被打烂了,屏幕上还有个拳头大小的洞。他坐在那里,听到她在毯子下面翻来翻去。椅子的两只脚有点短,所以对角线方向一直在摇。

"你叫什么名字?"

"不要伤害我。"

"我不会伤害你。你叫什么名字?"

沉默了很长一段时间后,她说:"安吉。"

"有首歌就是说这个的。"

"如果以利亚发现这儿有人，他会杀了我的。"

"我就想打个招呼。"

"你已经打过了。现在出去。"

"你看起来很像一个人。"

"我说，出去。"

"我就想抽根烟。"

"我有把刀，"她说，"如果你再靠近，我就杀了你。"

"我今早看到过你，"他说，"我还在百老汇大街那儿看到过你。还有那些咖啡杯。我很喜欢。好长一叠咖啡杯。以前从来没见过。"

"滚！"

"你看上去很像我的一个朋友。我以为你是她。嘿，你干吗哭？"

"我没哭。闭嘴。出去。"

"那电流怎么了？"他问。

"那什么？"

"电怎么了？"

"如果你不出去，以利亚会杀了你。他说过不让任何人到这里来。"

"你得找法拉第把电修一下。"

"他妈的就是那个穿西装的白种丑八怪？"她问。

"对。把所有人都连了起来。从上面的路灯开始，顺着电缆一路下来，甚至还通到其他隧道。他可以从第三轨那里把电偷过来。有时候他会用变压器把电压降下来。他就是个电流奇才。"

"以利亚也会杀了他。他朝我吹过口哨。你叫什么名字来着？"

"树蛙。"

"这是我这辈子听过的最他妈奇怪的名字。"

"我会吹口琴。"

"那又能说明什么。"

"其他人都这么叫我。我不这么叫我自己。我不喜欢。"

他听见她把毯子往上拉,一直拉到脖子那里。"他妈的,"她说,"真冷。"后面有一阵扭打的声音,她突然坐了起来。"那是什么?"

"一只老鼠。"

"我讨厌老鼠。"

"你应该弄只猫。"

"以利亚不喜欢猫。"她颤抖着说。

"你还要加几条毯子吗?"

"好。"

"我还有几条,"树蛙说,"等我回去拿。先给我口烟。一口烟换条毯子,就算个交易。"

"我没有。"

"我早上还看到你抽烟。"

"你真的会给我条毯子吗?"

"对。"

他感觉有支烟落到自己的大腿上,便在外套里找打火机,然后把烟点着,深深地吸上一口,直入心肺。屋子里一片黑暗,他继续坐在椅子上,沿着对角线的方向摇来摇去。

"谢了,宝贝儿。"

"不要么叫我。"

"谢了,安吉拉。"

"是安吉。"

"我更喜欢安吉拉。"

"你就是个混蛋,"她说,"真他妈的冷。不觉得冷吗?你不冷?我好冷。"

他从柳条椅上站了起来。"不要到其他地方去,"他说,"我去给你弄条毯子。"

他走到门边,看到隧道对面的烤架上光线在一点点减弱。"现在在下雪。"他过了一会儿才把话说出口。

"我知道现在他妈的在下雪。"

"我很喜欢下雪。看它穿过壁炉的样子。你看到了吗?"

"哥们儿,你疯了。天很冷。雪很冷。就是这么回事。天很冷。就这样。冷。这就是地狱。他妈的这地狱冷得要死。"

"地狱天堂。"他说。

"你在说什么,混蛋?"

"没什么。"

他一边在隧道里走着,一边用双臂拍打身体,想避开从南面呼啸而来的大风。回到小窝之后,他在书和地图旁边的蓝色大塑料袋里找到几条多出来的毯子。

安吉拉,他带着给她准备的毯子,走在回小隔间的路上想着。好名字。三个字。好对称。安吉拉。

有天晚上,他在隧道口看到她。她很惊讶,眼睛在眼窝里不停地转来转去。她拽着他的袖子,轻声对他说,她过去在俄亥俄州丹顿市附近的一个俱乐部里跳舞。

"一个破地方，在小镇外面，"她说，"以前我脸上用的都是最好的化妆品。有两个舞台。每个舞台上站一个女孩。有天晚上我在台上，我抬头一看，看到我父亲走了进来。嗯，他就坐在俱乐部后面的一张桌子上。我那该死的父亲！他要了份啤酒，然后就没给那个女招待好脸色看，因为他付了五美元却只拿到一个塑料杯。我跳舞的时候他就坐在那儿盯着我看。我吓死了。坐在桌子那儿的那些男人都在喝倒彩，还发出嘘声。然后我低头一看，我父亲把椅子转了个角度，去看另一个舞台的那个女孩，一边看一边舔着嘴唇。然后我决定了。我跳了我这辈子最好的一次舞，我发誓当时除了他，所有的人都把头转到了我这边。他就一直在那儿喝酒，盯着另一个女孩看，都没有朝我看过一眼。我出来的时候，他在停车场等我，已经喝醉了，他说：'姑娘。'我已经二十二岁了，他还一直叫我姑娘。然后他问我另一个跳舞的人叫什么，我说：'辛迪。'然后他说：'谢了。'然后他就坐在他那辆灰色的老普利茅斯车里，探出脑袋跟我说：'那个叫辛迪的姑娘舞肯定能跳得好。'他就是这么跟我说的，那个叫辛迪的姑娘肯定是个跳舞的。"

那天晚上，他梦见安吉拉站在他的肝里。她身前有一面红棕色的墙。康·奥列里、大黄范努奇、西恩·鲍尔和内森·沃克都在发号施令让她往下挖。

她知道如何两脚岔开，两腿前后错开，她也知道如何让自己的身体省点力。她在他肝里的那面墙边忙开了，把成锹的不适和成桶的疾病都带了出去。她用锹的时候很当心，他什么感觉也没有。安吉拉把他里面所有的残渣都刮了出来。当一个地方弄干净之后，她会弯下腰，对着那里亲一下，这么一来，他的全身都会跟着颤抖。所有的脏东西都落在她的脚边，她把这些东西一桶一桶地运出他的肝脏。等到她把腺体全都弄干净之后，等到所有的桶都空了之后，等到他被治好之后，他们几个就会绕着他的肝脏，欣喜若狂地跳舞旋转，全都闭着眼睛，一圈一圈地旋转旋转，安吉拉头发里各种颜色的珠子也跟着上下摆动。然后有一阵什么东西被吸出来的声音，它们都被喷了上去，穿过树蛙的身体，从他嘴巴里出来。她微笑着站在他面前，所有的胆汁都不见了，即使她的指甲盖下面也没有。她伸出手轻轻地抚摸他，在他胸前来回移动，揪住他的体毛，手指再往下走，拉开他裤子的拉链，温柔得让人发酥。他的肝脏没有一丝疼痛，这真是个美梦——在隧道里时不时来上这么一个梦，真是美好得无以复加。

第六章　一九三二年至一九四五年

　　大黄范努奇在下东区有一套廉租公寓，他和西恩·鲍尔在那儿的楼顶上搭了一个鸽子棚。一个木头棚子，加两扇移动门，顶上有细铁丝网。最近老是有抢劫案发生，所以范努奇就让他的鸽子都蘸上染料，为此他从一家服装厂买了好几桶，颜色还都特别鲜艳。除了鸽子头，他给鸽子身上每个部位都蘸上了染料。这些鸟在空中挥动翅膀的时候就能看到扎眼的橙色。社区里的任何人都能马上指出哪只是范努奇的鸽子。它们看上去就像飞翔的橘子皮，划破曼哈顿的天空。

　　西恩·鲍尔打算把他的鸟都涂成亮蓝色。这样一来，鸽子棚里的羽毛就会成为一幅绝美的屋顶拼贴画。

　　七月的一天早上，他们俩彼此发出挑战，想比比谁的鸽子飞得远。他们打了一个两块钱的赌。

　　内森·沃克和艾丽娜·奥列里已经答应把鸽子带到布鲁克林大桥上，然后在河的远端把它们放飞。他们骑着自行车一路绕来绕去。艾丽娜的头发在风中汇成一束。沃克要让自行车篮子里的鸽子笼保持平衡。他们一前一后，样子很奇怪。一路上有种跳华尔兹的感觉。只要能做到，她就会始终让自行车沿着前面的那条影子走，让车轮不超出影子的范围。而沃克就故意避开那条影子，玩得很开心。他看到她双手离开车把，伸开双臂，稍微有点摇晃，但还是能让自己的自行车保持在影子的范围内。

　　等他们到了大桥远端之后，艾丽娜把自己的自行车靠在沃克的自行车边上。他们在水泥地上铺了一条毯子，在放飞鸽子之前先来个野餐：

一瓶可口可乐，一条巧克力，几片加了切达干酪的面包。

艾丽娜碰了碰沃克的手腕，指着笼子里的鸽子———一只橙色，一只蓝色——两人都哈哈大笑。

野餐吃到一半，有个路过的行人朝沃克的脸上吐了口唾沫，对艾丽娜嚷道："黑鬼情人。"

她把拇指放在鼻子下面，朝那个行人做了个手势。沃克用手帕把唾沫擦掉，然后直接从桥上丢到水里。他们看着手帕一路打着旋。虽然他什么也没说，但两个人还是把野餐时吃剩下的那点东西都装进篮子里，同时取出两罐颜料，过了一会儿才把鸽子放飞。

这对男女一边奋力踩着自行车穿过大桥，一边看着两只鸽子为争头名彼此不让寸分。

沃克在前面很远的地方，空空的笼子还在单车前面晃来晃去保持平衡。"等等我！"艾丽娜喊道。鸽子消失在天空中。

当这两个骑车的人回到范努奇家的时候，那两个打赌的人都大发雷霆。范努奇和鲍尔手里各拿着一只鸽子，它们刚刚被上过颜料，一半橙色，一半蓝色。

他们在争论哪只是自己的，谁又该是那两块钱真正的主人。沃克和艾丽娜站在廉租公寓的楼顶，笑得前仰后合。

两人瞥了那对男女一眼，眼神看上去很奇怪。然后，他们就把这些色彩斑斓的鸽子塞回到鸽棚里去了。

"白相我。"鲍尔说。

"什么叫白相？"范努奇说。

"白相就是……"然后鲍尔也开始咯咯地笑起来。

"冰箱，"他一边说一边朝沃克眨了眨眼，"你把东西放在那儿，东西就不会变热。"①

艾丽娜把她父母的一张照片放在床边的桌子上。这幅画是从布鲁克林区的一个夏季嘉年华上拿回来的,那是本世纪头几年的事了。背景里的摩天轮保持静止,在天空的映衬下就像一条廉价的项链。康·奥列里刚开始长小胡子,嘴唇上显得脏兮兮的。毛拉的连衣裙前面都是扣子,一直要扣到脖子那里,但是第三和第四颗扣子不知怎么就松开了,从外面能看到乳沟。他们站在打桩游艺机旁边。机器顶上有一口钟——上面写着**超级壮汉**——艾丽娜觉得刚才肯定是她父亲落的锤。他在微笑,圆圆的大肚子看上去很是骄傲,从脸颊上看,却喘得厉害。艾丽娜如今在布鲁克林高地的一家男装店上班,每天早晨坐地铁上班的时候,她总愿意相信他还是在那个地方。每次在河底来回穿行的时候,她总会向父亲的睡姿致敬。她并不觉得他是以一种奇怪的姿势向上升,也不是极度痛苦或者冻僵的状态——相反,他骄傲地直立着,身边是某个被泥土覆盖的打桩机,同时还咧嘴大笑,就像是舞台上的场景。

既感觉熟悉,又激动得不停颤抖,他们俩在黑暗中碰面了。一天晚上,在公园的长凳上,她让沃克给她梳头。他走到长凳后面。她的头发很重,就像灯上的垂饰。等他帮她梳完头之后,她转过身,跪在木制的长凳上,朝他靠了过去。他手里还能感觉到她头发的重量。她大声说出他的名字:内森。他看着她,对他来说,她的声音似乎能让身边的青草

---

① 此处作者用的是 frig 的双关用法,frig 既是与某人发生性行为的意思,也是冰箱(refrigerator)的缩写。

全部倾倒。

　　距离那次爆炸已经过去十八年了，内森·沃克从曼哈顿西面的一条货运铁路隧道里冒了出来。

　　浮云掠过，投下片片阴影；阳光就像茅草一样覆盖了街道。虽然已经挖了一天的土，但他脚上像是装了弹簧一样有力。在铁路隧道里干活比在水下干活要轻松一点，尽管如此，在铁路隧道里也同样很危险。如果成箱的炸药在手指间爆炸，那他们一定会死，身体将被撕成碎片，大拇指会被爆炸的气流带到很高的地方，他们都能搭个电梯到天堂去了。沃克已经三十七岁了，他的身体上几乎没有什么变化，只是腰间会稍稍鼓出一些肉，左眼上方新添了一道疤。这道疤是大萧条暴动时弄的，当时有个警察用警棍把他的头打得血肉模糊。那天他刚从一个小餐馆出来，就陷入人海之中，周围全是黑漆漆的脸。抗议者拿着招贴画，嘴里喊着关于失业和低收入的事情。沃克默默地跟着抗议的人群，始终非常克制。他的工资也被砍过——隧道里有好多人都想工作想疯了，他之所以能保住工作就是因为西恩·鲍尔是工会的头儿。他走过去的时候，周围都是眼睛在看。远处的街道传来尖叫声，然后警棍就从后面上来了。第一下先是落在他脑袋上柔软的地方，然后就是对着前额一阵乱捅，猛砸他的眼睛。摔倒前的一霎那，他瞥见了那个警察，身边都是马蹄。有一只马蹄落在他的裆部，他像被子弹击中了一样，疼痛感马上传遍全身。沃克爬到街对面，快要喘不过气了。他躺在雪茄店的雨篷下面，感觉血顺着嘴唇淌了下来。他不得不在医院等上五个小时，才等到有人给他缝针——那个医生直接用手指把他结痂的伤口剥开，出手很重——缝合的时候好像也醉醺醺的，于是沃克的眉毛上就留下了一道歪歪扭扭的疤痕。

　　他沿着滨江大道的垃圾填埋场，一路溜达着走到市区，经过那片危棚简屋，然后往东走，到那家专门卖礼服的店去。

店门口的铃响了，从门帘后面冒出一个黑人小伙，他个子不高，头发是大理石色的，耳朵上夹了支铅笔。他低头看了看沃克鞋上的泥，扫了眼他的脏外套和系在下巴上的红帽子，露出一副不屑的表情。店员马上就走到专卖便宜货的出租柜台，但沃克要他去卖高档货的架子那里。在昏黄的灯光下，他试了件大号的黑色外套，这套衣服的领子还是丝绒的，看上去闪闪发亮——这衣服好久都没人穿过了，口袋里还有颗樟脑丸，但是现在就只剩这一件大小合适。由于那天晚上在哈莱姆区有舞会，从早到晚都有一帮男人在这家店进进出出。沃克合计了一下，然后把租西装和买新衬衫的钱拿了出来。

回家之后，他在白瓷水槽里把自己的身体洗了洗，然后穿上那件有饰边的白衬衫。扣子感觉有些小，而且跟以前的不太一样。手上的关节炎已经开始发作，就像有什么东西在咬。只要手指尖开始疼了，沃克就知道一会儿要下雨了。他没有把脖子那里的扣子系上，而是用领结挡住了那个空隙。

衬衫的饰边在他下巴那里显得乱七八糟，同时这衬衫又白得有些过分，他看到这些忍不住咯咯直笑。"你真他妈的帅，内森·沃克！"他对着满是灰尘的镜子说道。他既高兴又紧张，绕着房间蹦蹦跳跳，绕着一根破火炉烟囱转圈。突然这么一跳舞，用力有些猛，他的膝盖都受不了，脖子上的银十字架上下跳动。

这个银十字架是他花两块钱从楼下一个女人那里买来的。那女人是个算命的，总是穿一条很长的红色连衣裙，头上还插了两根羽毛。抽烟的人会朝痰盂里吐唾沫，她就根据唾沫的形状算命。男人们，还有女人们，靠近那个金属杯状物，朝里面吐唾沫。男人们大口大口地吐，女人们只是让唾沫慢慢滴下来，感觉有点尴尬。她低头注视着里面的烟草颗粒，然后为未来的劫数找出救济的方法。她说，每个人的生命中都有劫数，因此每个人都需要救济——这是无法改变的事实，而现在只要花两块钱就能解决，是个准保合算的买卖。

她告诉沃克，在他感觉紧张的时候，这个十字能保证他的心不会跃到他的嘴里。他必须一整天都贴身佩戴，不管发生什么事情都不能摘。

沃克站在钢琴边上——那是一份礼物。一条白色的缎带系在钢琴外面，这样一来他就没法把琴盖打开。他把手放在顺滑的缎带上，然后让手指抚摸着琴盖，又拖来一个凳子坐下——身上只穿着短裤、白衬衫和银十字——假装在弹琴，让手指在空气中来回舞动，好像自己在演奏雷格泰姆爵士乐①。他就这么一直弹着，直到汗流浃背，把衬衫脱掉为止。他抿着嘴唇，哼着爵士乐的调调，音乐声变得越来越响，后来他听到天花板上有跺脚的声音，还有一声咆哮："下面的那个闭嘴！"

第二天，他和艾丽娜先后去了四家餐厅，但都不让他们进，后来又被一家电影院拒之门外，就连他们的穿着打扮也没能帮上他们的忙。街上的人们对他们评头论足。汽车放慢速度，里面的人开始高声谩骂。他们住在第一百三十一大街的一处公寓里，沃克必须弯下身子，才能躲过门框。艾丽娜把手放在他的外套口袋里，让他领着自己跨过门槛。

她的腰是少女的腰身，像鹧鸪那样轻巧。他低声说，像她这样的，他一下能抱起十个。她说："想都不要想，除了我，别人你都不准要。"

她把樟脑丸从他口袋里拿了出来，同时摇着脑袋，样子很滑稽，还

---

① 二十世纪二十年代流行的美国黑人爵士乐。

用拳头在他胸口打了几下,跟他闹着玩。她沿着走廊朝公共洗手间走去,白色婚纱上长长的塔夫绸发出沙沙的声音。她在厕所把樟脑丸冲掉了。

"给我准备好。"她冲着走廊大声喊道,身边是汩汩的水声。

"准备好了,亲爱的。"

回到房间之后,她锁上房门的弹簧锁。此刻,她已经卸了妆,脸上呈现出另一种面貌。她刚满十七岁,看上去还更小一点。沃克脱下外套站在钢琴旁边,给她打手势,让她来弹琴。她摇摇头,不,然后把他从钢琴边拉开,拉到单人床上。他们落在上面,就像多少个夜晚梦境中预演过的那样。

"准备好了。"说完,她的双手就消失在他的衬衫里面,绕着他的脖子,她就这么紧紧拽着他。

他们就像两个明暗对比法画家,在床单上翻动,一黑一白,一白一黑。过了一会儿,他们便入睡了,前额上湿漉漉的,全是汗水。他们侧卧着,手臂绕在一起,一人的臀部瘦骨嶙峋,像粉色的小山包,另一个则肌肉发达,颜色黝黑。艾丽娜醒来,吻了一下内森眼睛上方的伤疤。墙上的自鸣钟"布谷布谷"地响了起来,现在是晚上八点。欲望平卧在她的舌尖上,如起床时的口气一般。她使了个坏,在他肚子上捅了一下,把他叫醒。

"我爱你。"

"我也爱你。"他嘟囔道。

"不要又睡着了。"

他睁开眼睛说:"你见过鹤跳舞吗?"

"没有。"

"先是一只脚,然后另一只。"

"让我看看。"

"沙丘鹤，"他说，"像这样。在佐治亚州的时候，我整天看到它们。"

他从床上爬了起来，在床垫上跳起舞步，她哈哈大笑。

过了一会儿，门外传来一阵很响的敲门声。沃克穿着短裤来到门边，习惯性地低头躲门框。他一边挠自己的肚子，一边让眼睛适应外面的光线。

范努奇、鲍尔和那个算命的女人笑呵呵地站在那儿，手里拿着四瓶香槟酒。那个算命的像阵风一样飘了进来，衣服的袖子像蝴蝶翅膀一样垂下，金光缎的鞋跟在地板上发出嗒嗒的响声。鲍尔在她后面一瘸一拐地走了进来，还用牙齿咬住香槟瓶上的软木塞，已经准备把酒打开。

范努奇已经有点谢顶了，他把脑袋从敞开的门外探进来瞥了一眼，然后又退了回去，感觉有些尴尬。

而那个算命的则已经坐到床上，紧挨着艾丽娜，她把床单往后拉，女孩雪白的脚趾露了出来。艾丽娜脸红了，把脚缩了回去。那个算命的咯咯大笑，又开始抓床单了。

沃克倚在钢琴边，拼命往自己身上套裤子，一只脚还翘了起来。这时，鲍尔试着推了他一把，把香槟都洒在他的内衣上。

只有范努奇一直待在门外，等到小两口儿穿好衣服才进来。然后派对就开始了，只见这个意大利人红着脸，用力转动维克多牌留声机上的手柄。他俯视着留声机，这时唱针正在唱片的凹槽间游走，发出空灵而又美妙的乐音。他跟着节奏微笑起来，还用手指打着拍子，把杯子里的酒都喝光了。鲍尔把空杯子放在嘴唇边，假装在吹小号。那个算命的高高提起自己的裙子，露出两条很红的吊袜带和有接缝的长袜。她两腿前后分开踢向天花板，同时伴着音乐唱歌，歌声从她的喉咙口缓缓落下，一直落到她的臀部，还在那里打着转儿。

"你真是位漂亮的女士。"鲍尔说。

"谢谢你，甜心。你吃过鸦片酊了？"

"怎么说？"

"要么是吃过那玩意儿，要么你就是喝醉了。"

"没有。"

"那你干吗不跳舞呢？"

"你说得没错。"

"他醉得就跟个酒鬼似的。"

"我没有！"

毛拉·奥列里出现在门口的时候，房间里一下子安静下来。她身上还是穿着黑色的丧服，头发盘成发髻，脖子上戴着项链，她说她一会儿就走。说完，她就叹了口气，朝房间四周看看，发现角落里的钢琴上全是酒瓶，边上还有一支点着的雪茄，烟一圈一圈地升了起来。

"不错，不错，不错。"她说。

"太太？"

"别叫太太了，不用叫我太太。"

"好的，夫人。"沃克说。

"叫毛拉最简单了，叫我毛拉。"

"好的，夫人。好的。"

她叹了口气，"我从没想过我会看到这么一天，没想到我会看到这一切。"

"我也没想过。"

"我不是说这是件好事。"

西恩·鲍尔在屋子的远端打了个嗝,说:"没什么不对的。"

"我没问你。"毛拉说。

"那你也没说没问我。"

"我是说,"她说,"在有些地方,这是不合法的。"

"不包括纽约。"鲍尔说。

毛拉把手放在项链上,拨弄了好一会儿。"在有些地方,你会坐牢。在有些地方,他们会杀了你。"

"不合法并不等于不对。"

"嗯,这没错。"毛拉说。

"那我们想法一样啦?"鲍尔说。

"我们可能还是要保留各自的意见。"

"我知道我们在某些事情上是一致的。"鲍尔小声说道。

"闭嘴,西恩!"沃克说,"让夫人把她要说的话说完。"

整个房间一片寂静。鲍尔敲了敲香槟酒瓶,把它递给从不喝酒的范努奇。那个算命的走到窗口,朝外面望去。

"我们彼此相爱,妈妈。"艾丽娜还是把话说了出来。

"这往往是不够的。"

"对我们足够了。"

"你们还年轻。"

"我们的沃克可不是毛头小子!"鲍尔说。

毛拉又朝房间四周看了一眼,说:"再说我也不知道康会怎么看这事,不过我猜只有等我上天堂之后才能知道了。我不知道他会不会高兴,我不知道我是不是高兴,我不知道是不是有人会高兴。"

"我很高兴!"鲍尔说。

沃克狠狠瞪了他朋友一眼,然后换了个站姿说:"我们不是想让你不高兴,太太。"

"你得记住,"她说,"就算是碰上好时候,你也会吃很多苦头。"

"我们知道。谢谢你,太太——毛拉。"

"好,想说的我都说了。"

"谢谢你。"

"现在我想喝一杯了。"

"刚才态度不太好,别放在心上。"沃克说。

毛拉拿了杯香槟,把嘴唇凑到酒杯边润了润。"我看还是祝你们俩好运吧。"放下酒杯,她便转身离开了,但是走到门口的时候,她垂下头说:"你们在一起可能也会很好,可能不会有问题。"

"你觉得她真的是那个意思吗?"门关上之后,沃克问了一句。

"当然啦,"艾丽娜说,"她送了架钢琴给我们,对吧?"

"她是个好女人,好女人中最好的那种。"

"那就行了,"鲍尔一边挥舞着拐杖一边说,"我们跳舞吧!"

"你是我见过的最会跳舞的瘸子。"那个算命的一边说一边扭着屁股,从窗口那里过来了。

"你答对了。"

然后鲍尔大叫起来:"尽情玩吧,伙计们!"

这群人互相干杯,祝彼此长命百岁,幸福快乐。西恩·鲍尔假装吹着小号,这对新婚夫妇就和着他的拍子,左右摇摆,尽情舞动。只见胳膊和大腿晃来晃去,他们还跑到钢琴上面,一直跳到深夜。沃克单脚着地,张开双臂,朝艾丽娜眨眼。

一连串的砖头砸穿了卧室的窗户,弄得地上都是玻璃碎片,他们几个只好在窗上贴一大块塑料布来遮住破洞,只听得塑料在风中啪啪作响。其中一块砖头外面包了一张纸条,上面写着:**禁止企鹅人**入内。还有一张写着:**滚蛋**。还有一张,就写着:不。

沃克付了修窗户的钱,另租了一间房,比原来的房子高几层,这样街上的石头就砸不到他们了。他明白,如果是在其他地方,事情可能会糟糕得多——如果是在这座城市的其他地方,他们可能会死。他感觉自己像是被放逐到半空中,但他明白,住在高处能让艾丽娜过得更安全些。

两人间的婚姻给他带来的也是成双成对的东西——克制和埋怨,喜爱和不满,丰饶和贫瘠,日日夜夜,永无止息。他不去管那些扔石头的人,只是把所有东西都拖到新房去,甚至包括那架钢琴。

这房间很大,阳光一照,木地板上的裂痕都显露出来,黄色墙纸卷边了,厨房的水槽里都是锈色的水垢。他们还要跟其他房客共用一间厕所,在走廊上走路的时候,地板会吱嘎作响。

有天早上艾丽娜把她的牙刷扔了,因为之前她不小心把牙刷留在了水槽边——她曾看到成群结队的蟑螂在浴室里爬过。

他们隔壁住了个吹短号的,整个晚上都能听到他低沉的号声。他吹的时候节奏断断续续,总是在最奇怪的时候吓人一跳。当他们早上走过他房间的时候,他会透过门底下的那条缝隙发出嘘声。"企鹅人[①],"他说,"他妈的企鹅人。"穿过房间的时候,艾丽娜已经发明了一种特别的

---

① 企鹅(penguin)有黑白两色,在当时被用来当作对黑人和白人通婚的蔑称。

走法——她把这称作南极舞步——每次这么走的时候她都会笑：双脚平放，屁股翘起来，手肘紧靠腰间，双手在两边做拍打状。但是夜深的时候，她会蜷缩在床上，一想到他们床上的碎玻璃会割破他们裸露的皮肤，她就会哭。为了这个，沃克会跟她讲些能让她睡着的东西，一边编一边记，一边记一边编。

我当时就是个小屁孩儿，你瞧，我想给自己做个鳄鱼皮的皮夹子。我在学校里看到很多男孩儿都有鳄鱼皮做的皮夹子。然后我告诉了我的老妈。她自己有把猎枪，我就想问她借来用用。我说我要自己去打条鳄鱼，这样就能给自己做个鳄鱼皮的皮夹。她说，你呀不能去打鳄鱼，我前面就告诉过你内森，不能伤害人家，那是不对的。

然后我说，老妈，这跟打头牛差不多。然后她笑了笑，看着我，所有的老妈都是这么看孩子的。跟打头牛差不多！她说。

嗓门很大。她一直到死之前嗓门都很大。

这个先不管。第二天，她带我出去划独木船，我就是划桨的那个。就在一个叫牛岛的地方附近。我们在沼泽旁边等了很长时间，她和我两个人，我看到的只是鳄鱼的眼睛。有条鳄鱼，就待在泥巴里，不出声。有只白鹭贴着水面飞过，落在旁边。那条鳄鱼一下起来，扭动尾巴，白鹭当场毙命。鳄鱼吃了下去。然后老妈她转过头对我说，好了，儿子，你见过这样的牛吗？

星期天早上，他们会一起走去圣尼古拉斯广场的地下室，那里有南方浸信会教堂。如果街上很安静，他们就会手拉手一起走。但是如果听到后面有车开过来，或者有人开窗，抑或街角有说话声，他们就会松开手，像两条河流一样分开。艾丽娜喜欢稍稍迟到一会儿，这样她推开门的时候，福音音乐就会迎面而来，让她感觉很振奋。她在这里感觉很舒服。牧师的声音抑扬顿挫，元音辅音错落有致，充满感情。有时候他会把双手伸向天花板，做拍打状，仪式结束之后，他会挨个亲吻所有女性的脸颊，甚至连艾丽娜也不例外。

春末的早晨，她在地下室楼道边用冷水做洗礼。唱诗班成员都穿着镶金边的白色束腰外衣，站在旁边唱着歌。牧师卷起袖子，让艾丽娜在水里稍稍浸了浸，这时唱诗班哈利路亚的歌声就响了起来。白色的连衣裙贴在皮肤上，让她有点尴尬——衣服湿了之后，她的内衣就透了出来——她双臂交叉放在胸前，但这时牧师小声说："你就像天使一样，请收起翅膀。"她坐在浴盆里哈哈大笑。唱诗班又大声唱了起来，随后这群人就开始大口咀嚼土豆色拉和切好的三明治。

天气很热，她和沃克一路闲逛，慢慢往家里走。等她转动钥匙打开房门的时候，她的连衣裙已经差不多干了。

她以前经常去市区的天主教堂，虽说沃克从没跟她一起去过，但那些坐在教堂长凳上的白人还是会在暗地里嘀咕一番。神父的脸涨得通红，冲她摇摇手指，眯着眼睛，一脸怨气，看上去就是一副尖酸刻薄的样子。他禁止她参加仪式，因为有次艾丽娜提醒他说，真实的耶稣很可能比十字架上看到的耶稣黑不少。

她坐在消防通道上，别人都看不到她。她把连衣裙的一根肩带拉了下来，抬头让阳光照到自己身上，虽然没什么希望，但她还是想让自己和丈夫在某方面能接近一点。之前她去 125 街的一家商店买东西，店主不允许她试戴店里的帽子。他撇着嘴，一副嫌弃的样子。他之前听说过她的事，而且说如果有人跟黑鬼住在一起，那么那个人自己也会变成黑鬼。他说他不想让黑鬼的头发留在帽子上。会坏了生意。说完这些话，他的嘴角都是唾沫，双眼发直。"你可以买，"他说，"但是你不能试。"

艾丽娜把帽子放在柜台上，一句话没说就走了，到家之后她就坐到消防通道上。

此刻，她正把脸转向炎热的太阳，同时把另一根肩带拉了下来。消防通道下面有好几排男孩，他们坐在大木箱上，夏日的阳光暴晒下来，让他们的皮鞋闪闪发亮。

看到她晒伤的皮肤，沃克忍不住咯咯地笑。"这对你肚子里的没好处。"他一边说，一边在她背和脖子上涂乳液，这让她感觉有点疼。

"肯定是男孩。"沃克说。

"为什么这么说呢，亲爱的？"

"算命的告诉我的。"

艾丽娜大笑起来，"这男孩是用唾沫算出来的。"

"还用了很多唾沫呢！"

"你真觉得是个男孩？"

"对我来说没所谓的，"沃克说，"就是个袋鼠我也不管。"

"让它在哈莱姆区蹦来蹦去。"

"蹦来蹦去，跳来跳去，到处跳舞。"

"你有没有过这种感觉，"说这话的时候，他正好在揉她的肩膀，"就是你走在街上的时候，他们的眼神像要把你撕碎？你知道吗？你走过去的时候，你感觉他们要把你宰了？就好像他们眼睛里有剃刀一样。"

"欢迎来到现实世界，亲爱的。"

"我们所有人应该都是按上帝的形象创造出来的。"

"大概是吧,亲爱的,但是就算是上帝也得三天两头拉屎,就算是上帝也要像我们一样擦屁股。"

"内森!你在亵渎神灵。"

"反正就是这么回事,不管亵渎不亵渎。"

"你知道吗?"她过了一会儿说,"商店的人不让我试帽子。"

"我的天!那只是冰山一角。事情会变得更糟,会成为生活的一部分,会让你觉得很正常,会让你觉得上帝整天就在那儿拉屎。就好像他不行了,拉肚子拉得厉害。屎就像下雨一样从他的屁眼里拉出来。"

"内森!"

"嗯,事实就是这样。你听过那首歌吗?比尔·布鲁奇[①]的歌。"

然后他唱了起来:老天,我心情低落无法遮掩,宝贝,我说我在底下望着天。

他停了下来。"唱的就是我们,宝贝,在底下望着天。"

她解开裙子下摆上的一个线头,把线绕在手指上,然后扯断。"我想让我的孩子能买上帽子。"她说。

"他想要什么帽子就能买什么帽子。他甚至可以借我的。"

"来。"她说。

"干吗?"

"吻我。"

沃克弯下腰吻了她,只见她用食指沾了点乳液涂在他鼻子上。"我的

---

① 二十世纪美国蓝调音乐发展史上重要的音乐人之一。

儿子不能戴那种东西,"她小声说,"女儿也不能戴。吓死人了。"

"我相信就算是上帝他自己也有顶这样的帽子。"

"瞧你说的!"

两个月之后,克拉伦斯·沃克在家里出生了,迎接他的是一串念珠。由于她母亲的缘故,艾丽娜接受了天主教的仪式。

接生的是毛拉·奥列里。最近一段时间,她头上的白发越积越多。她已经五十一岁了,只剩下三个月可活;她的肺里都是痰,负担重得让肺往下沉,好像已经不在胸腔里待着了。她要带好几块大手帕,每次都很尴尬地把痰吐在上面,然后像密封重要信件一样把手帕合起来。她的眼睛快看不见了。眼镜边缘的塑料部分有些变形,就像是表演杂技一样,中间夹着厚厚的镜片。尽管有病在身,但这却给了她一种力量,一种无声的隐忍——原本她会在一阵咳嗽声中死去,躺在医院的床上冲着护士大喊大叫,觉得她的女婿应该被允许到她床边来。护士们会说不,她们不明白为什么一个白人女子临终的时候,会有一个黑鬼在她床边。她会躺在整洁的床单上大吵大闹,死去的时候嘴里还会小声咒骂那些护士。

但是现在,她用毛巾擦拭着女儿的眉毛说:"他是个好孩子,丫头,是个好小伙。"

先辈的血统在克拉伦斯的全身都留有印迹,表现为各种不同的颜色——他的皮肤是淡肉桂色的,头上是一簇簇红色的头发。

女人们轮流抱着小男孩,然后内森·沃克走了进来,朝他妻子眨眨眼睛,把红色的帽子戴在了小男孩头上。

"不要!"艾丽娜从床上坐起来说。

"什么?"

"把那东西从他头上拿开!"

他哈哈大笑,把帽子拿了下来,用毛衣把小孩包起来捧在怀里,骄傲地跑到街上去了——一路上有卖猪蹄和大米的小贩,坐在门阶上吃芋头的女人,在灰蒙蒙的空地上玩棍球①的男孩,还有几个戴着棒球帽的男人,靠在灯柱上无所事事。走到拐角处,他朝几个衣着光鲜的男人挥挥手,他们正签字报名去埃塞俄比亚当兵。旁边有四个人在玩多米诺骨牌,他们抬起头,沃克朝他们笑了笑。他们也朝沃克微笑。他朝一个年轻女孩点点头,她站在一幢砂石建筑的外台阶上,唱着悼念阿拉巴马战场的歌。

"接着唱。"他对她说。

沃克沿着街道一路走,远处一辆黄色凯迪拉克正好超过一辆底盘很低的派克特②。有个男人从派克特里探出脑袋,看着沃克从旁边走过。尽管能听到那些闲言碎语,但沃克还是大摇大摆地朝路口的那家店走去。他在阳光下显得个子很大,很有气势。进门之后,他在货架那里打量了很长时间,然后买了两束旱金莲,准备带回家给隔壁的小姐太太们。他从外套里拿出一张皱巴巴的五元纸币,店老板拉绅·罗林斯拉了拉袖箍,也不和沃克对视。他把找零放在柜台上转身就走,还动了动下嘴唇,吹起自己的白头发。罗林斯背对着沃克,开始整理香烟,而事实上那些香烟肯本就用不着整理。

"再来一大块冰。"沃克说。他把找零扔到柜台上又说:"让你自己冷静冷静。"

他把花束和孩子分别夹在两只胳膊下面,走出店门的时候还突然

---

① 美国儿童的街头游戏,类似于棒球。
② 二十世纪最重要的豪华车品牌之一,创建于一九〇〇年,二十世纪六十年代停产。

回过头哈哈大笑。然后他小声对小孩说:"克拉伦斯·沃克,你真他妈的帅。"

然而,隔窗有耳,居心叵测,因为带着不应属于他的东西,沃克会被起诉:这是我见过头发最红的黑鬼崽子。

一九三六年、一九三七年,又有两个小孩降临,两个都是女孩。戴尔德拉和麦柯欣。艾丽娜让两个小女孩挤在一辆婴儿车里,小男孩就拉着妈妈的手走在旁边。他们会去公园——小小的赤湖里有几只脏兮兮的天鹅;一个卖栗子的;有个戴领结的男人在那儿宣传马库斯·加维①的博爱和学识;一排女学生在婴儿车前俯下身子,露出吃惊的样子;公园里其他孩子的妈妈对艾丽娜报以微笑,还走过来拨弄几个孩子的头发,发质看起来就和一般孩子不同。尽管如此,有时候艾丽娜还是会感觉不自在。主要是那些白人——警察和小店老板——他们总是盯着她看。有时她会找个阴凉的地方,在公园的树下面坐几个小时。要么就是深夜的时候才跟孩子们一起出去走走,要么趁着暮色,要么戴上头巾。那些独处的时刻才能让她感觉完全放松。

哈莱姆区的夜幕落下,她拉上窗帘,爬到床上躺在沃克身边,这时孩子们都已经睡了。艾丽娜的手指在他疲惫的肩胛骨上摩挲。

那个算命的每个月会有两个晚上来帮忙照看孩子,这样一来艾丽娜就可以跟沃克一起去勒福斯第七大道剧院,一般只有黑人才会去那个剧院。她丈夫每次都会早一点去——他下班打完卡就会从隧道出来——艾丽娜会蹑手蹑脚地走下台阶去找他。走到沃克那排座位的时候,她把手

---

① 马库斯·加维:生于牙买加的黑人,一九一四年成立世界黑人促进协会,主张黑人回到非洲。

指放在一个黑人老头的嘴唇上,那个人睁大眼睛看着她从身边走过,一副惊讶的表情。老人碰了碰她的手,然后微笑着说:"往前走,太太。"

她对他报以微笑,然后一路挤过去,来到丈夫身边。

黑暗把两人隐匿起来,让婚姻有了种偷情的感觉。

灯光熄灭音乐响起之前,他们都坐在那儿一动不动。过了一会儿,他们便把外套挂到座椅上,融化在柔软的红色丝绒里。沃克摩挲着妻子的婚戒,抬起她的手,让舌头在她指节间来回移动。字幕在屏幕上飞滚而过——那是一九三九年,唐·阿米契正从电影《斯瓦尼河》里走出来。沃克轻声说道,有一天他会带四岁的儿子到那儿去,去他年轻时候待过的那个村子。他要让这个小男孩知道在沼泽里划船是什么感觉,先是从挂满地衣的树下滑过,转弯避过熟睡的鳄鱼,然后豁然开朗,偶遇白鹤翩翩起舞。说到佐治亚州的时候,沃克的声音听上去就像是已经囫囵吞下那里的河水和淤泥。艾丽娜任由梦想从他身上渗漏出来——她知道如果孩子被带到南方,他们父子俩可能都会像松萝一样,在树枝上摇来晃去。田纳西州最近刚出过事,那里的人用私刑处死了一个人。他们把钉子敲进那人手腕和双脚间的骨头里,把他钉在树上,就像耶稣一样,区别就在于耶稣受难的时候至少有日食相伴,还算体面,耶路撒冷可能也不会有猛禽去吃晃动的尸体。

"你应该去。"话是这么说,但她并不是这么想的,这样说也不过是为了让他高兴一阵。

"佐治亚。"他似乎是在说她的名字。

艾丽娜摘掉头巾,头发就落了下来。她让沃克的呼吸爱抚着她的耳朵,他的舌头抵住她的耳垂。她对着银幕上的画面闭上眼睛:赞美上帝,赞美上帝,我亲爱的老斯瓦尼。

他们陷到座位里，身体保持静止，只是让思绪翻涌。

我们有条独木筏，你看。沼泽里都是很高的柏树，你在纽约肯定从来没看到过。它们把大部分阳光都挡住了。然后我出去找松萝。一路划桨。那里很好的。很安静。很暗。有很多睡莲和树桩，到处都是。有时候我就这么一路划水，转桨的时候好像有只手从水里冒出来，让我不停转圈。前头摇来摇去，后头还是不动。有时候你就觉得你是在世界的中心原地打转。在旁边拍桨，逆着水流推。

先不管这些，那时我不会超过十岁。我站在船中间，两脚分开，伸手去拿树上的地衣。把独木舟的后面装满。然后小船就会从树旁边漂过，我会跪在细木板上，让独木舟掉个头。作为小孩子，我当时手臂力气就很大。我可以一整天就站在一棵柏树下面，把我要的地衣全弄走，但我喜欢玩这个。回来。收集起来。回来。收集起来。晚上回家，我会把一袋袋的地衣堆得路上到处都是。你的奶奶，她会把这些草放在太阳下面晒几个星期，挂在门廊的最上面。然后她会拿几件旧衬衫做枕头套，在枕头套里塞地衣。

晚上没睡着的时候，我就可以把鼻子凑到枕头上，闻闻沼泽的味道，上帝，它一直在梦里跟着我。

那年夏天，我看到有个鳄鱼脑袋架在两条掉下来的木头之间。它一定是死了之后被水冲到下游来的。那片沼泽全是被闪电劈过的大树和野生的圆叶葡萄，还有很多秃鹫坐在树枝上扑腾着翅膀，驱赶虱子和各种小虫，它们一直这样。这种时候不用害怕，因为不是很可怕。小船在河里摇来摇去，太阳快落山了。我掉过头，继续往回走，身子靠在船的一边，准备去拿那个鳄鱼脑袋，之前得用棍子捅几下，看看有没有水蝮蛇睡在里面。然后我把那个脑袋抓了过来，扔到船后面，落地的时候那个鳄鱼脑袋就像在咧嘴笑。然后我拼命划桨。蚊子都出来了，还要咬人。我点了根头上都是树脂的树丫，然后就一直举着它从沼泽里跑出来了。上帝，那真是太美了。但我到家之后，你的奶奶就气疯了！她等在门廊那里，手里拿着鞭子。我本想从她旁边过去，但她过来从后面一把抓着我的衬衫，让我弯下腰，然后好好抽了我一顿。上餐桌的时候，我老妈告诉我要把笑容从脸上擦掉，被抽过的小男孩就应该有副被抽过的小男孩的样子。但是你瞧，在船里的时候，我已经在裤子后面塞了很多地衣。所以我什么也感觉不到！

那天晚上，她进了我的卧室。鳄鱼脑袋就坐在我床上。她满脸笑容，站在那儿看着它。然后把手伸到围裙下面，拿出一些地衣。

你把它落在外面的厕所了！她对我说。

然后她就走了，剩下一大堆地衣，真让人挠头。这就是你奶奶，她是个好女人。

接着就是你爷爷，我不太了解他——我很小的时候他就上了天堂——但有趣的是，他可以在水下催眠鳄鱼。鳄鱼就躺在太阳底下，他会从水下游过去敲鳄鱼的肚子，那鳄鱼就会像睡着的小男孩一样睡着。有时候他会把自己的帽子放在那鳄鱼的头上，不一会儿，所有的鳄鱼都马上一起睡着了，都静下来了，马上就像睡着的小男孩一样睡着了。

沃克把孩子们名字的首字母刻在他的铁锹上，随身带到河畔公园那里。他不用再挖土了，只要在铁路隧道灌浆的时候，最后来上几下就行了——这次的隧道又高又宽，是跑货运列车的——但他还是会随身带着铁锹，用这个提醒自己奇迹是有可能发生的。

艾丽娜在军工厂上中班。有时候她会带几颗子弹回家让沃克表演他最喜欢的把戏。他会告诉孩子们这个把戏是怎么来的，说着说着就会夸大其词。但是当沃克要演示的时候，由于他现在太瘦，子弹老是会从他的肚脐上掉下来，把孩子们都逗乐了。

比这个世纪还大三岁——年纪太大就不能打仗了——沃克为战争的需要收集橡胶轮胎和废钢。他在家里附近一边走一边喊："破烂无敌！破烂无敌！"他在窗户外面挂了面自己做的第369兵团团旗，还跟孩子们说第一批黑人飞行员的事，说他们从安奇奥①的海滩上空飞过。沃克的双手受到关节炎的影响，已经开始隐隐作痛。但一谈到飞行员和传说中的飞机，他还是会用手比划出滑翔的动作，而且幅度很大。第369兵团回来的时候，在哈莱姆区有个派对，写着英勇善战的旗帜飘满大街小巷。有人吹着小号，人行道都被彩带铺满了，看上去白茫茫一片，人群发出一圈圈的叫嚷声，让人感觉震耳欲聋。沃克倚靠在自家的窗台上，看着他儿子在捡来的轮胎间起舞，脚步飞快，单纯的身体活动。那天晚上他差不多就一直在窗边看着儿子，尽是关爱，尽是自豪，尽是父亲特有的嫉妒，对年轻的嫉妒。

---

① 意大利中部城市，"二战"中盟军军队于一九四四年一月二十二日在该城市登陆。

第七章　我们都来过这里

他想请安吉拉到他住的地方来，但就在几年前，当时是他在地下过的第二个夏天，他带了一个女孩去他的小窝，那时候她就直接冻晕了，两腿叉开坐在窄道上哭泣，涓涓细流从妆面划过。他只能用双臂抱住她，然后领着她在窄道上走，就像对付一头倔驴一样。她穿着黑色紧身牛仔裤和粉红色的紧身背心。背心的胸口以下部分都被剪掉了，肚脐上穿的银色耳钉很显眼。在窄道上走到一半的时候，她又快要冻僵了，只能看着底下的轨道放声大叫。

树蛙看着她，想到掉进陷阱的野兽，不知道她会不会把自己的心一口咬出来，然后歪着身子一瘸一拐地离开。

哄了她一个小时之后，树蛙还是把她带回到地面上。她倚靠在他身上瑟瑟发抖，牙齿咬着自己的上嘴唇，咬得直冒血。看到这些，他就不想碰她了。要知道之前他在上面已经付了二十五块钱给她，为了找个姑娘他已经等了好几个月，把所有能省下的钱都省下来了。失去丹塞斯卡之后，他就再也没有过女人，回想起那时候，真是段好时光，一生中最好的日子。但是在那个女孩走后——当她离开隧道渐渐远去，回到街上的时候——他一路爬了回去，把鼻子靠近横梁，用力嗅着窄道上的味道，把她呼吸进去，她的味道很好闻。

*

42街的图书馆很暖和，那儿有庞大的楼梯，水晶吊灯上有很多灯泡，灯光让人感觉陌生，二楼的卫生间有陶瓷马桶，在上面拉屎很爽，不过那里的卫生纸是很廉价的那种，用起来感觉有点粗糙。树蛙在水槽里用热水洗脸洗手。穿过走廊，经过装书的陈列柜，进到读书室，他觉得这么一路走来很舒服。有时候他会习惯性地闭上眼睛，这样就不会突然碰到什么人了。到处都是书，都是好书，甚至还有工程学笔记，这种书他有时候会偷几本，不过今天天气实在太冷，就别想捞点什么了。

这次树蛙没有偷书，而是径直去了三楼。他在那儿填了张纸条，要借一本隧道建设方面的书——他知道书的作者，也记得书号。那个号在他头上的屏幕闪过之前，他就一直坐在长凳上等着。

"谢谢你，朋友。"他对给他书的那个小伙子说。

三楼一直是最暖和的。他在巨大的阅览室里找了个座位，翻开书但并不去读，只是靠在椅子后背上，在台灯下面暖暖手，然后看着天花板上绚丽的一切：残云、天使、花朵、藤蔓、玫瑰花结和莨苕叶。他脱下蓝色的毛线帽，让头发散落下来，数着天花板上的油画，真是完美的对称。大师才做得出这天花板，精雕细琢，用小刀雕出复杂的檐口花纹，以一种慢到难以想象的耐心在木头上凿出形状；通过手上的精确计算，让作品富有活力。他告诉自己，以后要画一张天花板的地图，让它在图纸上重现。

有个亚洲女孩坐在他对面，出于礼貌才没有走开。树蛙脱外套的时候，她抬头看了一眼。他知道自己身上有味道，也想跟这女孩说，我不丢人，亚洲姐们。

身上的雪融化之后在地上留下一摊水，他的双脚就在那里蹭来蹭去，还隔着头发偷偷看她。

树蛙在图书馆里看到过有些男的会掏出阴茎，在桌子下面猛晃，也不是那种无家可归的人，他们先在自己的裤子拉链上乱摸一阵，然后娴熟地让那玩意儿弹出来。他们会低下头，好像要对着麦克风讲话一样，然后把视线的焦点移开，就直勾勾地盯着书看，这时候就开始抚弄自己那玩意儿了。他们的动作很熟练，身体的其他部分都没怎么动。有一次他看到一个生意人在舔自己手上的精液——他对上树蛙的目光，在边舔边笑。树蛙口袋里有把剪刀，他在上面轻轻地摸了摸，然后举起来，那个生意人马上就从图书馆跑了出去。

　　他让胳膊紧紧贴在身体两侧，这样就能夹紧腋窝，不让体味跑出来，同时还要把双手放在膝盖之间。亚洲姐们很可爱，她的蓝色衬衫扣子一直系到脖子那里，眼镜是金色的，眼珠是棕色的，嘴巴很红，干燥的嘴唇上涂了凡士林，看上去有点亮。他抬起头朝她微笑，但她只是盯着她的书，推了推鼻子上的眼镜。或许他靠过来的时候，她已经闻到他的气味了。

　　或许他应该去河畔区的福利酒店看看，不过就是上个楼梯，去那里的卫生间溜一圈。把自己刷得干干净净，或者都能把他的长胡子刮了，然后对着自己在镜子里的样子一顿猛批，黑人白人红人棕人美国人。

　　他解开鞋带，双脚在鞋子里不觉得胀了，手指上的手套不再紧绷，脑袋上的帽子也不那么紧了。

　　下了楼梯从旋转门里出来，然后敞开外套给保安看，确定他身上没有带书。他能感觉到口袋里的长柄扳手很重。

　　天黑了，树蛙缩成一团，躲在廊柱下面数钱。十八块四毛七，他把其中的一分钱扔到雪地里，这样就能凑个双数四毛六。他走下楼梯，伸出戴着手套的双手，想抓几片雪花——不下雪的时候，他可以到百老汇那儿卖几本书，赚点钱，或许还够到法拉第那里买点大麻，舒坦一下。

路过积着雪的狮子雕像，沿着第五大道，来到第四十二大街，进入布莱恩特公园。

有个可怜的流浪汉躺在绿色长椅下面，也不见他冷得发抖，大概是死了。他上方悬着的月亮就像一张醉鬼的肿脸。树蛙蹲在那人边上："嘿哎。"他小声咆哮道。一点儿动静也没有。"嘿哎。"他把毯子的一头掀了起来，开始解那人的鞋带。真皮的，也没有破洞。可惜不是九号的。鞋子很容易就被脱了下来，那人只是稍稍朝旁边转了一下。地上的流浪汉都很蠢，他们居然会把钱放在鞋垫下面。树蛙翻开满是汗水的鞋垫。真该死，才五块钱。他把钱凑到鼻子边上闻了闻。足够去喝一小杯的。罗宾·树蛙·汉。劫贫济贫济肝。

他就让鞋子在那流浪汉的脚上晃荡。快出公园的时候，他朝那人扔了三块小石子，直到第三块才打中，把他弄醒了。那人跳起来朝四周看了看，可这时树蛙已经消失在灌木丛后面，翻墙走了。弄醒那个可怜的傻瓜，这样他的脚就不会冻伤。对不起，哥们儿。下次不会了。我保证。不管怎么说，另一只鞋里可能有二十块钱呢。

他走出布莱恩特公园，一路朝时代广场地铁站走去。站台的台阶结冰了，他一溜而下，又双手一撑，从进站闸机上跳了过去——去自己家的走廊干吗要付钱呢？

他把毛线帽的边缘卷到耳朵上方三厘米的位置，站台上都是上下班的乘客，他就在其中拖着步子走来走去——他们的购物袋都鼓鼓囊囊的。

树蛙看到那边有个老太，只见她深吸一口气，把手袋抓得更紧了。她灰白头发，皮肤黝黑，有着浑浊的眼睛，脸上的骨头看上去像是会发出嘎嘎声似的，外套的手肘部分很薄。她的手指抓着手袋，看起来修长纤细，应该干过不少活。她又深吸一口气，嘴唇微微发抖，把皮包抓得更紧了。这种情形他见得太多了，完全可以随它去。但是她身上还是有某种东西：那外套、那眼睛、那手指。于是，他马上就想朝她伸手。他想说，来。他想跟她说些稀松平常的话。树蛙把手伸进口袋，手指在偷来的五块钱纸币上揉来揉去。那个老太又朝他瞟了一眼，然后用外套袖子挡住鼻子。她把手袋甩到自己身体另一侧。他的呼吸很重，身体开始微微摇晃。他弯下膝盖，系上鞋扣，松开鞋扣。她又看了一眼。她迈了一步。他想说，不。她又迈了一步。他的身体不晃了，就看着她。她走的时候想让自己看起来带着一副漠不关心的样子，但是她的动作出卖了她。他大声说："来。"她假装自己没听到他的话。他又说："来。"她从视线里消失，被支柱后面的黑暗所吞没。他闭上眼睛。列车离开的时候，树蛙一个人留在站台上。他睁开眼睛，攥紧了手里的五块纸币，然后走上楼梯，感觉到在高峰时间被遗弃的孤独。从温暖到寒冷，他想，从寒冷到温暖。

缅甸公路。大片大片的蒸汽从地下管道出来。树蛙在茫茫的云雾中前行。地铁里那个女人的脸挥之不去。灰色的地下管道都很粗，摸起来很烫。墙上的钠灯射出蓝色，让蒸汽有种新鲜的淤青色。他让双手在空气中挥动，甚至连空气都是烫的。他之前只到过这儿一次，这片钢铁丛林，中央车站的地下四层。城市中心的中心。天花板很低，过道很窄，由于有蒸汽，地板一直在渗水。之所以被叫做缅甸公路，就是因为这儿很热——那几个字涂得歪歪扭扭，写在蒸汽隧道的豁口上。他非常了解住在底下的男男女女，一定要小心。他就是个混在其中的冒牌货，毕竟他还是活在些许光线下的。他见过那些人，那些真正受到诅咒的人。他们衣衫褴褛，蜷着身子住在站台下面；或者住在高高的钢架上；或者住在隐蔽的小窝里；或者躲在破管子下面。那些受伤的男人女人会住到储藏室里，感觉希望渺茫。隧道一共有七层——他听说这儿发生过谋杀或者捅人的事情。但是树蛙现在对自己的羞耻感安之若素，迈着小碎步一路走着。

他走路的时候把外套敞开，同时伸手摸摸自己的胡子，感觉有些水滴在上面落定。

滇缅公路会在管道交汇的地方变宽——半空中的细管子和靠近地面的大粗管子。所有的管子都发出嘶嘶的声音，像特殊病患一样呻吟。

巨大的空虚感渗入树蛙的胃里，他感觉那个老太的目光依然跟着他，在他的身体里刻下印记。他的脚步声很响，而且有回声。他挥拳对着空中的响声打了几下。他的指节在管子上快速敲击，能够听到震动，这个声音会通过水流，通过蒸汽，通过空气，或许能一路往上，传到城市去。他来到过道的尽头，顺着铁楼梯往下爬，那下面有个指示牌：**警告：闲人勿入**。因为潮湿，那上面很滑，不过他还是驾轻就熟，在离地还有三个横档的地方就跳了下来。他站在一个大房间里，上方三米多高处，是几十根管子交汇的地方。蒸汽如波涛般汹涌起伏，在空中形成大块云雾，然后散开，渗到地面上去。

他第一次来这儿的时候身边还有以利亚，当时他在偷隧道电线里的铜丝。以利亚就站在管子下面，脚边都是蒸汽，然后他就消失了，只留下树蛙一个人，就好像他化成了蒸汽一样。树蛙花了半天时间才找到从迷宫出来的路，当时中央车站的穹顶就像日出一样迎接他的出现。

此刻树蛙就站在那里,睁大眼睛看着这间充满蒸汽的房间。水从肮脏的管子上滴下来,就像奇妙的雨水,突然变得亲切。机器发出呻吟。电灯光透了进来,因为受到阻碍,只能点亮外侧的蒸汽。

他把身上的东西都脱了,先是鞋子,然后是外套、牛仔裤、衬衫和内衣,就这么全身赤裸着走进被钠灯照亮的蓝色云雾中。热水滴在他的皮肤上。他真希望自己带了肥皂和洗发露。一直到伸手去摸头发的时候,他才意识到自己还戴着那顶蓝帽子。他把帽子扔出蒸汽之外。这么多年来,他还是第一次这样全裸。热水抽打着他的皮肤,他把头朝后仰,让水滴在紧闭的眼皮边打转,慢慢往下面淌,水滴的热度重重打在自己身上,痛快极了。"妈的!"他大叫,"妈的!"他死命擦着自己的身体,洗了脚趾、脚后跟、胫部,双手沿着自己的小腿肚和大腿一路往上走。他的阴茎和睾丸已经被热水烫红了,但他还是继续洗,双手在肚脐、屁眼、腋下摸索,把热水擦到自己的胸口上,热度很快如鼓点般传遍他的身体,让人心醉,又似催眠,他在蒸汽里一阵扑打,最后看到了她。一开始她看上去就像商店橱窗里的人体模型,但是后来她慢慢移动起来,朝这里仔细打量,手里还拿着她的手袋。她露出一点点尴尬的偷笑,同时把蒸汽从满是皱纹的脸上抹掉。她看着他,一步步走过来,穿戴整齐,走到蒸汽里来。她深吸一口气,此刻点头表示同意。树蛙把双手掬成杯状,举过头顶,低下头,靠着胸口,那个嘉年华身影在他周围移动。突然有笑声传来,树蛙跟了进去。他皱起眉头,张大嘴巴,能感觉到蒸汽在他喉咙口灼烧,而他还是继续大笑。他伸手去抓那个身影的手,她走了过来,突然他看到——就在蒸汽边缘——有个真实存在的、像人一样的东西在盯着他看,没有其他动作,只有眼白在快速闪动。

树蛙走出蒸汽。他听到沙沙的声音,有什么东西在动,还有鞋子落地的啪啪声。他跟着那个身影,现在那家伙速度很快。他听到沉重的呼吸声。树蛙走到梯子那里,爬了上去。那个奇怪的身影已经沿着缅甸公路跑了起来,然后消失不见,还放声大笑。树蛙还待在楼梯上。"妈的。"他大叫。他知道所有的衣服鞋子肯定都被拿走了,所以他都用不着去查看,只是看着那个消失的身影。但是——那个身影已经不见了——树蛙下到蒸汽室。他的衣服还在,就连牛仔裤口袋里的钱也在。他回头朝梯子那里看,同时把指节戳到眼窝里,又再次回到蒸汽里去了。地铁里的那个女人已经消失了,现在除了把自己洗干净之外,也没什么可做的了。

莱诺拉还是孩子的时候,他会在厨房的水槽里给她洗澡。他会叠一块毛巾放在她脑后。她的脚会乱踢几下,所以温水就会溅出来。他会把一块布打湿,涂上肥皂让它变得柔软一点,再擦遍她的全身。她会哭,不过只要等他从上面浇一壶水下来就好了。丹塞斯卡有时候会帮他。等她洗完之后,他们会用毛巾把小孩包起来,在此之前他们会特地把毛巾放到取暖器上暖一暖。之后,他们会把莱诺拉放在大腿上轻轻地摇,明亮的电视屏幕就是他们的背景。

他晚上在 42 街出现的时候,那顶湿帽子让他觉得脑袋冰冷。他决定一路走到市区,顺便可以找找垃圾箱里的瓶瓶罐罐。雪已经停了,但是街上还是很亮,全是白茫茫的。他戴上太阳眼镜。冬天没什么人喝碳酸饮料,但是他捡的罐子也能换到两块四毛。如果把所有的钱合在一起,他就可以给自己买好几罐意大利小方饺,还有他能买得起的那瓶最大的杜松子酒。

他路过空旷的操场——母亲和孩子的鬼魂在四周游荡。他把太阳眼镜架在额头上：莱诺拉，小姑娘，你好吗？活着是什么感觉，我会喜欢吗？

　　他爬过栏杆，穿过层层积雪，来到河堤下面。

　　隧道门口结冰了。树蛙用膝盖和双手着地，先把头伸进那个缺口，同时转动身体，让腿进来，然后坐在金属的站台上，屏住呼吸。总会有感到恐惧的时刻。或许有人就在门里面等他。一个掉了五块钱，只有一只鞋的人；或者是一个准备扔汽油瓶的小孩，瓶口还有一团点燃的破布；或者是个带枪的警察。一切都在最纯粹的黑暗之中，伸手不见五指。然后，隧道和光束渐渐地融在一起，透过阴影他可以看得清楚。他仔细听着周围的动静，恐惧回到肚子里，然后在肝脏里停留下来。

　　看不到人。他把头发拐到帽子下面，手伸到购物袋里，瓶子和小方饺罐头碰在一起，发出哐哐的响声。他把手套脱下来放在瓶瓶罐罐之间，以减少它们的碰撞，这样就不会有人听到声音之后过来跟他分享了。

　　树蛙悄无声息地走下铁楼梯。西线无战事。他在安吉拉和以利亚的小隔间外停了下来，然后把耳朵贴在门上，听到他们用管子吸食纯可卡因，慢慢地吞云吐雾，过程充满快感，然后就是一边在破毯子里折腾，一边咯咯地笑。

　　他想象着以利亚会用手解开安吉拉衬衫的纽扣，在她深色的皮肤上慢慢游动，乳头在以利亚的手指间慢慢挺起，然后他的手会悄悄滑到她的乳房下面，在小肚子上一番抚摸，手指在肚脐附近徘徊，探索她纤瘦的臀部，按捏、爱抚、全心投入，慢慢划过她的骨盆，即使寒风凛冽也要感受她的温润潮湿，指甲滑入她身体最温暖的部分。安吉拉躺在毯子里，浅吟娇嗔，眼睛紧闭。以利亚因为她的体香暂停下来，弯下身子在她耳边喘气，安吉拉用指甲抓他的后背，在他皮肤上留下一道道汗水化成的细流。他们呼吸的节奏越来越快，两人都发疯似的推顶对方，最后迸发，呼吸越来越慢，然后他俩可能会躺在那里，期待再来一次。

他们又开始吸可卡因了，树蛙听到动静之后就不在门那里待了——他好几次都要弯腰撅屁股才能让自己冷静一点，不要勃起得太厉害——他小心翼翼地带着一袋瓶子往前走，路过一排小隔间，还有巨大的公共区域和棚户简屋。

只有迪恩在外面，他的篝火还在烧，黄头发像麦穗一样竖了起来，那件狩猎夹克紧紧包在身上。他的眼神游离，甚至都没有像正常人那样看着篝火。有一次，迪恩跟自己的爱人吵架，居然把那男人的舌头咬了下来。从那以后，不管到哪里，他的嘴里就好像住着另一个人。有时候他会大声咆哮，说康涅狄格州有块草坪没有剪，花圃周围的杂草实在太多，需要剪掉；或者说陶瓷餐盘上有意大利面的污渍；或者说信用卡账单还没有付掉。

树蛙从旁边走过，匆匆地挥了挥手，但迪恩还是看着远方。垃圾堆旁边就是迪恩住的棚屋，他看到一个小男孩从那里慢慢挪了出来。男孩和迪恩并排坐在一起。迪恩把一根手指放在男孩的大腿内侧来回滑动，突然间他们站了起来，在篝火边拥抱——那个男孩个子很小，他的头只到迪恩的胸口——他们在火光里相互拥抱，分都分不开。树蛙看到男孩在轻咬迪恩的脖子，而迪恩的手也悄悄移到男孩的腰上。

树蛙战栗了。

再走不到一百米就到他家了。爬进去之前，他会模仿转动钥匙开门的动作，抬头大声对着自己的小窝喊道："亲爱的，我到家了！"

树蛙把购物袋轻轻放到外套下面，同时把袋子的提手系在穿皮带的环扣上，然后小心翼翼地带着瓶子爬上窄梁。他点了几根蜡烛，把袋子放在床上，旁边就是小猫卡斯特，此刻它正蜷成一团靠在枕边。他把手伸到"古拉格"旁的架子上，取下一个开罐器，同时叹了口气："我会在你的婚礼上跳舞，我会在你的婚礼上跳舞。"

早上树蛙会对着墙练习投曲线球。粉色的手球高高跃至半空，碰到钟乳石反弹回来，稳稳地落在他的右手里，然后是左手。昨天洗完澡后，他就一直感觉很好，精力充沛，昨天淋浴之后全身也洁净清爽。他握着拳头，投出一个低手球，那个球迅速朝熔钟画飞去。这套动作一直要持续到暖意弥漫他全身为止。顺着隧道墙壁的一角，他能看到一块硕大的冰在慢慢融化，水滴从上面的溢流管一路过来，就好像在说：我们都曾来过这里。

"嘿哎。"

"妈的。"

"嘿，安吉拉。在这儿。转个身。"

"哪儿？"

"嘿哎。"

"该死。是你。"

"是我。你去哪儿？"

"不去哪儿，"她说，"你在那儿干吗？"

"总统套房。我要在自己枕头里放点薄荷。"

"你还有毯子吗？我们这儿该死的电还是没来。取暖器不热了。以利亚去找那个叫爱迪生的家伙了。"

"法拉第。"

"一样,没区别。"

"你想来吗?"树蛙问,"我生着火。"

"没门。如果以利亚看到我在那儿,他会把你的头扯下来,在你喉咙里拉屎。他老是这么跟我说。他说他会扯下我的……"

"以利亚看不到我们。他已经远离荒原,由乌鸦来供养,在旋风中消失[①]。"

"嗯?"

"没什么,"树蛙说,"那些老鼠也是你弄死的?"

"不是,我……"她犹豫了一下,还挠了挠自己的侧脸。"我喜欢肥的那只,"她说,"它很可爱。它不会伤害任何人。它怀孕了。"

安吉拉裹着毯子站在轨道边上,上面射下的一束光照在她侧倾的脸蛋上,哀怨而美丽。

树蛙对她说:"你应该让'爱心老爹'帮你画个像。"

"谁?"

"小隔间旁边棚屋里的那家伙。那上面都是画。他从不出来,除非他想出来。你应该让他帮你画个像。"

"我不要画像,"虽然这么说,但她的脸蛋一时间明亮了起来,"那他有取暖器吗?"

"对,但是有人敲门他不会理。"

"妈的。那个该死的爱迪生他妈的在哪儿?"

---

① 此处为《圣经》典故,出自《旧约·列王记上》第17章。

"长眠不起了。"

"嗯?"

"爱迪生死了。他是那个制造出第一个留声机的人。他是那个给我们音乐的人。他是那个给我们光明的人。爱迪生六十年前就翘辫子了。他名叫法拉第。"

"去他妈的。"

树蛙哈哈大笑。

"我有过一间温暖的房子,"安吉拉说这话的时候脚踩在隧道的沙石上,她抬头看着树蛙,此刻他正坐在离她头顶有二十英尺高的窄梁上。

"门廊可以绕房子一圈,还有给鸟喂食的东西,"她说,"房间里亮得一塌糊涂。外面有树,有时候我们会爬到树枝上。我恨纽约。太冷了。你不冷吗?"

"你很激动啊。"

她没理他,"爱荷华州也很冷,但是我们有火炉烟囱。我父亲会把它打碎,狠狠砸在我老妈脸上,让她颧骨这里凹进去很大一块。火炉烟囱就成了那副样子。因为他觉得不好意思,就把烟囱砸到墙上,也凹进去很大一块。然后他又来了。我恨他。他老是说要带我去看海,但都只是说说。他只会干扔火炉烟囱那档子事。医生给了她一个眼罩。她把眼罩扔井里了。结过婚吗?"

"结过。"

"她叫什么?"

"丹塞斯卡。"

"你打过她吗?"

"没有。"

"骗子。我知道你是个骗子。"

"我不是。"

"被打过吗?"过了一会儿,安吉拉说,"你习惯了,就像呼吸一样。就像在水下呼吸。"

出于某种原因,他觉得她在笑,虽然现在她已经转过身去,他能看到的只是她裹着毯子弓着身体的样子。

"安吉拉,"他说,"转过来,让我看看你。"

"我打赌你肯定把她打得都不能走路了。"

"我没有。"

"我打赌你会把蓝色的毛巾裹在拳头上,这样就看不出淤青。"

"闭嘴。"

"我打赌你会拿一支黄色铅笔,插到她耳朵里,转来转去,最后那个铅芯头断了,掉进她脑子里。"

"闭嘴。"

"我知道你干过。"

他在窄梁上换了个坐姿。"我有过老婆孩子,"他说,"我从没打过他们。"

"当然,当然,当然。"

"是她离开我的。"

"她当然应该离开。"

"他们都离开了我。"

"对对对。我可不会可怜你。"

霎时间他又回到97街旁的操场,那是四年前,他和女儿在一起,女孩刚步入青春期。当时是夏天,他正带着她荡秋千——秋千已经不适合她这么大的小孩玩了，她的腿太长，只能收起来放在小木板下面，等荡到高处的时候再往外踢。他必须用双手来推，她开心地大叫起来，这一刻是莱诺拉最喜欢的，但她也喜欢不了多久。他用双手推她背部中间靠上的位置，其中一只手滑了一下。当时她穿了件紧身T恤，最近几个月她个子长得很快，没有钱买衣服，他失去了工作，也失去了对双手的控制。此刻他的双手放在她的腋下，把她往高处推，而她仍旧开心地荡着秋千。他的手指不小心碰到了这年轻肉体上柔软的凸起，只有一只手碰到，他的脑袋猛地一震，一定要平衡两边的压力，于是他伸开手指轻轻碰了她身体另一侧，就像是被电击中一样，他在颤抖，但那摸起来真的是细腻柔滑、可爱至极，一时间让他感觉销魂。他就这么一直用手推她，而她也丝毫没有注意，他的双手按在她的腋下，真希望自己能忘记她的身份，忘记她是自己的女儿。此刻他在抚摸她，以后他还会再摸她，然后他会被发现，然后会下到隧道里，怀着羞愧之心企图毁掉自己的双手。

"他们都离开了我。"树蛙说。

安吉拉转过身来向上一指，对他说："我打赌你用过蓝色的毛巾，我打赌你用过黄色的铅笔，我打赌你把他们的眼睛都打到脑袋里去了。"

"我没有。"

"我打赌你把他们的胳膊都拧到脑袋后面了。我可不会可怜你。你就是找打。你就是这么回事儿。找打。你想打吗？去他妈的，打你自己吧。"

"安吉拉。"她说。

"男人都一样。我可不会可怜你，没门。我希望你摔下来。我希望你掉到那该死的井里。你应该把胡子割掉,还有头发。然后掉到井里。去拿眼罩。"

莱诺拉的影子又一次从他脑中闪过。

"我没有伤害她。"他说。

"狗屁。"安吉拉说道。这个词被她拖长之后就像是在唱歌一样。

树蛙用双手捂住脸,沉默了片刻,然后就站了起来,张开双臂沿着窄梁一路走。他消失在小窝的后部,把床垫后面的几个尿罐子撞翻了。床边的那张小桌子摇摇晃晃的,他伸手在破抽屉里找什么东西。尿味透过地板,从尿罐子破口的地方冒了出来。他在衣服堆里一阵乱翻——有几张手绘的老地图图纸也卷在里面,都弄皱了——他把这些衣服就地铺开,最后找到一件保暖衬衣。他把它塞到外套里面,摸着黑摇摇晃晃地跨过床垫,步履蹒跚地走过两条窄梁,落在——双膝弯曲——安吉拉面前。

她缩成一团,护着自己的眼睛说:"别过来,去你妈的!"

"来。"

"不要伤害我,不要伤害我,不要伤害我!"

他把保暖衬衣丢给她。安吉拉把手臂从眼前拿开,看着他说:"哇。"

"能让你暖和一点。"树蛙说。

"多谢。"

"穿上。"

"现在?"

"对。"

"你就是想看我不穿衣服。我见到你眯眼睛了。我见到了,哥们。"

"闭嘴,行吗?穿上就好。"

她害羞地看着他，小心翼翼地说："转过去。"

他转了过去，看到一大块白雪穿过隧道那头的铁格栅落下来。她把毛皮大衣披在他肩上，他转过来的时候，安吉拉在微笑，胳膊放在脑后，肘部露了出来，像个电影明星——她在保暖衬衣里面还穿了三四件女式衬衫——尽管如此，他还是幻想着她的乳头在冷空气中勃起，他想要抚摸她，但是他没有、不能、也不会去抚摸她。

"我没有伤害任何人。"

"我相信你，树蛙。"

"真的？"他大吃一惊。

"对，我当然相信你。"

"谢谢。"

然后安吉拉一边伸手去拿毛皮大衣，一边说："我可爱吗？"

"嗯。"他一边说，一边用胳膊搂住她。

"你有味道，哥们。"

"我昨天洗了澡。在中央车站，蒸汽隧道里。哪天你应该跟我去。有热水。"

他们听到隧道远端的门那里有嘎嘎声。

安吉拉眼睛睁得老大，惊恐极了。她从树蛙的怀里挣脱出来。"以利亚！"她说。

只消一个动作，树蛙就稳稳地用手指抓住把手，几秒钟之内就回到了他自己的小窝里。安吉拉穿上皮毛大衣，把它裹紧，沿着隧道一路小跑。树蛙远远望见以利亚从一道光束里冒了出来，手里拿着取暖器，嚷道："法拉第！嘿，法拉第！哟。法拉第他妈的在哪儿？"

第八章　一九五〇年至一九五五年

沃克掐时间掐得准极了。太阳从131街的那排屋顶后面升起来，在阳光从窗户照进来之前，他就刚好举起手臂，遮住自己的眼睛。这样锻炼一下对他有好处。他的肌肉已经开始越来越受风湿病的摆布，而且越来越严重，这可是隧道工人的职业病。他举着胳膊，一直等到太阳升到窗户横档那里才放下。然后他会放松两分半钟，一秒不多，一秒不少。

光影交错，时有时无；太阳往上升，小臂不断抬起。

沃克喜欢沙发，尽管他一天里有两个小时只能坐在那上面，这一切是疼痛所致，而非个人意愿。沙发上已经留下他身体的形状，他能看到外面。这几年外面大街上都是汽车，把人搞得很火大。他像鸟一样落在沙发上，垫子底下积了不少之前掉下去的硬币。他想要嚼烟的时候就会从垫子下面抓几个十分钱硬币，然后丢给楼下的儿子女儿。不上学的时候，他的小孩就会坐在下面的台阶上。硬币落地的时候声音很吵，孩子们抢过硬币就朝店里去了。

留声机的唱针在一张老爵士唱片上走得歪歪扭扭：路易斯·阿姆斯特朗。男人的脉搏。华丽的旋律。切分滑音。沃克随着节拍摆动脑袋，脖子上的银十字轻轻摆动。唱片放完的时候，他从沙发上站起来，这样可以摆脱膝盖的痉挛，然后再伸展一下，让手指不至于那么疼。他小心翼翼地把唱针放在唱片凹槽上，由于刮擦的关系，黑胶唱片刚才发出了沙沙声。上个星期唱针就开始跳针，但当时他的膝盖刺痛得厉害，只能让它停在吹小号的那个点上，任由尖利的声音播了一遍又一遍——到后来，他什么都听不见了，他回到了河床底下，还在那里挖土，朋友们在他身边，还有空气压缩机的声音——只能等艾丽娜回家把唱针归位。

她想买张新版的唱片，但是最近手头不太宽裕——他很早以前就不在隧道里干了，那儿用不着隧道工了。家里大部分的钱都是靠她在服装厂打工赚来的——工资低，工时长。沃克已经开始做些家务，现在房间明亮整洁，天花板上挂着窗帘，把房间隔开。沃克的铁锹挂在壁炉上面。壁炉架上有一排照片。厨房里有五把椅子，围着一张小桌子摆成一圈。一共有三张床，他们俩一张双人床，两个女孩共用一张双人床，克拉伦斯独享一张单人床。这张单人床是沃克自己做的，先在杆子间系上绳子，然后一边收紧一边打上十字结，直到拉结实为止。

只要手指不是僵得像死了一样，沃克就会做些家具放在街边的货摊上卖——有椅子、架子和床头桌。对那些不能一次付清钱款的人，他允许他们赊账。他整天就在每件家具上精雕细琢。后来他的手都麻了，不得不放到温水里放松一下。

沃克让音乐在自己身体里漫游，拖着步子走到炉子那里打水。艾丽娜教过他茶道，一开始需要温茶壶，烘干，仔细调配茶叶，让它泡一两分钟。他现在用的茶壶套是从毛拉·奥列里那里传下来的外国货。沃克甚至可以在茶里品出牛奶的味道。他在平底锅前犹豫了一会儿，然后在上面放了个盘子，这样水就能快一点烧开。没办法，他必须学这些中年人特有的家务小把戏。比如整理床铺，把床单铺在毯子上。或者是在窗口吹口哨，用尖利的声音让送牛奶的推车停下来。或者是在拖地板的水里加点醋。家里没有冰箱，不过沃克已经从一个二战老兵那里买了个塑料冰柜，那人还说这东西用起来没问题。

他弯下腰，取出已经变稠的牛奶。他用力摇了摇，疼痛感就像子弹一样穿过他的胳膊和肩膀。他对牛奶没什么要求。再不喝就要变质了。他看着牛奶在深色的茶水里打着转。

他抿了一口茶，准备等艾丽娜回来。他把茶壶套套到茶壶上，在勺子上放了一块方糖，把用具摆好，这样她一回来只要倒水搅拌就可以了。这些日子过得真慢。他就好像快要不住在自己身体里了，而是在上面什么地方游荡，如同一个能量环看着他慢慢崩塌。有时候他更愿意保持完全不动，就那么弓着身子站在厨房里，这样他就不觉得痛了。医生说过，这样只能让他的身体变得更糟。病痛会侵蚀他的肘部，然后偷偷进入髋部。医生给沃克开过药，但是那些药一个月就吃完了，实在太贵，药店也不让他赊账。

他努力想回忆起自己在佐治亚州的母亲——她以前会用一种植物来对抗风湿病，但沃克不记得那东西叫什么。

站在壁炉边，疼痛时而消失，时而盘旋不去。沃克把自己看成一个小男孩，在黑色沼泽里驾驶独木舟，旁边就是被闪电劈得只剩树桩的柏树。他模仿记忆中划桨的动作，突然转弯，然后拖着步子朝房间另一边的留声机走去，点点灰尘在阳光里飞旋。

他不喜欢在放到一半的时候打断伟大的丹尼尔·路易斯·阿姆斯特朗，但这样总比不停从沙发上站起来好。他用发抖的双手掀起留声机的遮罩，把唱针放放好。他在沙发上撑开双脚，伸长脖子想看看街上有什么，但也没看到什么，不过是一群女人从洗衣店里慢慢走出来，当铺的招牌摇来晃去，还有一群年轻人聚在消防栓周围，手里拿着烟，对着天空吞云吐雾，烟圈软绵绵地从他们头上飘走。三个穿着紧身裤的妓女在路口晃晃悠悠，走来走去，和那些男孩相互调戏。

沃克慢慢朝后靠，尽管茶已经凉了，他还是往茶杯里吹了口气。下午渐渐消失殆尽。

音乐老是跳针,他听着听着就睡着了,醒来的时候,三个小孩正好站在他面前,这几个十几岁的小孩刚从学校回来,一边哈哈大笑,一边把茶壶套斜戴在他头上,看上去很有喜剧效果。

他们楼下那个房间有人抽大麻,老是烟雾腾腾的。有个叫胡弗·麦考利夫的汽车修理工住在里面,整晚都能听见他的声音。这人是个暴脾气,脸上破过相——以前打架的时候一个鼻孔被别人咬掉了,现在他的鼻子都烂了,上面还结了痂。麦考利夫会在深更半夜的时候带妓女回家,温柔地挽着她们的胳膊,把她们领进屋。大麻烟的味道会飘到楼上。呼哧呼哧的大笑声透过地板传了上来。一开始是很响的啪啪声,然后就是最微弱的娇哼。女人们从房间里溜了出去,害羞然而心满意足。

早上沃克陪女儿们下楼——经过楼梯井,上面画满了涂鸦——胡弗·麦考利夫家的门半掩着,他从缝隙间伸出长舌头,一副淫荡的样子。沃克推开房门,站在他面前。

"我可不会碰那几个,"麦考利夫说,"搞混血娘们对男人不好。"

沃克一巴掌把麦考利夫扇到墙上,膝盖抵住他的裆部,手掐住他的喉咙,看着麦考利夫慢慢滑到自己身下,滑到地上,只见他喘着粗气,双眼睁得很大,一副要翻白眼的样子,剩下的那个鼻孔一下子张大了。晨间的阳光穿透房间里的烟雾。沃克数到十,最后掐了一下麦考利夫的脖子,小声说:"以后不要用那副样子看我的小姑娘,听见没有?连看都不要朝她们看。你在听我说吗?你在听吗?"

麦考利夫点点头,扭了一下脑袋,从沃克的手里挣脱出来,然后跟跟跄跄地穿过房间,打开窗户大口喘着气。沃克转过身发现克拉伦斯站在门口盯着他，手里拿着课本。

"你快去上学，什么都没看见，"沃克说，"你什么都没看见。"

他儿子点点头走开了，把书夹在手臂下面，慢慢从楼梯走了下去。

那天剩下的时间，沃克都没有出门，他一直把双手放在冰块里缓解疼痛。

天气好一些的时候，他会坐地铁去隧道墙壁的拐弯处看看。他站在紧挨着司机的那节车厢里，透过窗户盯着外面看，头抵着玻璃。他把报纸遮在头上，这样能挡住刺眼的强光。

他看着隧道风驰电掣而来。他可以指出其中的错误——因为工程师的计算错误，这里的弧度不够平滑，下雨的时候那块地方很可能被淹，轨道上的道岔摆错了地方。他真希望自己能够回到下面，还能挖土。再去体会一下铁锹的流畅感。一次，两次，三次，铲下去，拉出来。他甚至还提过申请，想去当探路者——就是穿越地铁隧道，检查有没有漏气、明火或者动物尸体——但是申请还被驳回了，结果就像其他所有的工作申请一样。

但他还是喜欢隧道，走出黑暗，被站台明亮的黄光笼罩，慢慢地再次回到一片漆黑，金属摩擦发出刺耳的声音，打着手电的工人们跳上一班早间快车，他们欣喜若狂，乘地铁上下班的人还在站台上拖着步子走来走去，而这时他正嗖嗖地从一旁掠过。

周末的时候他会带上克拉伦斯，这个时候总有些乘客会盯着他们看，好奇为什么这个少年的肤色要比他父亲更浅一些。克拉伦斯已经长高了，他必须弯下腰才能看到窗外的隧道。他的嘴唇边已经长出了胡须，不过还不好意思去剃。他安静地站在那里，看着窗外，父亲的手放在他肩上。

有时候沃克会坐地铁去市区,在河这边的曼哈顿区跟范努奇和鲍尔碰面。

他们在伊斯特河边比赛放鸽子,让鸽子在河面上飞来飞去。范努奇给自己的鸟涂上了新的颜色——红色加白色加绿色。有次喝醉之后,鲍尔在他最喜欢的鸽子身上画了五十个蓝色的小星星。他们坐在河边一起喝酒——肯塔基州产的波旁威士忌和格拉巴酒——手里握着酒瓶,外面包着的棕色口袋已经被汗水弄皱了。

鸽子还没有飞回来,他们一边等一边回想起年轻时他们浸没在酒精里,快乐有时,懊恼有时。

"把满出来的酒给我!"鲍尔大叫,"一直在往外冒。冒到结束为止。"

"还记得我跟小艾①把鸽子浸在颜料里的事吗?"沃克说。

"真是在瞎扯淡。"

"那些日子真好,对不?"沃克说。

"可不是吗?你们那个算命的怎么样了,内森?"

"她说你会冒到结束为止。"

"我无所谓,老兄,"鲍尔拍拍手说,"我打赌那女人可以吸掉我车子挡泥板上的铬。"

"除非你没车,否则没办法了。"

"就是这么回事。"

"什么意思,那个铬?"范努奇问。

---

① 原文为El,Eleanor的昵称。

"问你老婆,阿黄。对了,阿黄……"

"什么?"

"……别忘了问她蛋奶沙司的事。"

"我不懂。"

"把酒瓶给我,我弄给你看。"

一天下午他们坐地铁从伊斯特河底穿过。他们坐在第一节车厢,想叫司机停一会儿车。司机翘起上嘴唇摇摇头,"不行。""得了,伙计。""不行。""一块钱?""不行。""一块五?""不行。""说太多了?""得了,你们几个别开玩笑了,我说不行。"于是鲍尔拿出工会证和几张钞票在他眼前迅速晃了晃。司机点点头,列车停下了。他们涌进驾驶室,展开报纸的体育版。鲍尔探出窗外给康·奥列里念棒球新闻。一九五〇年六月,布鲁克林道奇队在艾贝茨球场以八比二击败辛辛那提红人队,目前在国联排名第一,吉尔·霍吉斯在第三局打出一记落在上层看台的满贯本垒打。"没错,就是大吉尔先生。"鲍尔说。然后沃克趴到他同事身上说:"还有老杰克·罗宾逊,他打了两个,我说蓝眼伙计。"

司机有些紧张,当那几个人朝隧道天花板报比分的时候,他只能把双手合在一起,一通乱抓。

下午都得听命于酒瓶子的安排。他们不停地换车,在两个车站间来来回回。没过多久,他们的声音就变得很吵,而且刺耳。最后他们被人赶下了车,这时鲍尔嚷道:"你们不能踢我们下去,我们是死而复生的人!"

艾丽娜站在门口,头靠在门框上。沃克从房间里走了出来,发现她在抽泣。原来是艾丽娜自己不愿意进门,她站在门槛边,就好像被什么东西钉住了一样。

"我当时正好坐在仓库里，内森，正在给裤子拷边。我们大家都坐成一排，很长一排，前面是胜家牌缝纫机。我不知道我是怎么了，内森。糟糕透了。他放学回来，身上带着成绩单，他的自然科学课得了个 A。我猜他就是想跟我说这个。我猜他就是想告诉他老妈他在学校里表现很好。其他那些女工，内森，她们根本不知道我的事。她们只知道我住在市区。她们连市区在哪里都不知道。她们也不知道你和孩子的事。就是这么回事，嗯，就这样。我不知道怎么回事。我不觉得丢人。不是那么回事。我觉得，我不想让她们知道我的事。能让我们都不受伤害，知道吗？"

"放松点，小艾。"

"还记得我跟你说过我们老板姓奥列里吗？嗯，我跟他说——刚开始工作的时候我就说了——我跟他说我的娘家也是姓奥列里。我没说我跟一个叫沃克的在一起。看到我姓奥列里，他就对我很好，就算我休息的时间太长，他也不会对我嚷嚷。看到我是个爱尔兰人，他就很喜欢我——不是那种喜欢——但他喜欢我。不说别的，当时我在给裤子拷边，一抬头就看到我们的克拉伦斯在仓库门口。他指着我。我低着头，内森，我不知道为什么。我在发抖。我假装自己正一门心思拷边，很小心。我能听到脚步声。那是我听过最响的脚步声。我再抬头看的时候，他们俩就站在我面前。"

"不要哭，亲爱的。"

"奥列里对我说：'这个男孩说他想见他老妈。'"

"噢，不。"

"我不知道我是怎么了。突然之间我放开手里的裤子，拷边机走出之字形。你肯定不会相信当时有多安静。每个人都看着我，其他所有的缝纫女工，安静得像什么一样。我说：'再说一遍？'老板说：'这个男孩说他想见他母亲。'硬要我说，老板他硬要我说。我很紧张，还咯咯地笑，内森，我就坐在那里紧张地咯咯笑。我说：'哦，这就是套近乎。我跟他老妈很熟。'"

"噢，小艾。你不会吧？你不能这样。"

"对不起，对不起。"

"噢，艾丽娜。"

"奥利里眼睛睁得老大，就这么盯着我看。克拉伦斯也盯着我看，手里拿着成绩单。我看着老板又说了一遍：'这就是套近乎，你懂的，大家都这么说话。'那时候克拉伦斯脸上的表情，就像天塌下来砸在他身上一样，好像有什么东西过来轰在他脸上一样。他对我说：'老妈。'我想这个词会一直在我耳朵旁边，他是那么说的，老妈。老妈。就像是他说过的最重要的话。但我看了看仓库四周，每个人都盯着我。'他老妈是我一个朋友，我们是老乡'——我是这么说的。奥列里抓住克拉伦斯的颈背。'你干吗要浪费这位女士的时间？'他说。克拉伦斯说：'我就想告诉她我自然科学课得了A。'奥列里鼓着腮帮子不停咳嗽，然后看了看仓库周围。'自然科学课得了A！'他嚷道，'考的一定是进化论！'"

"狗娘养的。"

"克拉伦斯就在那里哭。"

"我真不敢相信，小艾。"

"大颗大颗的泪珠从他脸上落下来。他又跟我说：'老妈。'我一个字都没对他说，我一个字都没说。我就连'好样的'也没说。自然科学课得了 A，真是好样的。我都吓懵了，我不是那个意思，我真不想那样，就那么发生了，内森，我发誓我不是那个意思。噢，老天爷啊，相信我，我不是故意那样不理他。我就坐在那儿，看着奥列里把克拉伦斯从仓库里拖出去，我这辈子从没有那么难受过。我转过头看着其他缝纫女工，噢，老天，内森，我马上站起来往前挤，还碰到了奥列里。我一把拿起自己的外套，跑出去找克拉伦斯。但是他不在附近。我找来找去都找不到，他不见了。我知道我这一走会丢了工作，但我不管了。我就一路跑出去，但找不到他。"

"他现在在哪儿？"

"我不知道。"

"哭够了，娘们。"

"你能帮我去找他吗，内森？你能跟他解释吗？帮我解释一下？"

"我觉得这种事情我可解释不了，小艾。"

"我不是故意不理他的。"

"我就说一点，就说一遍——这是我这辈子听到过的最他妈恶心的事了。"

"噢，求你了。"

"恶心，小艾。真他妈恶心死了。"

"我向上帝发誓，我这辈子再也不会做这种事了，再也不会。但有时候，有时候，有时候事情就这么发生了，我们都不知道为什么。就这么跟他说。求你了。说我不知道我是怎么了。说我真的很难受，难受极了。告诉他我爱他。告诉他这是真的。是真的，我发誓。"

"嗯，我会说那是你的工作，小艾。"

"内森。"

"不行。"

"求你了。就帮我跟他解释一下。"

"不行!等你不哭了,你自己去跟他解释。我去找到他,你可以去解释。你应该背这个十字架。我觉得我也应该,但是你应该去弥补一下。"

艾丽娜的双臂围绕着克拉伦斯,他什么都没说。小伙子把头搁在母亲的肩膀上,眼睛直勾勾地越过她看向某个深不可测的地方。

那晚他们躺在床上,沃克也用背对着她。她把悲伤塞进枕头,想让自己的悲伤被隔离起来。但几周过去了,她慢慢朝他那里靠,把膝盖放到他大腿和小腿间的弯处,胸口贴着他的脊椎,在他脖子旁边呼吸吐纳,既温暖又有些害怕。她就那样——身体像个勺子一样贴着他——一直等到他鼓起勇气转过身,笨手笨脚地抚摸她的头发。

克拉伦斯要去弗吉尼亚州的训练营参加部队的训练,在这之前的几个星期,男孩的教父大黄范努奇教给他一些关于炸药的知识,怎么绑炸药,绑在哪里,埋炸药的洞要挖多深,炸药放哪里才不会被人发现:身体、马匹、树桩都是好地方。这些课程都是在范努奇家的屋顶上进行的。这个意大利老头做示范来一丝不苟,只见他跪在硬纸板上,用手指在地上画,把脑子里想的地图都画了出来。

范努奇老是得用双手让克拉伦斯把脸转过来,因为这个小伙子的眼睛一直朝着地上那些排成一行的色彩斑斓的鸽子和羽毛瞟过去。

"听着。[①]"他说。

[①] 原文为意大利语。

"什么?"

"听我说!"

所有那些重要的话都是用他的意大利母语说的:"填药、爆炸、引爆、阀门。"他会把示意图都画出来——怎么挖一条大小合适的隧道,怎么拆假炸弹,手榴弹里的弹簧被勺子卡住怎么办。他跟克拉伦斯说身边始终要多带一根鞋带,总会派上用场的。要仔仔细细地找假引信。让你的眉毛学会不冒汗。手指绝对不能发抖,就算是不干活的时候也不能抖。拆引信的时候要学着哼哼歌——这样能让你的脑子不胡思乱想。

有次他教完之后说:"告诉你父亲蛋奶沙司的事我懂了。"

克拉伦斯到家之后把话带到了:"大黄说蛋奶沙司的事他懂了,我才不管他到底是什么鬼意思。"

沃克站在壁炉旁边兴奋地拍着大腿。他穿过房间跟妻子耳语了几句,她对他严厉斥责了一番,还在他腰上轻轻拍了一下。

克拉伦斯朝天翻了翻白眼。他觉得跟父母在一个房间里有些尴尬,于是就缩成一团睡到外面的消防通道上去了。晚上他听到他们互相磨蹭,他们会先看看大家有什么反应,等到他们觉得其他人都睡着了的时候,就在床单上一个翻身拉起被子,样子很奇怪,然后就听到他们两个身体靠在一起发出沙沙的声音,克拉伦斯最讨厌的就是听到这种声音。

他想去拆弹小分队,但最后却当上了炊事兵。那年他十七岁,他们还给他拍了张照片——头发不再像以前那样红红的,这样就不会跟军装的颜色冲突。脸颊上的雀斑已经没有了。他露出雪白的牙齿咧嘴大笑,不过就算是笑起来,他棕色的眼睛依然深邃严肃,就像是脑袋上两个精确爆破出来的大洞。

艾丽娜带着照片去了杂货店,她跟拉绅·罗林斯说,如果他不把这照片贴出来,她就到别家店买东西了。拉绅用胶带把照片贴在收银机上面,只要是去朝鲜打仗的人都会有照片被贴在那里。这些人的脸挡住了收银机的显示屏,上面的数字有些看不太清楚。一块五毛六。五块三毛四。一毛六。克拉伦斯的脸正好有点挡住那个显示分位的方格。

每天晚上沃克和他妻子都会去杂货店看电视新闻。艾丽娜总是待在后面一声不吭,旁边是个装满冰淇淋的冰箱,她会随身带一张塑封的特制祈福卡,看上去总是很不安。沃克站在她身边,但在公共场合他们还是不能有身体接触。艾森豪威尔在电视里表情凝重地俯视着他们。画面里有一群人走在满是尘土的道路上,看上去又累又热。他们想在这群人里找到自己儿子的脸庞。他们想象着直升机转动起来的样子,从堆满死人的稻田飞过,成排成排的人和稻米。

回到自己的房间之后,艾丽娜就写起一封封的长信来。信上的字迹细小工整。

你在那里好吗?我们希望你过得好,别耍帅。我们都挺好的。我们想死你了。特别是我想死你了。你父亲做了很多家具。姑娘们都长得很快,你肯定想象不到。戴尔德拉认识了一个音乐家,他来帮我们家的钢琴调音。现在听上去可好了。麦柯欣唱了首玛丽·露·威廉姆斯[①]的歌。有天晚上我们去大都会咖啡馆听亨利·雷德·艾伦[②]吹管乐,那次他穿着西装戴着领结。哇!哇!他实在太好

---
① 美国著名爵士乐手。
② 美国著名爵士乐小号手。

玩了。大家都在问你的事情，特别是拉绅·罗林斯那里的几个漂亮姑娘，她们看了你的照片之后就老是问起你。你肯定想不到，不过拉绅这些日子一直对我们很好。他每天都问起你，还会送我们一些茶叶。想想看。我们在杂货店里听人说朝鲜那里的人吃狗肉。那不是真的吧？你妹妹麦柯欣说'汪汪'！你父亲说别吃后腿肉。用点烤肉酱就好了，他说！

她用卷笔刀把铅笔头削尖了一点。削下的木屑落在沃克伸开的双脚旁边。

这边的坏消息就是你父亲的老朋友西恩·鲍尔去世了。至少他还过了几年好日子。肝硬化要了他的命。大黄在他棺材里放了一瓶波旁威士忌送他上路。有一天我们所有人都会走的，还是挺伤心的。你父亲做了祷告。大家都喝醉了，趁清醒的时候都在唱歌。有人问你父亲是不是服务员。他们说，去给我拿杯威士忌，小子。然后他们都在说他的事情。小子这。小子那。都快打起来了，不过最后也没打起来。大黄让他们全闭嘴。我让你父亲把嘴上的拉链拉起来，但你知道他的。最后父亲和大黄坐在路口聊以前的事。

我不知道怎么跟你说，我真是很想念过去的日子，克拉伦斯。你离开之后，以前的那些事情就一直在我脑子里。

有件事情我要跟你说，克拉伦斯，我一定要再说一遍，这事一直在我心上，在我心里分量很重，我都快受不了了——你自然科学课得A的那天，我绝对不是故意的。我也不知道是怎么回事。我猜我到坟墓那天也搞不清楚。从来没有这么惭愧过,我想你是明白的。对我来说,这就是世界上分量最重的事。我不是要你原谅。我只想让你理解。我想理解比原谅更重要。所以我请求你理解我。有时候我感觉这事都要把我压垮了,平时走路的时候都能感觉到它压着我。

每封信的结尾艾丽娜都会用一样的句子:

像我们说过的,别耍帅,克拉伦斯。平安回来,可别让我们泪流成河。

战争正式陷入僵局的那晚,他们收到克拉伦斯寄来的一封信,上面说他会待在非军事区。他应该很快就会到家了。他在信里暗示说他在部队基地里遇到一个女孩——她是个护工,还在他做饭时戴的头盔正面画了一个碗,里面装满了玉米粥。他们每个月都会收到他写来的信——就算是在日本休养调整,他也会写信过来。艾丽娜把这些信上的邮票都保存在一个特制的信封里。

夏末的一个下午,他们又收到一封信,两人都低着头,惴惴不安地打开信封。两周之前,他们从一封电报里得知克拉伦斯负了伤。小刀把信封的封口处慢慢划开。沃克感觉到一股汗水从背脊上滚落下来。他缓慢地把信纸展开,递给了艾丽娜,让她来念。

她念信的时候,双臂环绕着他,既是欣慰,又是伤悲。信是由克拉伦斯口述,那个女护工代笔的。艾丽娜得花点时间才习惯她的笔迹。

亲爱的爸妈，我还活着，过得不错。之前出去散步的时候踩到了地雷。当时我们刚从食堂下班回家，我和另一个老兄。我们在釜山南面，就想到山脚下的森林里走一走。应该是勾到了地上的引信。我应该好好听大黄的话。那个老兄，他两条腿都没了。有几块弹片打中了我的眼珠，我的一只眼睛保不住了。现在我坐在这儿，想要勇敢面对，但我真他妈的——不管了，这里的护士都把我照顾得很好，特别是那个叫路易莎的女孩，我之前跟你们说过的。她就在这儿，把我说的每个字都草草记录下来。嗯，几乎每个字！她是从西部的齐佩瓦①乡下来的。她一直对我特别好。她甚至还帮我弄了台老唱机，还有几张老雷克斯·斯图尔特②的七吋唱片，这样我就能听他吹喇叭了。这里的电台不太好——你只能听到纳金高③，也就这些了。不过我能听到老雷克斯的曲子。就躺在这儿的床上听他吹。我的伤口也不是很疼。有时候用一个眼睛看东西有点麻烦，不过我猜我会习惯的。不要泪流成河，因为这已经是不幸中的万幸。我跟你们说过那个装满玉米粥的小碗——路易莎帮我画的——嗯，我想这是天底下最好玩的东西了。我一直盼着你们能和路易莎见面。我们是好朋友。嗯，老实说，是比好朋友还好。你们知道吗？我现在明白那天的事了，我明白那天的事了，妈妈，那天你在仓库说你不认识我。在部队一个人才会发现你根本不了解自己。我一直在想。我知道你那些话的意思了。所以我明白，我原谅你了，妈妈。我不是想把你弄哭，所以我就写到这里了。还有件事，我们一直在想退

---

① 分布在美国和加拿大的美洲原住民。
② 美国著名爵士小号手。
③ 美国著名爵士乐手。

伍之后回到纽约，我和路易莎做点小生意，不过还不知道做什么。或许还会结婚，这个怎么样！这样我们都可以有间大房子，住在一起开开心心的，没有人再会泪流成河。

信的署名是：克拉伦斯.W和路易莎·图利瓦。

署名下面是附言：现在我的眼珠子就在那片森林里，我感觉那里有什么东西在长。下面是另一条附言：不要开眼罩的玩笑哦！

十八个月后，一九五五年，沃克和艾丽娜瞥了一眼帘子那一头的两个女儿，然后偷偷溜进走廊——胡弗·麦考利夫在家里用拳头猛打猛敲的声音顺着楼梯传了上来——他们朝公用卫生间走去，地板在脚下吱吱作响。艾丽娜把一根手指放在沃克的嘴唇上，让他别笑出声。泛黄的墙壁上有很多脏手印。地上的瓷砖发黑，有很多裂缝。艾丽娜把洗脸盆刷了一遍，再用卫生纸把里面的边边角角擦干净，让它看上去干净无瑕。她转过身坐在陶瓷洗脸盆上，撩起睡裙让他进来。有了刚才那番打理，此刻她感觉清爽年轻，尽管她已经三十八岁了，她的身体在走下坡路。

"你的膝盖还好吗？"她问道。此刻沃克正弓着背，用自己的脚趾站立。

一股风从小窗户飘了进来，整个卫生间变得很凉快。她摘下头后夹头发的夹子，伸手去摸他的嘴唇。

"你的膝盖还好吗，亲爱的？"艾丽娜又问道。

"还在，奶奶。"沃克一边说一边踮着脚晃动身体，同时用牙齿咬着下嘴唇，不让自己笑出来。

她在他胸口上打了一下："别叫我奶奶。我还没当奶奶呢。"

他们继续在那儿做爱，沃克会永远记住这一切：干净的洗脸盆、泛黄的墙壁、手印、撩起的睡裙，那只飞蛾在裸露的灯泡下横冲直撞，似乎正预示着结局。

第九章　下来回到你属于的地方

这声音是有人在拖着脚走路,树蛙知道现在隧道大门那里有人。可能是几个小孩过来玩烧鼹鼠的游戏。或者是以利亚和安吉拉又在做爱了,他们大声尖叫,迷狂而失落。或者是一群小男孩坐在迪恩的屁股上。声音传得很远,然后有人大声说了句:"闭嘴,混蛋。"

手电筒把隧道都照亮了。

树蛙从床上爬下来,穿上外套,把脚塞进鞋里,吹灭所有的安息日蜡烛。漆黑一片。他来到窄梁上,把外套塞到身下坐在上面,让双腿悬在半空中。他看到雪从天花板的隔栅间飘落下来,手电筒的光束打在上面,然后他听到有个声音说:"嗯,我×,往回跑啊。"

有八个人,其中几个穿便衣。

他们都紧紧挤在一起。手枪皮套上的搭扣是松开的,几个人都戴着手套,手放在枪上。他们歪着身体,耳朵里塞着无线电,好像在说什么亘古不变的暗语。他们的手电筒像发疯似地不停晃动,照到格栅下面几棵枯死的树苗,继续走又照到那些壁画,刚才的那个声音又响亮起来:"我×,真想不到,小伙子们,他们还给自己弄了棵树,我×。"

"×你,"树蛙小声说,"×你。"

几个警察沿着轨道一路往前,树蛙的声音比刚才响了一点,但也没有响到可以让他们听见:"呼噜,呼噜。"

他收起双腿,保证自己藏在一个别人看不到的地方。上次警察下来是因为他们发现103街下面有个人被谋杀了。没人知道他是谁,那个人死的时候阴茎还是勃起的,胸口有一串子弹项链。是迪恩第一个发现那人的,他还给那个人取了绰号,叫他"糗事"。那次警察下来的时候,就像启斯东老电影①里的笨警察一样在黑暗里乱跑,对着自己的影子舞刀弄枪。他们一个挨一个靠墙站好——"靠着墙,去你妈的!"——警察要搜他们身上有没有武器。当时谁都不愿去搜树蛙的窝,还为这事吵了起来,因为他们都怕爬高。最后他们只能带把梯子下来解决问题。有个警察随手偷了张树蛙做的地图,尽管如此他还是想把树蛙送到城市收容所去。"你活得就像个畜生!你应该找人帮忙,伙计,你活得就他妈像个耗子!"但树蛙还是站在那里无动于衷,长长的头发落在眼睛旁边,然后他就咯咯地笑了起来。警察用手背打了他一下,叫他别傻笑了,否则就会跟那个死人一个下场。

"什么?一样出糗吗?"树蛙说。

那个警察说:"闭嘴,伙计。"

他们在隧道里待了两天,但是没人知道那死人是谁,也不知道他为什么被杀,甚至不能确定他是不是自杀。

树蛙看着他们一路来到那排小隔间,站在以利亚和安吉拉的住处外面。小隔间里透出一丝光线。那些警察两两散开,其中几个掏出枪缩在轨道旁边。"**警——察!出来!警——察!**"树蛙很想知道以利亚和安吉拉是不是正在用管子吸食纯可卡因。"**警——察!**"

有个警察往前一迈把门踢开,这时以利亚突然从小隔间里跑了出来,双手举过头顶,安吉拉在后面,保暖内衣外面裹着她的毛皮大衣,马上大叫起来:"我们什么都没干。我们什么都没干!"

---

① 二十世纪早期由启斯东电影公司制作的无声喜剧电影。

"放松点。"一个警察说。

"别碰我!"安吉拉大叫,"别碰我,别碰我!"

"站好了!"

"你管不着我们,我们没嗑药。"

"×,闭嘴,小姐,行吗?"

"我们什么都没干。我们在睡觉!"

"嘿,谁来让这婊子闭上嘴?"

"你叫谁婊子?去你妈的。"以利亚说。

"上帝都哭了。"一个警察说。

"在这底下待着是违法的,你们几个知道吗?"

"我们家顶楼公寓的钥匙我找不到了。"

"有意思有意思。"

"按揭也忘记还了。"

"我跟你们说过,底下的人都是疯子,我是怎么跟你们说的?我跟你们说过,没错吧?鼹鼠!全是疯子。"

"× 你,"以利亚说,"我不是鼹鼠。"

"那你干吗住在底下呢,鼹鼠?"

"够了!"有个警察嚷道,"你们都认识詹姆斯·弗朗西斯·贝德福德吧?"

隧道里一阵沉默,树蛙看到有个警察穿过轨道,来到枯死的树干那里,抬头看着天花板,他的手电筒发射出一个光圈,雪在他身旁飘落,这一切看得他目瞪口呆,直晃脑袋。

"你们都听说过詹姆斯·弗朗西斯·贝德福德吗?"

"再说一遍?"

"别他妈的搞我了,快他妈回答我的问题!"

"从来没听说过他。"

树蛙看到以利亚和安吉拉在寒风中瑟瑟发抖。手电筒里的光摇摇晃晃,迪恩从破屋子里溜出来的时候,光线正好照在他的脸上。他用胳膊挡着眼睛。"爱心老爹"把小隔间门上的帘子拉了起来。

"这儿还有几个鼹鼠!"

"爱心老爹"一言不发地站在破屋子外面,花白的头发绞在一起,松松垮垮地靠在肩上。迪恩对着警察一番虚张声势,把狩猎帽两边盖住耳朵的部分拉了起来。

"你们认识詹姆斯·弗朗西斯·贝德福德吗?"一个警察问。

"谁?"

"看我念一遍。詹姆斯。弗朗西斯。贝德福德。"

"从来没听说过他。"

"白人。一米八六。胸口有个疤。这儿有文身。"

"他怎么了?"迪恩说。

"昨天发现他死了。听说他以前住这儿。"

"妈的,"以利亚说,"有人死了?"

那个警察把手电筒对着以利亚的眼睛说:"六百伏。电流直接从他头顶穿过。火星四溅。"

"该死,"迪恩说,"是法拉第。"

"法拉第是谁?"那个警察问。

"法拉第怎么了?"安吉拉问。

"詹姆斯·弗朗西斯·贝德福德。"那个警察说。

"真该死。是法拉第。这是他的绰号。"

"白人?"

"对。"迪恩说。

那个警察把手举到空中。"大概那么高。"

"对。"

"这儿文了个电路图。"

"他死了?"

"都硬了,伙计。"

"是他们杀了法拉第!"安吉拉大叫起来。

"你连法拉第是谁都不知道。"以利亚说。

"他们杀了他,杀了他,杀了他!"她说完便对着大衣的袖子开始抽泣。"我喜欢法拉第!我喜欢他!"

"他以前住哪儿?"警察问。

"想知道这个干吗?"以利亚说。

"他的家人想要他的东西。"

"他的家人?"

"对,嗯,兄弟、姐妹、阿姨、叔叔。得了,别他妈扯淡了。嘿,你!笨蛋!他以前住哪儿?"

"那儿。"迪恩指了指法拉第的小隔间。

"他就住那狗屎一样的地方?"

"那是他的房子。"

"真该死。那马桶是干吗的?"

"门铃。"

"我×。"

有个警察把门锁撬开,法拉第住所的房门晃晃悠悠地开了。他们走进去。再次出现的时候拿了一个箱子,里面是成捆的报纸。

"里面什么都没有,只有这几本书,"有个警察说,"你们都知道詹姆斯·弗朗西斯·贝德福德是谁吗?"

"他就是法拉第。"

"他以前是个警察。"

"法拉第?警察?"

"他是个好人,"那警察说,"有次出了个事故。他不知道怎么搞的。开枪打了别人,就再没有缓过来。他的家人让我来拿他的东西。贝德福德的家人都是好人。他们都是好人。就连贝德福德以前也是个好人。那是他来这儿之前的事了。"

树蛙从窄梁上跳了下来,一声不响地从隧道的沙石堆上穿过,最后被一个警察的手电筒锁定。

"妈的,这儿到处都是鼹鼠。"

他们集中在小隔间外面——以利亚、安吉拉、迪恩、"爱心老爹"、树蛙——看着警察在法拉第的破屋子里一通彻查。

"他们找什么?"

"×他妈,我怎么知道。找枪吧。"

"去他妈的。"安吉拉小声说道。

"他们可能杀了他。"以利亚说。

"你真觉得法拉第以前是警察?"

"不可能。"

"你觉得他会朝人开枪吗?"

"大概会。"

"他欠我二十块。"迪恩说。

"闭嘴，伙计。"

"嘿！"迪恩对那些警察说，"别碰法拉第的狗屁玩意儿！他欠我二十块钱！别碰！那是我的！"

"见者有份，"安吉拉小声说，"他们先把我弄醒了。我要法拉第的狗屁玩意儿。"

"我扇你一巴掌，你这婊子。"迪恩说。

"以利亚！"她大叫，"以利亚！"

然而，当她转过头的时候，以利亚就没在听她说。他已经把运动衫上的帽子拉了下来，皱着眉头，脸稍稍侧过来。然后他挠了挠头说："法拉第？法拉第还有亲戚？"

后来他们听说，法拉第在市区第二大道的隧道那里触电了。他本来是去帮别人接变压器的，但是路过宝丽大街的时候，发现垃圾桶里有根钓鱼竿。当时他刚吸过海洛因，想试试钓竿到底怎么样。他把竿子往空中一甩，人就从防火窨井下到第二大道隧道里去了。下去之后，法拉第站在轨道边上，四周一片漆黑，他好像自己在河边一样使劲拉钓线，然后把鱼竿从头上甩了出去，感觉十分得心应手。钓线末端的小鱼钩迅速地打着旋儿朝轨道那里飞去，法拉第把竿子往肩上一压，鱼钩又跳了起来，在空中左右晃动。一瞬间，事情就发生了——他的身体晃了一下，然后摔在轨道上，手摸到了输电轨。电流把他吸了进去，他的身体笔直地贴在铁轨上，钓鱼竿闭合回路，他当时肯定就成了一具尸体，蓝色的火星在上面狂舞。首先是他身上的每一滴液体都沸腾起来，所有的血液、水、精液和酒精都烧干了。六百伏直流电在他头顶穿了一个洞。警察一定要先把电关掉才能把他从轨道上剥下来。他们把他脑袋剩下的那部分放在蓝色的塑料袋里。有个警察当场就吐了,那些住在隧道里的人站在旁边盯着他们看,什么话也没说,不过人群中还是有人拿了竿子跑了——安吉拉敢说那人肯定是钢丝锯——那人说站台下面的水塘里有美丽的虹鳟鱼,这座城市里最美妙的虹鳟鱼。

树蛙解开晾衣绳,取下一根深色的领带,然后对着墙壁拍打了几下,把隧道里的积灰都拍掉。灰尘从烛光里滑过,懒洋洋地下落,烛台上有蜡烛燃烧后流下的烛油,灰尘就落在那上面。领带是黑色的,上面还印了几只红松鼠。他已经不记得怎么打领带,所以就只能在脏兮兮的格子衬衫领子下面打个结了事。他本想用梳子理一理头发,但是他的头发实在太长,而且都缠在了一起。他往外套口袋里多塞了一件T恤衫,待会儿能用得着,如果需要的话也可以当巴拉克拉瓦帽①用。树蛙把手伸进床头的桌子抽屉里,拿出一瓶试用装的须后水——以前从杂货店里偷来的,往两侧脸颊上面涂了一些。他很讨厌这种味道。然后他穿过自己的小窝,闭着眼睛完成仪式,用双手触摸这里的一切,最后把手放在速度表上。

树蛙一边等别人过来,一边对着熔钟玩手球,这样可以让身体暖和起来。现在他就剩一个球了,所以得马上去买一个,这样就不用担心找不到了。

安吉拉、迪恩和以利亚过来的时候,他把胡子捧起来,给他们看自己的领带。看到之后,他们都笑话他——"树蛙·洛克菲勒先生!"安吉拉说——于是他就把领带缠在前额上,四个人一起离开了隧道。"爱心老

---

① 一种紧紧罩住头部和颈部,只露出脸部的帽子。

爹"决定不走了。他们从铁门的小洞里钻了出去,走在通向公园的陡坡上,一路在雪地上留下不少脚印。积雪碰到脚的时候,安吉拉尖叫起来。她和以利亚刚才抽过什么玩意儿,所以现在情绪很激动。安吉拉的嘴上还涂了口红,实在看不出有什么好看,而且很俗气。

树蛙在山坡上走了四遍,因为他非要把自己的步子凑成双数——每次走的时候,他都会用手去摸沙果树上面结冰的树枝。

"你真他妈是个傻子。"安吉拉大叫起来。

他翻过栅栏赶上其他人的时候,他们正好路过 97 街的操场。有个母亲正陪着孩子玩秋千,她推着秋千,孩子的双脚在空中晃来晃去。看着这些,树蛙打了个冷战。他把太阳镜架在头上,朝莱诺拉挥手告别。

他们在西端大道和百老汇大道之间停了下来,因为安吉拉要去卖二手货的店里买条围巾。她出来的时候,他们看到她的毛皮外套里面还多塞了一双袜子,听到她说:"我觉得我要冻僵了。"

她把袜子拉到大腿的位置,然后把脚伸回她那双左右不一样大的高跟鞋里。

在去布鲁克林区的地铁里,树蛙一个人坐在车厢的尽头。其他人都待在门口,看着深色玻璃里自己的倒影。树蛙缩在角落的位子上,找到他的霍纳牌口琴,轻声吹了起来。

他们去了布鲁克林区的一家小饭馆,饭店上面是猪头牌火腿的霓虹灯广告牌,那家的厨师打蛋动作十分纯熟,闭着眼睛就能完成。树蛙点着头表示赞许。那个厨师用长长的手指甲把蛋壳戳破,再翻转,轻轻松松,一次就打了两个蛋。

蛋黄没有破也没有溢出来。厨师的双手和锅铲都放在烧热的烤架上方。

　　此刻树蛙还是把领带戴在前额上，只见他一边看着厨师一边把纸币夹在手指间来回揉搓——这钱是他从法拉第的葬礼上拿来的。他们几个没赶上弥撒，但有个执事跟他们说了下葬的地方。于是他们就去了附近的墓地。仪式正进行到一半，死者的父亲看到他们离这里越来越近，就自己拖着拐杖走了过去，给他们每人十块钱，想让他们离远一点，他说"求你们了"，好像他的一切都重重地压在了这句话上。在他身后，其他的亲戚都在坟墓边看着。有个女人——一定是法拉第的母亲——不停用长长的黑色丝巾抹着眼睛。迪恩要每人二十块，法拉第的父亲看了他很长时间，一副伤心的样子。迪恩耸耸肩。法拉第的父亲在口袋里翻了一会儿，从信封里拿出一沓钞票，这些钱原来是打算给牧师的。这老头脱下一只手套，用颤抖的双手给他们每人发了二十块钱。

　　等发到树蛙的时候，他只剩下一张十块和一张五块的了，尽管这样，树蛙还是说："没关系，贝德福德先生。"

　　法拉第的父亲看着他，一时间眼睛亮了起来，但随后还是说："千万不要靠近墓地，好吗？"然后他就如释重负地转身走了。

　　他们四个在远处的一处墓碑那里把仪式剩下的部分都看完了。

　　"法拉第就这样了。"棺材放下去的时候以利亚说了一句。

　　"他名字不叫法拉第。"安吉拉说。

　　"对我来说就是法拉第。"

　　"我应该拿四十块！"迪恩说，"他欠我二十！那狗娘养的不会给了！"

　　"伙计，看那棺材，"安吉拉小声说，"那金把手。真他妈的。他挺新潮。"

"去下面新潮了。"以利亚大笑起来。

"我猜他很有钱。"迪恩说。

"人都死了,有没有钱无所谓。"树蛙说。

他坐在餐台边的高脚凳上,稍稍转了一下,现在那钱在他手里暖暖的。树蛙一边看着厨师,一边把钞票凑到鼻子前面闻了闻。然后他把那张十块钱的钞票对折再对折,直到小得不能折了为止。他摸遍了外套里所有的口袋,想找个藏东西的好地方。他外套的衬里是红色的,上面全是洞,但最后还是找到一个藏钱的好地方,他在钞票上别了三个大头针,这样就保证不会掉了。看到大头针从钞票上头像的眼睛里穿过,他忍不住笑出声来。

厨师把两个蛋轻抛起来,只见它们翻了个身落在一块小面包上。他在上面放了两片培根,还给树蛙使了个眼色。

看了这番表演,他可能会给厨师一点儿小费。这么多年了,他还从没给过别人小费,突然间他感觉自己无比慷慨。盘子端上来,就放在餐台上。树蛙脱下领带,放到口袋里,然后转了两次盘子,把自己每根手指都舔了一遍,看着眼前的食物磨蹭了很长时间,就像恋爱中的男人一样。

新月当空,雪势渐渐弱了。他勉强从铁门钻了进去,爬上自己的小窝,手里拿了两个瓶子。

他抖了抖外套,里面掉出一堆树枝和碎木头——回家路上他看到天桥下面藏了些木头,这地方是归上面那个乞丐的,那人平时就住在96街边的大桥下面。那些木头是用毯子包起来的,所以一直很干燥。那些住在上面的家伙真是蠢得要死,简直都不值一提,有些人居然会待在蒸汽炉子上面取暖，这么一来，阵阵热风烧灼着他们的下体，而上半身还是冷得要死，他们老是得像烤面包一样滚来滚去，真是滑稽可笑。

树蛙用他的瑞士军刀把其中几块木头劈成小块用来引火，又用小树枝搭出个小斜坡，再把报纸撕成一条一条的。他提起外套蹲在不大的火堆上面，屁股刚好在火苗上方。

他就一直这么悬着，等到暖意传遍全身才起来。然后他扔了些大一点的树枝和一个黑色塑料袋进去，好让火快一点烧旺。火苗蹿起来了，他回到床上，双手放在头后，像个穷极无聊的青少年一样躺在那里。腾起的烟雾飘过隧道，一路往外穿过铁门到了对面。

他对着毯子底下踢了一脚，看到几团老鼠屎腾空而起。他朝卡斯特吹了几声口哨——"嘿，姑娘，嘿，姑娘"——但她并没有过来。

打开第一瓶杜松子酒之后，他往瓶颈里插了根脏兮兮的吸管，就这样喝了起来，然后在牛仔裤和保暖内衣里面一阵摸索，用手托着裤裆取暖。

喝完第一瓶之后，他眼睛直勾勾的，不知道在看什么。隧道里一片寂静。他从口袋里拿出口琴，但口琴是冷的，他想想还是不去把它弄热了。从纽约北部来的列车在隧道里一路轰鸣，他感觉有点醉了，站起来的时候听到有人在远处吹口哨。他低头顺着隧道看过去，发现"爱心老爹"从他的破房子里走了出来。

树蛙伸长身子靠在窄道上，这样的视角好一些。

"爱心老爹"人到中年，头发都绞在一起，衣服披在身上，只露出脸和手指，但是他走起路来动作很灵活。他在自己的破房子对面放了木头生了火，小心翼翼地把喷漆罐排在几个旧藤椅上。他的动作很慢很优雅，把那些喷漆罐一个挨一个排成排，因为太冷，他的胳膊还止不住哆嗦起来。他的破房子旁边有几块板，上面写着：**自我无法发现，自我只可创造**。字的下面是一副拼贴画，能看到一些黄色线条和着了非洲解放色的邦联战旗。

除了拿吃的东西和喷漆之外，树蛙几乎就没在上面看到过"爱心老爹"。从当高中美术老师开始，这个老艺术家就一直有个银行账户——他一开始来隧道是因为之前自己的爱人被子弹击中了。就是杀手边开车边开枪，那几个杀手都服过安非他命，情绪很高涨。他的爱人被人急急忙忙地送往曼哈顿的一家医院，但心电图上的红线只是哔哔作响，停在最低点。"爱心老爹"在越南见过很多人失去生命，但他还没准备好就这样看着自己的爱人离去。爱人去世之后，他就开始不停地走，走遍城市的每个角落，睡在教堂的台阶上。然后，有一年夏天，他决定把自己的心脏绑在纸板箱上。他在河滨路一户人家门口的台阶边上找到个纸板箱，于是就把它夹在胳膊下面带进了隧道。他把自己的主动脉绑在一侧，肺动脉绑在另一侧，两个地方都绑得很整齐。他把身上所有的静脉纵向绑在纸板上，绑动脉的时候则是横向，然后他将它们和他的一块心肌捆绑在一起，他感觉全身的血液好像正在往外爆。地上乱七八糟的，看上去一片黄褐色，他躺下来低头望着又长又黑的隧道，正好看到一只老鼠从轨道上面经过，他伤心地笑了起来，对自己说，我把自己的心脏绑在纸板箱上了。

这是"爱心老爹"的第一幅画——算是自画像，画的是他的心脏外面绑了一层纸板——人们误以为那是颗爱心，所以就给他取了这个绰号，他也没有去纠正。

几年前的一天，有个画廊老板跑到隧道里来，把"爱心老爹"叫醒，说他想找个艺术家去上面干活。当时"爱心老爹"又画了一幅自画像——像是个过滤式咖啡壶，黑色的血肉慢慢往下滴。画廊老板想让他在画布上作画。"爱心老爹"不答应，那个画廊老板赶忙从隧道里跑了出来，眉头冷汗直冒，害怕极了，双腿差点就要从他身下溜走了。迪恩碰了他一下，顺手从他口袋里拿了钱包。这下"爱心老爹"火了，其他人从来没见过他发火，也就只有这么一次。迪恩是一头的金发，他抓着迪恩的脑袋就朝墙上撞，然后拿着画廊里那家伙的钱包，一路跑到上面去了。等他回到隧道之后，就气喘吁吁地叫着迪恩的名字，不过迪恩已经跑开了。86街下面有一排教堂风格的隔栅，为了报复，"爱心老爹"在那里画了幅迪恩的肖像画，下面还写上大大的"恋童癖"几个字。不过那天晚些时候，他就觉得过意不去，把那几个字给擦掉了，只留下那幅画。迪恩觉得这是对他的表扬，因为隧道墙壁上有他的肖像画。

树蛙远远地朝那里看去，发现隧道墙壁上有很大一块区域——就在"爱心老爹"那间破屋子的正对面，旁边的火堆把那里照得很亮——被刷上了白漆，在黑暗中它就是一个完美的长方形。

"爱心老爹"走上前去，把四个木箱子叠起来当梯子用。他用红色的大围巾蒙住自己的口鼻，这样就不会把油漆的气味吸进去。他在大围巾外面还架了一副破眼镜，很旧的那种，让他看上去很滑稽。他站在箱子上，手里摇着一罐喷漆。树蛙能听到铁弹子在喷罐里上蹿下跳。"爱心老爹"伸开双臂，突然发力往墙上一扫，双臂划出一个巨大的弧线。

他从箱子上下来的时候，大围巾上面冒出一丝雾气——箱子就像纸牌搭的房子一样开始崩塌——他的身体就像挂在绳子上一样迅速在黑暗中划过，喷出的油漆跟随艺术家身体移动的轨迹擦过墙面，扫出一个巨大的半圆。紧接着，刹那之间，"爱心老爹"回到地上，旁边就是火堆，只见他正揉着自己的膝盖，刚才膝盖撞到隧道底部，真是很疼。

他往回走了几步，对着墙壁点点头，然后又开始堆箱子。"爱心老爹"再一次站在这不同寻常的梯子上面，这次他往墙壁的方向一跃，又在刚才的地方喷出一个半圆，真是道完美的弧线。他飞起来的时候，灰白的头发随之飘动。这次的漆完全覆盖了第一次喷的地方。他落在火堆旁边，用力搓着双手，让它们不至于冻僵。他把箱子铺开，双脚成外八字——他可能是内森·沃克的幽灵，可能是在挖土——又拿出一罐喷漆，在那个半圆下面喷出两个月亮。每次朝后退的时候，他都会把手放在火堆上暖和一下。

树蛙从窄道上降到地面，朝隧道深处走去，然后站在阴影里看着。

"爱心老爹"弯腰画了根很长的管子，直直地从半圆里冒出来。管子上还有一排条纹。整幅壁画的中心被喷成黄色，边缘的地方则着上红色，呈云雾状。"爱心老爹"干劲十足，喷漆罐三三两两地落在他身边。每隔几分钟，他都要到火堆边暖暖手，然后走上前去，用色彩在墙上游走，先是大幅度挥动手臂，之后就集中注意力从圆弧顶端拉出几条线。

隧道墙壁上的肖像画越来越大，此刻又出现一只巨大的灯泡，足有十英尺那么高。"爱心老爹"站在火堆边，手里拿着小刀，用带喷嘴的喷罐作画。他在灯泡上方中央的位置画了两条线，看上去毛茸茸的，下面是椭圆形的图案，还着上了蓝色。树蛙这才明白过来，那个老艺术家是在灯泡里画了一双眼睛。

"爱心老爹"用一支画笔给瞳孔画上电路板。现在一个箱子就够了，眼睛下面是一长道鼻子，然后是露出一半的微笑的嘴巴。灯泡底部还画了几撮胡茬。

"爱心老爹"退后几步，双手插在工装裤口袋里，欣赏自己的作品。

"嘿哎。"树蛙一边说一边走上前去。

"你去葬礼了?"

"对,我们拿到钱了。法拉第的父亲给了我十五块,让我离远点。其他人拿了二十。"

"狗屁。"

"还是第一次在葬礼上拿到钱呢。"

"我现在太老了,去不了葬礼。""爱心老爹"说。

树蛙指了指壁画:"这是法拉第,对吧?"

"马上就是了。大概是吧。还没完全好。"

"他看上去不错。"

"骨子里的兄弟。""爱心老爹"说。

树蛙在沙石堆上拖着步子走来走去。"我们大家心里都有一座坟墓。"说完之后他就觉得这话让自己有些尴尬,便嘟囔起来,"你觉得雪会停吗?"

"爱心老爹"耸耸肩。

"你觉得法拉第是故意那么干的吗?"树蛙问他。

"我不太相信。但至少他应该会喜欢这种方式。我是说,他可能就想这样。"

"嘿,"树蛙说,"如果你要画我,你会怎么画?"

"伙计,我只画死人。"

"你画过你自己,还有迪恩。"

"死人和我想弄死的人。"

"哦,"树蛙停了很长时间说,"那么,米瑞安·马卡贝[①]呢?"

[①] 南非女歌手,外号叫"非洲妈妈",曾获格莱美奖,并投入南非的反种族隔离运动。

"我一直希望她也已经死了。""爱心老爹"说。

"为什么?"

"这样她就可以下来跟我一起了。"

树蛙哈哈大笑。

"爱心老爹"转身面对他的壁画。"你喜欢吗?"他问。

"嗯,伙计,当然喜欢。老法拉第,伙计。该死。看他走了真不爽。"

"血脉兄弟。"

"爱心老爹"又拿起一罐喷漆摇了起来。

"你见过那个叫安吉拉的女孩儿吗?"树蛙问。

"见过,""爱心老爹"说,"那姐们跟以利亚住一起。"

"伙计,你应该画她。"

"上次见她的时候,好像她还活得好好的。"

"对,但不管怎么说,你应该画画她。"树蛙一边说,一边拍拍"爱心老爹"的肩膀,这时老头正准备画法拉第的下巴。

树蛙在自己的笔记本里写道:回到地下你属于这里。回到地下你属于这里。每一个字母都跟之前的一模一样,如同镜像一般。他的字迹微小利落,反反复复。他可以用这些词画一张地图,以"回"开始,以"里"结束——所有的开始结束都是如此——它们将构成最奇怪的地上地下地形图。然后他写下:安吉拉。两个"啊"音,开头结尾各一个[①]。很好。好名字。真美。结尾处有精致的铅笔记号,一截鱼的尾鳍。

[①] 此处指安吉拉(Angela)的名字首尾字母都是"a"。

第十章　一九五五年至一九六四年

　　一辆巨大的蓝色别克车在居民区外转来转去，车子后面还装着一块夸张的尾鳍。开车的司机把手挂在窗外，裤裆处夹着一瓶已经开口的威士忌。他戴着太阳眼镜，身上的衬衫印了扑克牌的图案，梅花杰克正对着领口那里。他胸前的口袋里有一小包大麻，在衣服上压出一条印子。

　　胡弗·麦考利夫用膝盖把着方向盘，一只手轻轻地敲着仪表盘，另一只手放在车门外，手指在车门外侧打鼓。他开车的时候把身子探出窗外，看着这套崭新的轮胎。白胎壁轮胎不停地转，差点就让他睡着了。他的手从仪表盘上移开，抓着威士忌瓶满满地喝上几口，喝了好一会儿。威士忌顺着他的脸颊流下来，流到胡茬那块后开始一滴滴往下掉。车开得很慢，每小时四十公里。

　　麦考利夫看到大街的远端有几个小男孩在玩消防栓，里面喷出巨大的水流，弄得路上到处都是。那几个小男孩哈哈大笑，每辆路过的车都会被弄得湿漉漉的，其中一个孩子指了指麦考利夫的车。他们兴奋地互相推来推去，拳头从彼此潮湿的肩头滑过。

　　麦考利夫把胳膊收进车窗里，迅速摇上车窗，威士忌酒瓶跌落到地上。他对着方向盘大声骂了几句，然后弯腰去捡瓶子。此时，他猛地一打方向盘，车子转了个弯，跨过三条车道，远离那些小男孩。他身后有一辆黄色出租车拼命摁着喇叭。胡弗·麦考利夫在位子上坐正，开始集中精神。有个人骑着自行车——像鲑鱼一样逆着车流往前——不停地转圈想绕开这辆别克车。

麦考利夫猛踩了一脚刹车,但街对面的小男孩已经将消防栓对准了他,巨大的水柱喷涌而出,在空中划出一道弧线,于是他又猛踩了一下油门。

现在是红灯,油门离地越来越近,引擎一阵轰鸣。

横道线上有个女人,手臂上挂了几袋洗好的衣服,可他没看到。那女人正回头朝那几个小男孩笑,整条街道都被他们喷湿了。一阵咆哮冲击着她的耳朵——"小心小心,太太!"——她赶紧转身,太晚了。别克车一头撞上那女人的臀部,她飞到半空中,翻滚半周,晒衣夹从衣服口袋里滚落出来,她纤瘦的身子砸在挡风玻璃上,玻璃马上碎成蛛网一样,随后她的身体又滚到车顶上,让铁皮车顶凹了下去,绿色的衣服如巨浪般起伏翻滚——街上一片寂静,只有嗒嗒的水声和尖利的刹车声。她那袋洗好的衣服——尿布和婴儿服——牢牢挂在车子前面。她自己被甩到了车后,手臂伸开撞在漂亮的汽车尾鳍上。

她飞了过去,头重重地撞在人行道上。这一下撞得真猛,如果让路人事后回忆,他们就只能想起这声音了。她的头撞在水泥地上,完全是一记闷响。然后,人们只看到一个晒衣夹浸在血泊中,其他的夹子散落在街边。

那辆别克车一头撞向一只邮筒——车身顶上还有一袋洗好的衣服——然后横冲直撞,渐渐停了下来,最后大摇大摆地占了两条车道。

胡弗·麦考利夫从车里出来,拉开衬衣的扣子,让它敞开滑落,上面的扑克图案慢慢移到了他的臀部。他在车子和那女人之间跑来跑去,用拳头打自己的脑袋。马路对面有人用扳手把消防栓关了。麦考利夫的哀号变得更响了,只见他倒在车前,双膝跪地,手指抚摸着引擎盖上巨大的凹痕。

十五分钟以后，克拉伦斯跑回家大叫："老妈被车撞了！"

沃克从位子上冲了出去，迈开的腿碰到了身边的唱机，刮到了黑胶唱片，唱针一直跳，一直跳，一直跳，此时父子俩已经朝门口跑去。克拉伦斯用肩膀扛着父亲下楼。胡弗·麦考利夫正站在街角，用手指摩挲着车上的凹坑，他对着沃克大声说："不是我！当时是绿灯！她自己跳到我前面！看到没有！"

他指指引擎盖，上面留有她身体的印迹，然后用让人几乎听不见的声音说："那婊子自己跳到我前面的。"

周围的人沉默了，沃克跪倒在地，手里揽过艾丽娜的脑袋。他触摸到她的头发，感到片刻欢愉，就像那时他们蹲坐着一起看一封信，她把脸蛋甩向一边，不羁的红发触碰着他的脸庞。或者是那时她拉上窗帘，等孩子们入睡之后悄悄跑到双人床上，睡在他身旁，头发乱成一团散落在枕头上。或者是结婚前，他俩在自行车上，她坐在横档上，挽起自己的长发，转了几圈，贴在他的嘴唇上面，当成一撮红胡子，开玩笑说："我们的孩子就长这样！"她洗头的时候，长长的发丝会落在水槽里，后来他自己的头发也开始渐渐从他头上脱落，她会把这些头发拾起来放在他的前额上，一阵大笑。她给戴尔德拉和麦柯欣梳头——但从来都不会把她们打结的卷发捋直。她要让自己的女儿为她们的卷发而感到骄傲。有次她把头发剪短了，回家后他看到她的样子就把一个果酱罐子往墙上砸。十八个月后，头发又回来了，又变长了。有一次他在拖地，她回家之后大吃一惊，然后她弯下腰像螃蟹一样在房间里横着走，让头发垂下，拖在他的劳动成果上，她说她完全相信他，一丝一毫都不怀疑，"看！"她一边咯咯地笑，一边走到房间的那一头，"我头发上一点儿灰也没有！你是我这辈子见过最专业的拖地工!"

　　沃克脱下衬衫枕在妻子的头后,然后站起身慢慢地走向别克车。眼泪流遍他的脸庞,只见他一拳拳打在引擎盖上,直到上面满是沟壑为止。

　　那天深夜,胡弗·麦考利夫还在街上,表情漠然地指着车上的凹痕。艾丽娜之前给孙子洗的衣服和尿布已经被人从地上拾起来了。

　　铁锹就放在门槛那儿,他把上面的铁头子拿了下来,然后在那儿留了张条子:

　　　我可能要离开一阵子,爸。请替我照看好路易莎和孩子。我会去你年轻时候跟我说过的那个地方。不要跟别人说。等云雾拨开我就回来。

　　克拉伦斯把木柄塞进外套里面,带上纸板箱,两阶两阶地下楼。凌晨四点,外面漆黑一片,他就遁迹其中,此时倾斜的雨丝正打在哈莱姆区的一盏盏昏黄的路灯上。

　　手里握着木头,劈过头颅,就像一下子切开了一个哈密瓜。麦考利夫重重地摔在别克车的挡泥板上,而这时那车子已经稀巴烂了。克拉伦斯又用铁锹的柄猛敲了几下。血液喷射出来,沾到他眼罩的一角。他对着尸体说:"血不从身上流出来,你都不知道自己身上流着血,去你妈的。"

　　他以自己最快的速度一路跑,到拐角的时候有哨声传来,他被后面过来的警棍击倒在地。但此时他的肾上腺素旺盛，什么也阻止不了他，只见他从地上爬起来，手上的铁锹柄还晃个不停。一下子打在那个白人警察的下巴上，力量大得惊人。

胡弗·麦考利夫和那个白人警察一下子安静了下来，两人脸上带着难以置信的表情，试图让自己已经停止跳动的心脏重新跳动。

克拉伦斯在一辆南下的列车上，随着车厢摇晃。肾上腺素仍旧满溢，充斥着他二十三岁年轻的心。一阵凉风吹来，让他略感轻松，列车后部热得让人无法忍受。他把强壮的胳膊架在车厢之间，随着列车不停摆动。克拉伦斯低头看到自己鞋子上的血迹，便朝上面吐了口唾沫，用工装裤的后摆把血迹抹掉。

现在是早上，整个世界已经开始热起来了。此时列车正快速从隧道钻出，融进新泽西的一片青灰色——两个男孩在煤堆上打架，牧场边尽是些空心砖，上面放着几辆坏得不能再用的马车，还有仓库，还能看见远处教堂的尖塔。

售票员拿起他的票。"去佐治亚州？"他问。

克拉伦斯没有回答。

"在华盛顿站换车。"

克拉伦斯一直盯着列车员的帽徽看。

"嘿，"售票员一边说，一边注视着克拉伦斯的面孔，"说句'好的'会让你少块肉啊？"

没有回答。

"嘿，自以为是的黑鬼，我在跟你说话。"

沉默片刻之后，他低头冲着克拉伦斯的脸说："你这该死的狗杂种，妈的你们都一样。在听我说话吗？你是个该死的自以为是的狗杂种。懂吗？"

这个年轻人看上去很疲倦，他说了句："好的。"

售票员走了之后，克拉伦斯靠在车厢上，脸颊贴在凉爽的铁皮上。他可能马上就会掉下去，落在轨道上，躺在那里，像条蛇一样，等待自己的身体被肢解，让车轮把他碾成碎末，让他身首异地，他的心脏会被切成两半，还会不停地跳动，脚趾随着不同方向的风散落四处。

他低头看到脚边的沙石一掠而过，克拉伦斯想象着自己的母亲带着洗好的衣服回家，原来就应该是这样。在视线里，她坐在沙发上，身边就是她的孙子，她会把一根手指放在小孩的肚脐上逗他玩。然后，她穿过房间来到厨房，把茶壶的保温罩拿掉，给自己倒一杯茶。她会在里面放一块方糖，用勺子搅拌几下，然后说："啊哈，这就是药了。"她拿着冒着热气的杯子穿过房间，坐在椅子的边上，闻闻茶香，然后低头对着小孙子说："他是我见过最可爱的东西。"

克拉伦斯让眼前的影像随车外的景物飘到远方——那里有高大的谷仓、矿渣堆上的烟气和粉饰一新的农宅。

第二天，他抵达亚特兰大的布鲁克伍德车站，然后在桃树大街外闲逛。这座城市就是由高速公路和立交桥搭成的迷宫。此刻他已经精疲力竭，摇摇晃晃地走在路上，双脚踏过水坑也打不起精神。郊区的天空什么都没有，一座新造的混凝土匝道横在那里。匝道上有几个人在干活儿，绳子悬在半空中。他看到他们在雨中做着滑稽的动作，然后抬起头，发现太阳突然出现在那令人忧伤的云层后面。

下午，他在亨特大街边找到一家自助洗衣店，有位皮肤黝黑的经理让克拉伦斯穿着内衣坐在卫生间里，一直等到衣服洗好为止。地上有张报纸。他捡了起来。头版上有篇报道，说的是一个十四岁的小孩在密西西比州的格林伍德被人用私刑处死了，事情的起因是他朝一个白人女子吹口哨。那男孩可能是吹了口哨，也可能根本没吹过。可能他的身体此刻还在吹口哨。他可能会一直吹下去。报纸上的那张脸直勾勾地盯着他，让克拉伦斯的双手不停发抖。

一个小时之后，经理在门口把衣服递给了他。克拉伦斯发现工装裤上的血迹已经褪成几块黄铜色的斑点。他面前是一面裂开的镜子，他穿上衣服，看着里面的自己，看了很长时间，然后又到街上闲逛，走进一家理发店，店里有一根红白相间的柱子在不停旋转，让人感觉很欢乐。他叫人把自己的头发剪短，短到贴着头皮，那个黑人理发师对他说："好了，老兄，焕然一新。"

克拉伦斯看着镜子里的自己。"刮胡子。"他说。

那个人把湿热的毛巾放在他的脖子上，然后再打上泡沫。刀片贴着他的喉咙，感觉很凉。他想象着刀片一点点插进他的脖子，然后深入肌腱和静脉，最后划到另一头——静脉爆出很大的豁口，他幼小的儿子会一路游进他的血液、腹股沟、大脑和心脏。

刀片划过，毛巾渐渐凉了下来。

"比刚才还好。"说完，那个理发师把刀片的刃口对着围裙的后袋刮了几下。克拉伦斯给了他一点小费，然后继续闲逛。他看到自己在商店橱窗里的倒影，发现自己并不想变成那样。

几天之后，福西斯大街上的邮政总局里贴了好几张通缉犯的告示，他想看看自己的面孔在不在上面，但最后只看到其他人的眼睛，他们面无表情，皮肤黝黑，都会被判死刑。他走在亚特兰大的街道上，不住地哭泣。

四个警察站在沃克的房间里，此时他正拉着路易莎的手坐在那里。路易莎在发抖，只见她高高抱起自己的孩子，正好挡住衣服上的奶渍。而麦柯欣和戴尔德拉则躺在床上抽泣。

"这么说，"有个警察说，"你觉得他会去哪儿？"

"不清楚。"

"他只有一只破眼睛，跑不远的。没几个人会戴着眼罩跑来跑去。你在听吗，沃克？"

"你们该叫沃克先生。"

"他在哪儿？"

沃克看着天花板，想起自己年轻时驾着独木筏，在遮天蔽日的柏树林下穿梭，然后起身去抓一把松萝，船桨粗糙多瘤，他用桨在水里划过长长的一道，整个动作没有发出一点儿声音，不动声色。每次划桨快划完的时候，手腕都会稍稍一转，重新调整独木筏的方向，木桨几乎没有溅起一点水花，然后他再弯腰重复刚才的进程。松萝落到手指间，感觉十分柔软，奥克弗诺基大沼泽从他身边快速掠过。

那个警察弯下腰，盯着沃克的面孔。"我们需要你告诉我们，你觉得你儿子大概去哪儿了。他可是倒了大霉了。"

"现在吗？"

"我们可以帮他。"

"我想也是。"

"你自找的，老家伙。"

沃克想起自己当时绕过拐角，手拿一根被点着的树枝，上面燃着树脂，看着一大团白色升入夜空，一整团，还有沼泽边那个寂寞的哨兵，站在那里一动不动。

"如果找到他,你最好告诉我们。我们这是为他好。"

"当然。"沃克说。

"别跟我耍小聪明,老家伙。"

致命的沉寂弥漫整个房间。

"他到底在哪儿?"

"我想说他可能已经去了加利福尼亚,他以前老是说加利福尼亚的事。难道不是吗,路易莎?"

"没错。"她说。

"那个叫蒙蒂奇诺的小镇,我想就是那儿。他总是一直说蒙蒂奇诺的事。不知道那儿有什么把他给迷住了。但他老是扯蒙蒂奇诺的事。阳光海浪。他很喜欢阳光海浪什么的。"

"想让自己晒黑吗?"

"我也不太确定他是不是需要晒黑。"

"加利福尼亚?"

"他会在那儿。"

几个警察朝门那里走,"我知道你在说谎。"

"不要伤害他,"沃克说,"如果你们伤害他,我会还你。我保证。"

"你在威胁我。"

"不要伤害他,"沃克又说了一遍,"求你不要伤害他。"

警察来后的第三周,沃克向大黄范努奇借了五十块钱坐火车去了亚特兰大,警方在那里找到了克拉伦斯。

天气很热,沃克弯下庞大的身躯,在一个提供饮用水的地方喝了几口水，那上面标着"黑人"的记号。城市里的树都开花了。鹎哥个个都热得发烧，在枝头大声歌唱。几个女人用浅色帽子挡着自己的脸，好让自己避开汽车上散发的难闻气味。他刚出火车站就看到一个小男孩在擦皮鞋。那个男孩抬起头，冲他微微一笑。沃克拼命回想，但就是想不起自己是在哪里见过这个男孩的。

他走在路上，一直晃着肩膀，不愿流露出丝毫的痛苦。

他住在旅馆里，窗外的蚊子像是在集体做祷告。天气热得难以忍受，他就把窗户打开了。那些虫子蜂拥而至，聚集在他身边。他拍死几只蚊子，手指上沾到一些自己的血。眼睛下面有被叮的痕迹，现在还有些肿。他站在窗户边，视线模糊不清——只有几棵树的轮廓和一块模糊的酒吧招牌。他从旅馆出来去了那家酒吧，点了一小杯威士忌。舞台上的爵士歌手朝他抛了个媚眼，粉红色的舌头围着嘴唇绕了一圈，看上去很淫荡。沃克突然想起那个在火车站擦鞋的男孩的脸，他一下子明白过来，男孩像自己小时候。他用双手捂住脸，整瓶的威士忌也被打翻在地，他一路从人群中挤了出去，遁入夜色之中。

他摇摇晃晃地穿过街道，拍死一只飞蛾，然后轻轻拍掉手上残留的粉末。手掌上还有一根细长的触须，他把它吹掉，想起几个月前在另一个房间里的那只飞蛾。

早晨他在鸟鸣中醒来，直接去了停尸房。即使是殡仪馆工作人员的巧手也无法掩饰这一切，克拉伦斯肯定是被打了，他的下巴歪向一边，颧骨很肿，而且都是淤青，眼窝上套了个新的眼罩，那里的伤口比原来更深了。警察告诉他克拉伦斯是被枪打死的，当时他正试图穿过市郊的一个垃圾场，想从那里逃出去。他们说，克拉伦斯拿着刀子抢了一家卖酒的小店，然后跑进垃圾场躲了起来，被打死的时候他正好踩在油桶上滑了一跤。人们在现场找到了那把刀,克拉伦斯的口袋里塞满了钱。

"杀警察的家伙就是这种下场。"他们说。

沃克盯着那几个说他儿子坏话的人。

"你知道吗,"其中一个警察说,"我自己家里也有一个你这种人。"他一边用牙签剔牙一边又说:"不过只是老祖宗那一辈的,现在也分出去了。"

沃克的双眼被泪水湿润了。他压着嘴唇,不让它流出来。

他回到旅馆房间,倒在满是污垢的床单上,任由夜间的蚊虫在他身边一阵胡闹,就算叮在他身上也不去拍打。他在想是不是要再去一次奥克菲诺基,他在那里度过了自己的少年时光,不过最后还是算了。之后他搭了去纽约的列车,上车的时候脸上很肿,还有一道道的红印。有个售票员把他塞到最后一节车厢。透过列车的窗户,他看着美国的大好河山飞快掠过。

回家之后,他睡在克拉伦斯的床上。然后他挪到床的另一边,把枕头安放在妻子亡魂的旁边。这样他们三个就躺在一起了。路易斯·阿姆斯特朗的鼓点声从唱机里传出,那些音符轻柔缱绻,触到他的痛处。

这是一个灰暗的工作日,他把克拉伦斯埋葬在布朗克斯区的一块墓地里,位置紧挨着艾丽娜。他的几个女儿和路易莎站在他身后。

沃克跪在石碑旁,但他一句祷告词也没念。现在祷告对他来说仅仅是软弱无力的东西——这些徒劳的乞求最多只能缓缓来到喉咙口的位置,而且很快就会回到肚子里去了。属于精神上的反刍。他没有理会旁边的几个挖墓人,只见他们几个站在新挖的墓穴上方,一副洋洋得意的样子。

沃克拿起铁锹，往他儿子的棺材上挥了第一锹土。他往后退了几步，把几个女儿揽到自己怀里，一起朝停在边上的那辆车走去。

他雇了车把一家人都送回家。女孩们好不容易爬进车里，而沃克却决定自己一个人走。淡灰色的小鸟一路跟随着他，这时他正好经过布朗克斯区，然后一路穿过大桥，来到哈莱姆区他熟悉的那条路上——走了五个小时——在那里他告诉自己，剩下的这几年他会把自己的身体捆在沙发上，手肘搁在沙发扶手上。对他来说，就连报复的想法也不过是空中楼阁。

沃克盯着天花板，他的身体处在这个灰暗的房间里，这里一无所有，空空荡荡，无精打采。他意识到自己必须悲伤——一旦悲伤褪去，回忆亦不例外。为了回忆，他不能让悲伤逝去。他回想起艾丽娜的举手投足，在脑中反复温习。他的脑海中闪过他们的爱情体操。回想起来的欣喜会带来小小的触动。他把他俩生活中的一切美好汇集起来，在手指间掂量一番。就连杯盏之类最无聊的点滴也浮现在他脑中。回忆克拉伦斯的时候，他也是如此，然后把这些回忆拼在一起，妻子和儿子此刻就站在钢琴边，他正跟他们说话。

"艾丽娜，"他小声说，"你看上去很好。"

"嘿，克拉尔[①]，去给你老妈拿梳子。"

"我从没见过你这么漂亮，亲爱的。"

"谢谢你，儿子，"他一边说一边伸手去拿梳子，而事实上梳子并不在那儿，"让我们俩待会儿，我和你老妈。"

片刻沉默的时候，"他长得就像朵花，对吗，小艾？"

---

① 克拉伦斯的昵称。

日子一天一天地过去，有一种恶意的倦怠。就连光线也徐徐暗淡下来。未来似乎被永恒的当下所延误。沃克对时间渐生恐惧，还把时钟的正面对着墙壁。现在他只知道星期天，因为每个星期天都能看到窗外有去做礼拜的人。他们牙齿洁白，他们欢欣愉悦，他们手臂下面夹着《圣经》，感觉十分舒服。他恨透了这一切。那些人走过的时候，福音音乐就已经从他们体内升腾起来，看他们踮着脚走路的样子就能知道。他们会去教堂，在那里提高嗓门，赞颂那些毫无意义的天堂。歌声整齐划一，自欺欺人。上帝只存在于幸福之中，他是这么想的，至少存在于对幸福的期许之中。

沃克把《圣经》的书脊转向墙壁，再用其他的书把它堵上，不会读了。让他们继续去可笑的教堂做礼拜。让他们对着天花板唱赞歌。你们再也不会看到我乞求耶稣。我不搞那玩意儿了。

他不到唱机那里去了，一直就让自己窝在沙发里。他身边有一个痰盂，里面已经满了，都是棕黄色的嚼烟。有天早上，他吐痰的时候带出一颗烂根的牙齿，即使这样他也根本没放在心上。他把一盘盘的食物推到一边。几个女儿和路易莎会给他端茶水，茶水在他手肘边慢慢变凉。窗户紧闭，街上的声音不会进来。沃克对自己骂骂咧咧，声音很含糊。几个星期过去了，他变得羸弱而憔悴，眼睛下面长出厚厚的眼袋。痰盂里的东西溢了出来，把沙发的扶手弄得脏兮兮的。门口的牧师也被他轰走了，他还跟几个女儿说，万一大黄范努奇打电话来，就跟那个意大利人说自己不在家。

他甚至都不会去看婴儿床里的孙子。现在这个小男孩不过是一团不成模样的毫无意义的肉体。

晚上，路易莎想带他去门廊那头的浴室洗个澡，但在她手里，他变得像一块砖头那样僵硬,于是她便放弃了。他很高兴自己又回到沙发那里。"我就躺在这里。"他说。他可以让自己的身体融进靠垫里,待在那里被人遗忘,就像他遗失的硬币一样。他可以伸手去抓身上腐烂的部位,然后扔出窗外,克拉伦斯的亡魂会在门阶上接到这些东西:小块小块的手臂、大腿和手指,还有一颗眼球,都可以给亡魂当货币用。

他注意到几个女儿开始在外面过夜了,但他对此什么也没说。路易莎和他一起留在家里,身边有一圈龙舌兰酒的酒瓶。她的呼吸里有很重的酒精味。平时她就用祖传的手艺做串珠,以此打发时间,也可以到市场上卖点钱。寂静在他们之间不断蔓延。

她决定用他爷爷和父亲的名字给小克拉伦斯取名叫内森。但沃克挥了挥手臂,觉得这个名字不好,由此带来的疼痛感让很高兴,他说:"你想叫他什么都可以。"

路易莎在做捕梦网[①],做完之后打算挂在小男孩的脑袋上方。做的时候先用小树枝搭出一个三角的形状,然后用线来回缠绕,最后在上面系了一颗犬齿、几粒小珠子和一根羽毛。

"这东西会捕捉他的梦。"她说。

"梦本来就不会去别的地方。"沃克说。

"说话别那么冲,我可受不了。"

"我他妈想怎么冲就怎么冲。"

"我走了。"她说。

"走吧。带好酒瓶。把你的珠子、绳子和线通通拿走,全都裹在你的酒瓶子上,给你自己搞一个他妈的筏子。"

[①] 印第安人用来驱逐噩梦的避邪物。

她没有走,而是看着他没进沙发里,越陷越深。有时候她会给他煮饭,而且非常细致周到,就算是喝醉了——烤鸡、豆炒饭和黄瓜三明治——她还是会不断地喝下去。现在去买酒,酒瓶的大小和原来不一样了。她把酒瓶藏在购物袋里,但从外面看,酒瓶的地方还是会鼓出一大块。有时候她会在烧的菜上淋一点龙舌兰酒,这样一来,她俯在炉子上的时候也能闻到酒味。

有天早上——只有她和沃克在——她从浴室出来,听到他在喃喃自语。她大吃一惊,因为他的声音听上去清晰深沉,他像是疯了一样。

"我打赌他连见都没见过,"他说,"我打赌他连见都没见过。"

"什么东西?"她问。

"没什么。"

"你刚说什么?"

"没什么。"

"见过什么?"

"随便他妈什么!"他大叫起来,"他们在垃圾场里朝他开枪!他还没见过我跟他说的那些东西!他妈的白鹤!他都没机会看看白鹤!我就是想让他看看,从他出生那天起就想让他看了!你觉得这很傻,操你妈!操!我想让他看看白鹤!我就是这么想的!我还没有机会让他看看!"

他大口喘着气,胸口上下起伏,充满怒气。路易莎把手搭在他肩上,他闪身一躲,让手滑过,一滴嚼烟从下巴上流过。

她朝厨房走去,让他静一静。接着她转过身来,瞪着眼睛跟他说:"我有次见过二十七只。"

沃克没有回答。

"我家住在南达科他州,就在那里的活动房子旁边。"

他在沙发上微微摇晃了一下身子。

"就在湖边,"她说,"一个挨一个。然后就是一大群。在泥塘旁边。那里很软,它们在上面留下了脚印。太阳一出来,就把它们的脚印烤干了。脚印在那里整整一季。我以前会骑车在那里进进出出。一场大雨把脚印都冲走了,我大哭了一场。我爸爸扇了我一巴掌,因为我哭得停不下来。"

路易莎把痰盂移开,坐在沙发边上。"下一季它们又回来了,"她说,"但我觉得自己年龄太大,不能再骑车了。再说,我哥哥把轮胎改成了弹弓。就算我想骑,也没法再骑了。"

"你还没嫁给他呢,是吗?"

"我们一直没机会。"

"也就是说那孩子是个私生子。"

"不许你再说了。听见没有?别那么叫我儿子。"

"他们把克拉伦斯打死了。"沃克说。

"我不愿意那么想。有些事情你不用记那么牢。"

"有些事情你就得记牢,"沃克说,"他们谋杀了我儿子。他们所有人都把枪管放到他眼睛里,把他的脑袋炸开了花。"

"闭嘴!"她说,"闭上你的臭嘴,给我听着!二十七只白鹤。那是世界上最美的东西。前前后后。伸开翅膀,飞向空中。一圈一圈一圈。"

两人都平静了下来,但过了一会儿,沃克在沙发上换了个姿势,然后对她说:"做做看。"

"什么?"

"让我看看。"

"你疯了。"

"来吧,让我看看。"

"别冲我发疯,内森。"

"来,"他说,"如果你记得那么清楚,就来呀,自己做做看。"

"内森。"

"快点!"他大叫。

路易莎低下头,朝自己身上倒了一大杯龙舌兰酒。酒涌到喉咙底的时候,她的身体动都没有动。她看着沃克,犹豫了一会儿。路易莎一下子闭上眼睛。然后她笑了,一抹近似嘲讽的笑容。她抹了抹嘴唇,伸开一只手臂,咯咯大笑,然后就停了下来。

"继续。"沃克说。

她开始移动起来——高高的颧骨,穿有珠子的头发,洁白的牙齿,灰色的连衣裙,没有穿鞋,棕色脚趾踩在补过的地毯上。沃克有些不好意思地把头稍稍转了过去,但视线很快又回到她身上。只见路易莎舞动起来,双手伸开,手臂围成一圈,双脚一前一后,跳出最原始的舞步,身体的轮廓渐渐融没。沃克感觉两边的太阳穴在跳动,体内某种本性的东西在翻涌,喜悦慢慢扩散,这种感觉向上升起,逐渐激烈,温暖着他,让他起了一身鸡皮疙瘩。他依旧在沙发上看着她。他知道此刻酒精正贯穿路易莎的身体,但他却想暂时忘记这一点,任由舞步围绕他,将他呼进吐出,成为自己的一部分,原始而美妙。然后,路易莎渐渐喘不上气了,沃克尴尬地从沙发上坐起来,伸手去握她的手,她停下来不跳了。他抚摸着她的脸颊。她的下巴贴在胸口上。他们沉默了一段时间,然后他微微一笑,对她耳语道:"嗯,你跳舞的样子很滑稽。"

她把头放在他肩上,两人同时爆发出笑声,笑了很长时间,沃克身上的鸡皮疙瘩又起来了。

"我们要做点儿什么。"他下午晚些时候说。

"做什么呢?"她问。

"家庭仪式。"

"仪式?"

他自己也吃了一惊,自己居然能动了,陌生的柔韧感回归膝盖处。他勾了勾手指,朝房间另一边的路易莎示意。他们俩靠在一起,在婴儿床前稍稍弯下腰,把捕梦网撩到一边,先把那几个词排练了一下,然后对孩子说:"克拉伦斯·内森·沃克,你真他妈的帅!"

几年以后,世界一片骚乱,墙上画的是花儿和黑拳,沃克和他孙子会一起坐在圣尼古拉斯公园的地下教堂里,之前艾丽娜就是在这里接受洗礼的。一个陌生的年轻牧师会讲述古犹太王希西家的故事。教堂里会很安静。沃克和小男孩坐在那里,大腿贴在一起,这种亲密并不会让他们尴尬。那里会很热。他们会来来回回地传手帕。牧师会喋喋不休地讲述隐忍、信仰的必要性和斗争的持久性。

孙子和爷爷不会真的在那儿听布道,直到那位牧师说起老隧道的事。

沃克用胳膊肘推了推孙子说:"嘿。"

"怎么了?"

"听好。"

希西家,那个牧师会说,想在西罗亚和处女之池两个水池间造一条隧道。①一队人马在湖的两边分别开工,并立誓要在中间的地方会合。挖土的人在地下一路挖隧道,越挖越深。他们希望能会合。但是他们计算错误,两条隧道错过了。他们大叫起来,既愤怒又失望,然后吃惊地发现——他们还在盛怒之中——隔着岩石能隐隐地听到对方的声音。他们在地下改变了方向。于是隧道又开挖了。斧子和铁锹挥动起来。满是尘土的走道曲折蜿蜒。人们依靠人声做判断,此刻岩石那头传来的声音还很沉闷。然后声音越来越响,他们越来越近,手镐都敲在了一起,形成点点火花,他们的声音也会合了。他们把残余的石块扫掉,端详着彼此疲惫的脸庞。然后他们朝前一步,摸摸对方,好确认彼此都是真实的。隧道走了一个古怪而巨大的 S 形,但过了一会儿——虽然他们一开始失败了——水就开始在这两个古老的水池间流动起来了。

---

① 出自《圣经·列王纪下》第20章第20节。

第十一章　上帝觉得应该这样

冬日的太阳悬在空中一整天，阳光渐渐开始融化积雪，这样一来他就能听到上面的汽车在泥泞的雪地上打滑的声音。而在隧道里，寒风夹带着执拗的冷冽，像鞭子一样抽在人身上。冰雪交加的天气已经持续三十二天了。他之前从未领教过如此无情的冬季。树蛙拉了拉睡袋的外罩，把自己裹紧，然后在脸上盖了一件衬衫，上面的纽扣正好碰到他的鼻子，感觉冰冷。

还是在床上待一天得了，他是这么想的，但卡斯特来到他身边，在他衬衫下面蹭来蹭去，它的胸腔顶在他脸上，感觉很硬。

这会儿树蛙仍旧待在睡袋里，费了好大劲才戴上手套，还多穿了几件衬衫。他跳了出来，到"古拉格"里面取了些牛奶，液体都已经冻成了固体。他用小刀戳破牛奶盒，一整块牛奶就落到了盘子里。然后他把盘子放在小火堆上热了一小会儿。卡斯特舔食着这顿盛宴，之后便跳到床垫上，蜷在毯子上面，白色的皮毛在黑暗中就像散发着磷光。树蛙从一盒轮毂盖里拿出一支旧的温度计，然后站起来到处测温度——钟乳石旁边、结冰的墙上、铁轨上、后面的墙洞里、法拉第的破交通灯旁边、"古拉格"里、火坑里；床头桌那里量出来只有零下九度，冷，真他妈冷。

他哈了口气，让温度计暖和一点，等刻度稳定在零下七度那里的时候，他便起身往尿壶里撒尿，感觉很痛苦。

该到上面去倒尿壶了。

树蛙把卡斯特裹在衬衫里,然后一路往外面走,穿过隧道铁门的时候,那里的亮光让他的双眼感到刺痛。沙果树边一片雪白,他戴上墨镜,然后往那里一倒,想在上面留下自己的名字,但是没等名字写完就倒光了。于是他就从树上折了一小段结冰的树枝,用树枝把剩下的几个字母刻了上去。

冰雪天已经持续了四周半,或许他应该在"古拉格"那里刻下记号,算算日子。

他沿着高速公路的拐角,一路走到哈德逊河边的绿色长椅那里。

水面依旧结着冰,他想看看他的那只白鹤现在怎么样了,离大海还有多远。河对面的新泽西沐浴在阳光下。

安吉拉坐在长椅上,只有她一个人。雪花在她鞋子旁边堆积。

"嘿哎。"他说了句,但她没有回答。

她在身子下面铺了个蓝色塑料袋,这样衣服就不会受潮。长椅的椅背蛮高的,树蛙坐在上面,把卡斯特拿了出来,放在安吉拉的大腿上。她爱抚着小猫,而小猫则满足地蜷在那里。

"早上不错,"树蛙说,"早上不错。"

"不好。"安吉拉说。

"怎么了?"

"我想洗头。"

"去我的小窝。我帮你烧点水。"

"没门,我不会爬到那里去,"她用围巾裹住自己的脖子,"阳光那么好,怎么还会这么冷呢?"

"折射,"他说,"阳光被雪反射了。"

"真的吗?你太聪明了,没错吧?只有你的屁话会从雪上弹回来。"

但过了一会儿她说:"你知道吗?我以前住在一间有回廊的房子里,那里一直有热水。水是红色的,因为铁太多了。我不喜欢洗头因为一洗头发就会变得很僵,我觉得那颜色蛮时髦的。但是现在我真希望自己能用那种颜色时髦的热水洗个头,我还要没日没夜地用那种颜色时髦的热水洗头。"

"那样就干净了。"

"现在就很干净,去你妈的!"

"我也就说说。"

"有时间的话我下午也要洗。"

树蛙扶了扶眼镜说:"说说以利亚在哪儿?"

"去拿补充救济金了。每个月五百块。"

"老兄,"树蛙说,"他有地址?"

"他有个朋友有套房子,他们拿到钱就去糖果店。我希望他能给我留点儿。他说了他会给我留点儿。"

"那玩意儿对你不好。"他说。

她咯咯大笑,眼睛朝旁边看了。

"嘿,安吉拉,"他说,"你把那些老鼠弄死了吗?"

"我跟你说过,那只怀孕的真怀孕了。她叫斯卡格拉克[①]。"

"啊?"

"'爱心老爹'跟我说他们是挪威的老鼠,我让他跟我说一个挪威的地名,就像大海之类的地方,他告诉我斯卡格拉克和巴伦支[②],所以我就叫他们斯卡格拉克和巴伦支。"

---

① 位于丹麦日德兰半岛与挪威南部、瑞典西南部之间的海峡。
② 巴伦支海位于挪威与俄罗斯北方,是北冰洋的陆缘海之一。

"你跟"爱心老爹"说过话?"

"当时他在外面给那个叫爱迪生的家伙的画像添上最后几笔。"

"法拉第。"

"对,对,随便叫什么。"

"然后你问他老鼠的事情?"

"对。"

"然后你给他们取了名字?"

"对,跟你有什么关系?"

"现在我全都知道了。"

"那只母老鼠很好的。她就在我边上。有天她从我手里把面包拿走了。"

"妈的。"

他们坐在那里,很长时间都没说话。他像只鸟一样高高地停在椅背上,看着沉睡的水面。

"这海看上去很好。"

"那不是海,那是哈德逊河。海在那里。"

她噘起嘴巴,好像要亲吻眼前的空气:"你知道吗?我一直想去看看大海。住在爱荷华州的时候,我们有辆车,是普利茅斯的飞驰系列,这垃圾货外面还凹进去一块。嗯,我和几个姐姐坐在后排,说'我看大海,大海看我'。然后我爸爸会说,我们要去看海了。接下来我们就没油了,老是这样子。他会朝那垃圾货踢两脚,然后说一会儿就好。他会到路边去加油——后备箱里有个汽油桶——但总会在酒吧那里停下来,然后就没了。我们待在后排,唱着那首傻得要死的歌,《我看大海,大海看我》。有一次我们想穿过田野走回家,玉米秆子在我们头上很高的地方,我们很害怕，就回到车里去了。"

"现在又没有东西拦着你不让你去，对吧？"

"我想是的。"

"你应该去看看，"他说，"坐火车去康尼岛①，那里很不错。"

他挪了挪身子，坐到长椅上，拽了下安吉拉的塑料袋，让自己坐在她身边，但她却没有看他。"嘿。"他惊讶地说了句。

她用手护着脸说："走开。"

"怎么了？"

"没什么。"

"他打你了？"

"我自己摔的，该死，走开。"

"他什么时候打你的？"

"你就是个讨债鬼，你该知道，我从没见过你这样烦的讨债鬼。我坐在这儿静一静，你就来了，他妈的你干吗不走开，啊？"

"你应该去收容所。"

"到那儿去过吗？那里面的女人要么是被打得骨头都断了，要么是耳朵被咬掉了，要么就是牙缝大得连 D 线地铁都能开过去。"

"你干吗跟他在一起？"

安吉拉把手伸进口袋，拿出一个带橙色盖子的小玻璃瓶，然后一边微笑一边让小瓶子在双手间转圈。

"你应该离那垃圾远点。"

"遵命，树蛙·牧师先生，遵命。"她叹了口气。"以利亚不喜欢我给

---

① 纽约布鲁克林区南部的一座半岛。

我的老鼠起名字，说那样很傻，说他要把他们弄死。他要搞点老鼠药让他们吃，甚至还可能弄只猫。"

"他不喜欢猫。"

"现在喜欢了。他们跟你我一样，不过是动物。"

树蛙记得有一年春天的时候——那段时间糟透了，真是这辈子最糟糕的一段时间——他睡觉的时候在枕头旁边放了片面包。等醒过来的时候，老鼠已经把他右耳上边的一块咬掉了一小块。血顺着脸的一侧淌下来，在长胡子的地方凝结起来。他跟着老鼠一直追到小窝后面。墙洞后面全是一粒粒啮齿动物的棕色粪便。树蛙在黑暗里噔噔噔一路往前跑，这时候他已经完全搞不清方向，耳朵一下子蹭到墙上，这么一来伤口就盖上了一层隧道里的黑灰。他用水把耳里冲干净，再涂了点杜松子酒以防感染，接着他从白T恤上撕下一条当作绷带，把脑袋和下巴都裹起来。耳朵那里刺痛了好几天，让他浑身难受。他害怕自己会失去平衡，于是就一直用指甲掐另一只耳朵，有次甚至还刺到肉里去了，还好伤得不太重。他忘了换绷带这件事，所以有一阵子"爱心老爹"一直叫他梵高，不过等树蛙的耳朵痊愈之后，这个绰号就渐渐没人叫了。过了一个月，他在书架下面的老鼠夹里抓到了那只老鼠。金属杆困住了它的身体，它只能在下面一边扭动一边吱吱叫。他拿起扳手对着它的脑袋狠狠地敲了一下，它叫了一声就再也没有声音了。树蛙把小动物带到上面，在河边的杂草堆里挖了个小洞，郑重其事地把那老鼠埋了，这样一来，就算它还能用那一小片耳朵聆听他头脑和身体里的秘密也没什么关系了。

"我知道你什么意思。"他说。

"你觉得还会下雪吗？"安吉拉问道。然后她看着水面说："你知道吗，我有个叔叔，他以前能看天气。他可以看出一百公里外的暴风雨。

他就站在那种玉米地里说，暴风雨要来了；或者是要出太阳了；或者是飓风靠近了。他长得就像天气，有张天气一样的脸。嘿。你觉得我长得像天气吗，树蛙？"

"你长得充满阳光。"

"你真可爱，树蛙。可就是阳光会让你得癌。"

"你确定？"

"这是事实，大家都知道。"

"给我根烟。"

"烟也是。阳光和烟都会。"

她翻开手提包上的金色搭扣，把手伸到很里面的地方，翻出半根被压扁的香烟，然后放在手指上滚了滚，让它重新变成圆柱体。他帮她把烟点着，她吹了口气，不想让烟飘到他身上，但是一阵风又把烟带回来了。她狠狠抽了五口，然后把烟交给他，树蛙握着香烟，就像捧着情人一样。烟气入肺的时候，他突然有个念头涌上心头。

"我想给你的脸画一张地图。"

"你在说什么东西，我脸的地图？"

"就是张地图。"

"地图是开车时用的，去你妈的。"

"得了，我们去试试看。"

"去哪儿？"

"我的小窝。"

"我可不爬。你就是找打。"

"打吧打吧。"

"那儿有谁？"

"树蛙。"

"树蛙什么?"

"树蛙去你妈的。"

"那可不好玩。"她说。

"不是为了好玩。得了。我给你看看。"

他把烟递了过去,她用力一拽,滤嘴那里还在燃烧。"地图?"她说。

"我收了很多地图。有时候做地图。"

"你做该死的地图干吗? 你又不去什么地方。"

小窝下面漆黑一片——她不想爬上去——他闭上眼睛,抚摸着她的侧脸。她的身体不停发抖,他让手指先停下来,等到她不再颤抖才继续,她放松下来之后对他说:"真蠢。"

他手指的动作缓慢而精准。树蛙在耳朵和鼻子之间划出一条线,一条完美的直线,否则下笔时就会有所偏差。他先从她的外耳廓开始——为了保证精确,他已经脱下手套,还朝手指上吐了口唾沫,把上面的尘土弄掉,然后在外套上抹干。他从她耳朵旁边移动到耳垂,用食指的指尖测量出之间微小的距离。距离确定之后,树蛙睁开眼睛,从外套口袋里拿出一张方格纸和一支铅笔。他在方格纸上画了两条线,一条竖线,一条横线,在纸的中间部分汇成一个固定而有限的坐标轴。纵轴是高度,横轴是距离。他用一只手把打火机打着,然后另一只手在纸上记下她耳朵的长度,用铅笔在方格纸上画了两个小点,一个是顶端,一个是耳垂。

他必须非常仔细,手里的橡皮只剩一小截了,他不想犯错。树蛙又闭上眼睛，在她的耳朵上一路摸下去——那里尽是皱褶和隆脊——她说："噢噢。"

隧道里安静得让人痛苦，只有汽车在上面疾驶而过的声音，这声音持续不断，时间久了也就淹没在周围了。他有些犹豫，把手指放在她耳朵中间，靠近鼓膜口的地方。他能感觉到她很紧张，浑身在发抖。

"我不喜欢你碰那里。"安吉拉说。但是他对她说，那个地方就像个微缩版的湖泊。他想，下次他会从另一个地方开始，或许就从耳垂开始，原来那地方有个耳环，现在不见了，留下的印迹可以马马虎虎算是个下水口。安吉拉动了一下，又点了一支烟。他不想在她抽烟的时候碰她的脸，他说这样会有误差，她对着过滤嘴抽烟的时候颧骨会往里缩。她死命地抽了几口，然后树蛙把烟头踩在脚下，狠狠踩灭。

他一下闭上眼睛，手指从她耳边一路摸索，最后碰到颚骨上方柔软的部分。

"你确定你手指干净吗？"她问。

"确定。"他小声说道。

颚骨那里有一处小小的隆脊，他把它记在了方格纸上。安吉拉现在安静了下来，也闭上了眼睛。树蛙对着空气努了下嘴，确信自己可以闻到她身上可爱的霉味，但过了一会儿，他碰到了她脸颊中间的淤青，她疼得往后退——暴力的地貌——他想把她皮肤上的边边角角都浏览个遍，那些地方肯定都是青一块紫一块的。

"疼。"

"对不起。"如果她开始哭泣，他不知道是否能够用手指挡住泪水，这样一来，那些紧绷的分子或许会被瞬间捕获，永远成为她脸上的一部分？但是她没有哭，他的手指移动起来，速度比刚才稍快些，不再碰那块淤青了。她的鼻孔张开,鼻子旁边的皮肤有点微微凸起。

"你鼻子很好看。"他说话的时候手指开始往上摸,有块骨头摸上去好像已经骨折过很多次了。他摸了摸她的鼻孔外侧,然后来到她面孔的正中央,手指滑过她的脸颊。

"好了吗,混蛋?"

"我还得弄另一边。"

"为什么?"

"因为你不能只有半张脸。"

"以利亚看到我们怎么办?"

"我会给他的拳头画个地图,看上去会像是一个顶上带大疙瘩的山脊。"

她咯咯直笑。

"站着别动,该死。"

树蛙伸出左手摸她的右耳,丝毫没有忘记刚才摸另一边时手指的动作。摸的时候,两只手的分量要相同,这点很重要。他的手指从她颧骨旁滑过——这一边没有淤青——他怀着无限的温柔把安吉拉的长相画成了地图。完成之后,他爬进自己的小窝,从上面带下来四条毯子,然后他们便在隧道里的熔钟壁画边坐下。一列火车呼啸而过,离他们不足三米。他把方格纸上的点都连起来,舔了舔铅笔头,这样连起来的线颜色就会很深很明显。

他画的时候认真极了,确保所有的线段都连贯流畅整齐划一,不偏不倚。点与点之间的弧线都很柔和,整张方格纸看上去不会过于局促或者凌乱。他连一次橡皮也没用过。打火机和铅笔在两手之间换来换去,手指在寒风中颤抖。安吉拉把下巴搁在他的外套上,从他肩上看过去说:

"这大概是我见过的最傻的事情。"

完成之后,树蛙拿起图纸给安吉拉看她脸上的起伏曲折——此刻她已经变成运河、山脊、河床和深深的山谷。

"嘿哎。"他对着图纸说。

"这是我?"

"有你的耳朵,这是你的鼻子,这是你的脸颊。"

"看着有点高低不平。"

"我可以改比例尺。"树蛙说。

"帮我个忙吧,树蛙?"

"行。"

"把那个淤青去掉。"她说。

他面带笑容地看着她,先用指甲在橡皮头上一刮,保证方格纸上不会留下黑黑的脏东西,然后把那座表示淤青的小山丘全擦掉了。她轻吻他的脸颊,然后温柔地说:"树蛙医生。"

"如果我把所有地方都量了,就能给你脸上其他地方画个地图。我会把它全画成等高线,你的脸看上去会是这个样子。"他画了一连串扭曲的圆圈。"你的鼻子会像这样。然后你的耳朵会像这样。还有你的嘴唇,会有点怪。像这样。"

"你从哪儿学的这个?"

"我自学的。我已经画了很长时间地图了。"

"你还给别人画过吗?"

"我帮丹塞斯卡做过。"

"她是谁?"

"我跟你说过她。还有莱诺拉。我的小姑娘。"

"她在哪儿?"

"我不知道。"

"也没人知道我在哪里。"安吉拉说。

沃克坐在窗边。房间已经重新设计过,比原来大了一倍,房东因为违章搭建还被人敲了一笔。这些年来,窗外的景色变化很大——阳光被遍布全城的大型住宅项目挡住了。那些灰色或棕色的巨大的建筑物,他们对着天际线皱眉说不。洗完的衣服在阳台上飘动。邻窗的男孩子们用罐头和线聊天。听到一阵尖叫,就知道有人自杀了。

只有路易莎和那个小男孩陪他待在房间里。沃克的几个女儿都已经嫁人了——戴尔德拉嫁了一个在德州油田干活的管道装配工,麦柯欣嫁了一个费城来的电焊工。姑娘们从他生活中渐渐消失。她们的孩子的照片有时候会很晚才寄来,就好像他们是一下子蹦出来的,生下来就有一两岁了。沃克经常在想,是不是要去看看他们,但一次也没去成,因为他的银行账户让他无法成行。

大部分时间他都是坐在窗边,看着十岁的孙子克拉伦斯·内森在街对面空无一人的停车场里独自玩耍。

有时候路易莎会在房间里跳舞。沃克把沙发转到来,正好对着房间的中间,然后把腿上的毯子绷绷紧,小心翼翼地在沙发的扶手上摆一杯茶,不让它倒下来。克拉伦斯·内森也会看——只见他母亲伴着内心的歌曲伸开双臂,双脚轻柔地来回移动,而沃克则在一边放声大笑,与城市里的警笛声融为一体。她把头埋在胸前,就像鸟儿收起了翅膀一样。然后又再次打开。她面对厚重的空气举起双臂,像是要准备飞翔。舞姿与几何的狂想。但这些年来,沃克发现这段舞蹈的节奏有些变化。他总是待在柔软的靠垫上看，发现路易莎的动作吱嘎作响，已经不那么流畅，而且缺乏控制。她长得很高，腿也很长，脸上带着受伤的表情。她的双臂已经没法像以前那样伸得那么开了。双脚的动作也不那么充满激情。呼吸倒是变得急促。舞蹈也不如过去朴素原始，旋转的时候少了点什么——走到地毯边上经常会有个趔趄，原来的流畅感似乎已经被虹吸进龙舌兰酒里了，路易莎成天都在找酒喝。一天一瓶半。早上她从床上摇摇晃晃地爬起来，径直跑去碗柜那里，第一口喝下去眼睛都不眨一下。她喜欢把标签撕掉一半，用手指甲在上面刮。有时候她会在卫生间里躲上好几个小时，出来的时候酒瓶都是空的。

路易莎的脖子上戴了一串用多股白线穿起来的贝壳。她走路的时候贝壳碰在一起发出声音。她老是说自己有点晕，于是医生给她开了些药，希望能把问题解决掉。她吃起药来都是抓起一大把往嘴里吞，因为药的关系，她一直都睡不着。她会在夜总会待到很晚，回家的时候还很疯。她的单人床就在儿子边上，她在床上翻来覆去的时候都是披头散发的。下午的时候她会醒过来，但也就是为了草草地吻自己儿子一下，然后又瘫回床上不出声了。

老是不断有男人来家里找路易莎，沃克也发现——这种羞耻感越来越重——她的裙子越来越短，大腿露得越来越多。

房间里也开始丢东西了。花瓶、汤勺和相框都丢过，但那幅相片没有丢。

"你看到克拉伦斯的相框了吗？"沃克问她，"没有相框，他看上去就像完全没穿衣服一样。"

"哪儿都没看到过。"她说。

"会不会碰巧在当铺里？"

"当然不会。你当我是什么?小偷?"

"别发火,姑娘。你知道我不是那么想的。"

"你是说我拿他的相框去换钱了?"

"当然不是,"沃克说,"对不起。我说错话了,别把我当回事儿。"

"我整天在这里忙前忙后,你居然还说我?做饭和打扫都是我在做,还要让你和你孙子一起玩。你知道吗,我想住哪里就可以住哪里。你居然还说我是小偷?"

"我就是想知道那个相框在哪儿。"

"那好,现在别想了。"

"嘿,"沃克过了一会儿之后说,"你想过克拉伦斯眼球那里会长什么东西吗?"

"什么东西?"

"他的眼球。我是说,会长什么植物呢?在朝鲜。我是说,他很早以前就说过,对吗?那地方大概会长出东西。"

"内森,你是脑子烧坏了还是怎么的?我不知道你在说什么。这几天你说的话都他妈是狗屁。"

"别在小孩子面前骂人。"

"我想骂就骂。"

"有时候我想那玩意儿可能是棵很大的美国橡树。"

"没有美国橡树这种东西。"她说。

"要么是栗子树之类的玩意儿。"

"朝鲜没有栗子树。"

"可能是枫树。"

她转过身去说:"我要出去一会儿。"

"你现在去哪儿?"

"就是出去一下。"

"小心你的裙子,别让它就这么不见了。在街上你要一边走一边吹口哨。他们就会听见是你来了。"

"真有意思,"然后她叹了口气,"你来照顾克拉伦①吗?"

"我的天。"沃克说。

"嗯?"

"我一直在照顾小孩子。"

"谢谢,"说完,她便在克拉伦斯·内森的前额上吻了一下,样子有些粗暴。

"上帝。"她走的时候沃克说了句。

有天晚上,路易莎回家之后把沃克叫醒了——她的瞳孔已经移到眼睑那里去了——当时小男孩已经睡着了,但她还是坚持要跳舞。她把手指放在嘴边示意他保持安静,然后站到房间的正中央。贝壳项链在她棕色皮肤的映衬下显得特别白。之前她在头上裹了一条很薄的蓝色围巾,然后在上面又挂了四条围巾,一直拖在腰上面。围巾和头发缠在一起,如波纹般上下起伏,看上去非常挑逗。她旋转起舞,伸开双臂,沃克一时间深感着迷,直到——突然间——她失去控制摔倒了,就像是慢动作一般,一只脚在空中高高翘起,双臂像风车一样转了半圈,手肘在地上擦过,身体一下子倒在碗柜上。脑袋撞在金属的把手上,划开一道口子。

当时沃克正穿着睡衣,他挣扎着站起来,把她从地上扶起来。他低头仔细一看,发现她呼吸的时候有呕吐的迹象。她的前额上没有血,只

---

① 克拉伦斯的昵称。

有刮伤,看到这个他真是谢天谢地了。

他解开她衣袖上的扣子,想搭一下她的脉搏,却看到她手腕内侧有道细痕。

"回床上去。"他对自己的孙子说道。此刻小男孩已经醒了过来,正站在他身后。

"怎么了,沃克先生?"

"现在好了。你老妈有点晕。"

但沃克很高兴她有了脉搏,虽然非常微弱——如同那段驾着木筏拐弯的遥远记忆——他扶着路易莎,让她坐起来,然后轻轻地拍打她的脸,想把她弄醒。

"白鹤一般是这样的,孩子,它吃鱼的时候都是先把头吞下去。不管哪种鱼都是这样。肯定不会是鱼尾巴先到喉咙里。如果那样的话,鱼鳞会把喉咙划破的。所以她会先吃头,这样下去的时候就很顺很好。这是常识。它们生下来就会。它们不是傻子。它们这么做是因为上帝觉得他们应该这样。这种事常有。"

小男孩继承了平衡感。他母亲对药物上瘾,他爷爷也会因为疼痛而被固定在沙发上动弹不得,每当这些时候,他都喜欢跑到楼顶上眺望,视线穿过哈莱姆区的建筑群——一路上有廉租住宅区、红砖教堂、殡仪馆、精巧的石膏装饰,还有空地和公园——落在曼哈顿区那些高低起伏的摩天大楼上。

常有人在楼顶买卖海洛因,一沓沓的钱在不同的手里流动,但那些毒贩子不会去理克拉伦斯·沃克。他们兴奋起来的时候,就喜欢看他在墙壁边沿上走,就像个杂技演员一样,而那里离下面的街道足有二十米。他们会起哄让他走快一点,让他在壁沿上跑起来。

这个男孩动起来的样子很不寻常,像打了吗啡似的,充满各种可能性。他的双脚永远不会摆错位置,即使让他做个倒立也没问题,只是脑袋在下面往上看天的时候,双臂会微微有些发抖。

他从没想过危险。不管在哪儿,他的心都很平静。血液会平均分配,流到身体的各个部位。

有一次他去学校的体操房,一路顺着绳子从地上爬到天花板,然后倒悬在那里——有个老师看到他悬在半空中,脚缠在绳上,在脚踝那里打了个结。他保持不动,身体连晃都不晃一下。这个老师之前是因为其他事情认识他的——在学校里,他好几次都被人逼得走投无路,还被其他男孩打。一时间他觉得克拉伦斯·内森是上吊了,但这个小男孩突然尖叫了一声,身体蜷成一团,把脚上的结解开,然后顺着绳子滑下来,落到地面上。

有几天下午,他爷爷会挣扎着走上楼梯去看小男孩耍宝。沃克会用手杖开道,身边的墙上有很多涂鸦。他已经七十二岁了,身体上的疼痛感比以前更强烈了。他的脸颊两侧已是一片稀疏的灰白胡子,手指也已不再灵活,连剃须刀也用不了。脖子上挂了一小袋烟草,是用细绳系着的,这样好让他使用起来不费力。小烟袋上下摆动,下面是那个银十字架。他用尽力气想打开楼梯上面的门,但最终也只能用膝盖把它顶开,这让他疼得龇牙咧嘴,浑身难受。

沃克在楼顶上发现几丝阳光,就把脸朝向那里,看到克拉伦斯·内森正站在墙壁边沿上。

"沃克先生!"小男孩大叫起来。

沃克恶狠狠地看着那些毒贩子,只见他们正躺在楼顶的另一侧,把冰块放在小桶里慢慢融化,然后注射到自己的静脉里。他坐在一把破烂的蓝色粗布椅子上,那上面覆了一层城市特有的黑灰。他把手放到眉毛那里,然后揉了揉自己的太阳穴,先冷静一下,随后朝小男孩点了点头说:"来吧,孩子。"

"我做哪个呢?"

"想做什么就做什么。"

"好的!"

"就是要小心。"

沃克身体往后靠在椅子上。像这样的东西他之前已经见得够多了,他已经学会不去担心害怕。小男孩挥了挥手,然后冲到楼顶的边沿,接着跳到旁边那栋楼的楼顶上。空气里交织着狂喜和危险。他的一条腿直直地伸开,另一条腿在后面。风急促从他身边划过。他落地的时候毫无瑕疵,超过另一栋楼的边沿足有一米。他往四周看看,然后咧着嘴笑起来。他又跳了回来,同时严格遵循他给自己定的怪规矩,每次都用不同的脚着地。他喜欢这样。一旦失误,他就会来来回回,来来回回,从而保证左右脚的平衡。运动鞋的底都要磨破了。他对自己说,有一天他会光着脚来试一试。沃克给他缓缓地鼓起掌来,这时他感觉自己被一股自豪感击中。鼓掌的时候,一小口嚼烟从老人的嘴里逃了出来,落在他的衬衫上。沃克把它擦掉,感觉很不好意思。

"干得好,孩子。"

"我还要来吗?"

"当然。别太花哨,其他没什么。接着来。"

沃克坐了一下午,他根据太阳的移动调整椅子的位置,同时看着眼前的技巧表演。

就算是听他爷爷讲故事的时候,这个小男孩也是栖在壁沿上,双臂抱膝,在街道上空前后摇摆。

太阳落下去的时候,克拉伦斯·内森从墙壁上跳下来,把爷爷裤子后面的黑灰弄掉。老人的屁股里会冒出滚滚黑灰,在空中形成阵阵云雾,这让他们都哈哈大笑。

故事会一直讲下去,他们走过一块块黏糊糊的柏油和碎玻璃,然后顺利来到楼梯那里。楼梯间的墙壁上有新添的人脸涂鸦,休义·牛顿和鲍比·西尔①穿着花哨的套衫,他们的脸被摆在两头巨大的豹子中间,感觉就像一幅岩画。旁边写着:猪肉不符合教规。旁边写着:把你的兵役证吃掉。再往下就是一张海报,上面那张脸是已经去世的马丁·路德·金。

房间的门上有两把新锁。在里面,碟子高高地摆在水槽里。冰箱开着,里面什么都没有。一把还没做好的藤椅倒扣在地上,没人要了。墙上的照片都已发黄。所有的相框都不见了。

路易莎不在家。这几天她经常不在。沃克坐在孙子的床边。老人身上有股发霉的味道,像是木头冒烟的味道,但小男孩还是安静地听着。在他最喜欢的故事里有一个是关于他的曾外祖父——康·奥列里——在被炸飞上天堂之前,他经常会把子弹藏在肚脐眼里。房间里还留有一些二战时期的子弹,它们当时都是艾丽娜的,小男孩喜欢看他爷爷撩起衣服把子弹塞进去。

"再来一个。"

"我没那么胖!"

---

① 美国黑人运动领袖,与休伊·牛顿同为黑豹党创始人。

"接着来，再来一个，沃克先生。"

"别太过了，孩子。"

"接着来。求你了。"

沃克一阵咳嗽，从肺里带出一条黑灰。隧道留下的痕迹。他朝一张报纸上吐了口痰，然后把纸卷成一团，丢进废纸篓里。小男孩坐在床上，拍了拍爷爷的背，想帮他早点咳完。沃克能感觉到敲击声在身体里回响。最近他的身体越来越不行了，咳嗽越来越重，四肢发紧，嚼烟让他有些错乱，直接结果就是流到白衬衫上的污渍。

一阵咳嗽之后，沃克挺直身子，伸手去找第二颗子弹。"吗咪吗咪哄——"他说。

所有对他的冷嘲热讽都写在学校的练习簿上，字迹十分潦草：杂种、半黑半白、半黑半土著、黑鬼、白鬼、雪孩、斑马、白人佬、丛林兔、老黑鬼、奇迹面包、汤姆叔叔、疯马、黑桃人。

克拉伦斯·内森坐上地铁——之前他爷爷已经对他反复灌输，想让他爱上这段旅程——然后从站台出来，高高兴兴地朝炮台公园旁的工地走去。十六岁生日的时候，他得到了一双新的运动鞋。

他看着商业世界翩翩起舞，直冲天际。

那些建造巨型楼宇的人们看起来不过是几个在裸露的梁架上移动的小点，一连串安全帽在那里来来回回。他们以一星期一层楼的速度向上推进。几台吊车给他们提供钢材，然后那些人用螺栓把它们固定起来。在钢板上加完包层之后，那些人就会再往上爬，让自己离下面的世界更远。有时候克拉伦斯·内森会去旁边的摩天大楼，就说自己是送货员，然后偷偷来到顶楼,那里的视野更好。他之前在典当行买了支双筒望远镜。他喜欢看那些人在横梁和立柱上走动,往上爬的时候甚至连护具都不带。那些人就像是走在结实的地面上,双脚从不会打滑;对他们来说,根本不需要伸开双臂保持平衡。有些人甚至还会在起重机的吊臂尾端摇摇晃晃走着。克拉伦斯·内森填申请表的时候撒了谎,说他十八岁了,不过工头很清楚,他连胡子都还没开始剃呢。

"等你睾丸垂下来的时候再来吧。"有个电焊工跟他说。

有天下午,他进入一栋未完工的摩天大楼,爬上二十三层的一把梯子,然后两个保安不得不把他从梯子上拽下来。他们抓住克拉伦斯·内森的双脚,发现他双腿的力量大得惊人。他挣脱出来,他们看着他跳下最后八级阶梯,来到下面的钢板上。他落地的时候双膝弯曲,双筒望远镜在脖子上晃动。"你这傻子。"一个保安说道。他们把他一路送到街上,然后对他说,如果再回来的话,他们就会把他抓起来。克拉伦斯·内森严肃地点点头,离开了工地。等走得足够远的时候,他对着空气一通猛捶,心情特别愉悦。有一天他会爬上去,他们会心存敬畏地看着他。他会创造自己的腾空动作。他会爬得比他们所有人都高。

克拉伦斯·内森站在停车场的计时表上,让自己保持平衡,后来有个警察把他轰了下去。他沿着街道继续往前,又找了个计时表,尝试用另一只脚站在上面。

他会三天两头地回到摩天大楼的工地看看,脚上踏着他爷爷的靴子,身上穿了件旧法兰绒衬衫。那几个电焊工最终还是允许他给地上那几根巨大的钢梁套吊索,但前提是他保证不爬上去。他把几段不长的缆绳接起来,看着钢梁由法福克吊车吊着,上升。几个星期之后,沃克听到有人敲门,开门之后发现是一个学校的工作人员,他说他已经很久没看到这个小男孩了。

　　安吉拉看到隧道深处有以利亚的剪影，于是就迅速站起来。她把毯子扔给树蛙，在他脸颊上吻了一下。
　　"一会儿见，树蛙。"她说。
　　"别走。"
　　她摇摇头："谢谢你的画。"
　　"那就不是画。"
　　"随便什么。嘿，伙计。你有钱吗？"
　　"给点零钱，我会在你婚礼上跳舞的。"
　　"真好玩。"
　　"没有，"他说，"没钱。"
　　她小心翼翼地把图纸折起来，塞到毛皮大衣里，朝他使了个眼色，然后用舌头舔了舔嘴唇。"我口渴，"她说，"得去见给我糖吃的人。"
　　"伙计，"他在她身后小声说，"别走。"
　　他看着她的身影在光束里进进出出，一直到最后消失不见。过了一会儿，他听到下面传来尖叫声，是从以利亚的小窝附近传过来的——大概是安吉拉给以利亚看了那份地图，上面是她那张已经消肿的脸庞。这次树蛙让自己的身体紧紧贴在隧道墙壁上，脑子里想的是他们之间爱与拳头的老一套——他们会如何面对彼此拉开架势，准备动手，一开始离得挺远，然后越来越近，就好像在漏斗里一样，安吉拉和以利亚，慢慢往下旋转，爱与拳头之间的圆圈逐渐变小，一直到最后拳头贴着爱，爱贴着拳头；继续往下转，然后拳头就是爱，爱就是拳头，他们在漏斗的口上，他俩都在，彼此捶打，彼此相爱，直至死亡。

第十二章　被阳光劈开

树蛙移到后面的墙洞里安静了一会儿，然后点燃一根蜡烛。白色的蜡油滴到了满是灰尘的地上。

他从密封塑料袋里拿出几张手绘的地图——他给自己的小窝、隧道、丹塞斯卡和莱诺拉都画过地图——然后铺在脚边。他看着它们，感觉它们正抬头看着他。他把它们都折起来放在一边，只留下莱诺拉和丹塞斯卡的。然后他又在白纸上画了幅丹塞斯卡的地图，完全是按照他记得的样子，恒定不变。她的脸庞拥有完美的轮廓，就好像她会突然醒过来，然后从纸上直起身子站立起来，呼吸，叹息，回忆。他抚摸她的脖子，然后手指一路往上，朝她眼睛那里移动。最后他用铅笔打上一些阴影，然后把新的地图塞进塑料袋里。

树蛙又取出一张干净的纸——看了看那张莱诺拉的老地图，想象着女儿的脸会变成什么样子，现在离他上次见她已经四年了。这次他赋予她一幅崭新的图景，鼻子拉长，嘴唇丰盈了一点点，两颊微微加厚，这样一来，那里的等高线就要被拉高，下巴旁边的酒窝更深了，眉毛都被拔掉，耳朵长了些，耳垂上有个再小不过的湖泊，是给耳环留出的位置。他画了一个小时。完成之后，他把纸举到空中，用嘴唇碰了碰，告诉她自己很抱歉，整个过程中要绝对保证双手不在纸张下面乱动，因为下面是她身体的其他部分。

丹塞斯卡喜欢克拉伦斯·内森在壁沿上走路的样子。夏夜时分的太阳穿过充满化学物质的天空，这时候她会到楼顶上来。手上有定型水的味道。她的脸颊上新添了一道疤，当时丹塞斯卡掐了一个顾客的耳朵，然后就被划伤了——那个顾客抓着剪刀，在空中乱划。伤口很长但不深。医生说不需要缝针，他只是捏住她的脸颊，然后往上贴了张"邦迪"。划伤的地方肤色苍白，就像在她脸上留下了一条窄窄的小溪。丹塞斯卡化了很浓的妆，这样能盖住那条高低不平的皱褶。

她坐在壁沿的边上，一只脚悬空，什么都不挨着，另一只脚摆在楼顶上。"转个圈。"她一边说，头上的辫子一边轻轻摆动。

克拉伦斯·内森沿着壁沿一路闲逛，精神高度集中，他的头发卷曲，高高竖起，看上去很滑稽。那个时候她在东哈莱姆区的发廊工作，他们初次相见就是在那里。她当时身材有些丰腴，不过后来却瘦得皮包骨头。棕色眼睛。非常漂亮。皮肤像河床一样黑。她会看着镜子里的他，这时他就马上把眼睛移开。他感觉脸颊泛红。头发做完之后，他给了她很多小费。等他大摇大摆回到家里的时候，公寓楼门阶上传来阵阵嘲笑，只见他蹦蹦跳跳，用大脚趾根部关节着地，一头翘起的卷发上还粘了一把梳子。两天后，他又在圣尼古拉斯公园遇见了她，他们坐在公园的长椅上，她又重新帮他弄头发。

他穿着大裤脚的牛仔裤在楼顶的壁沿上走来走去，这样看上去他的双脚好像根本就没动，然后他拉着丹塞斯卡的手，想哄她站到壁沿上来。但她做不到，她能感觉到自己的膝盖都吓得打弯了。

"你要做的，"他说，"就是当你的身体根本不存在。"

"我做不到。"

"你当然可以。只要忘记你在哪儿。就假装你在人行道上。"

"你是个疯子。"

"看这个。"他说。

他做了一个自己最喜欢的动作——把鞋子踢掉,在两栋楼之间跳来跳去。过了一会儿,他们拿来一条毯子铺在楼顶上。柏油的刺鼻气味在他们周围升起。一开始他们分坐在毯子的两头,然后慢慢移动,最后离得太近了,她甚至能感觉到他的呼吸就在自己的脸颊边。他把手放在她的腰上,两人一起躺下来。他解开她衬衣的扣子,摸到她胸罩底部的钢丝。他的双手在内衣的背扣上乱摸一阵,将它解开,把一边的肩带从锁骨上拉下。她身体往后靠,搂着他的肩膀。他们的嘴唇碰在一起,他的手指有些犹豫,轻轻放在她的臀部上,让她往自己身上靠。她的身体又往前一点,用牙齿咬他的耳垂。他郑重其事地滑入她的身体。他们做爱的时候,十七岁的克拉伦斯·内森感觉自己正走进一段属于自己的历史。

早晨的时候,独自待在房间里的他被爷爷叫醒了。

沃克在卫生间的台面上准备了毛巾、刮胡肥皂和一把单刀片剃须刀。这些东西都整齐地排成一排,炉子上甚至还有额外的热水。沃克的花白胡子已经很长了,他说,他很讨厌那种牙齿会突然咬到胡梢的感觉。他已经开始发现有些食物残渣在上面风干,而且他也不喜欢在镜子里瞥到自己。

克拉伦斯·内森跟在他爷爷身后。清晨时分,影子落在地上。他们推开卫生间的门——锁已经坏了——路易莎在那儿,正坐在马桶上,弯着腰。一开始他们只注意到她弓着身子,但是后来她慢慢抬起头,他们看到她把裙子撩起来,在大腿上一通乱摸,想找个新的地方把针头插进去。

"滚出去!"她大叫起来。

沃克用没有握紧的拳头对着墙壁猛捶了一下："你这女人真该死，你到底想干吗？"

她抬起头，匆忙把针头插了进去。克拉伦斯看到母亲软哒哒的苍白的阴毛从白色内裤里冒出来，他浑身颤抖。

"我发誓这是我最后一次，我发誓这是最后一次。"

她站起来，拉了拉裙子的下摆，用衬衣袖子擦了擦眼睛。从老人身边走过的时候，她直视着对方的眼睛。

沃克叹了口气，在洗手盆前弯下腰，虽然手已经干净了，但他还是洗了一遍。他坐在卫生间镜子前的凳子上，念咒语似地一遍又一遍说："主啊。"

他孙子先用剪刀把他大部分的胡子都剪掉，手指还在不停颤抖。沃克能感觉到早晨的热度已经留在自己松弛的脸颊上，然后进一步潜到他体内——他的整个身体都在渐渐消失，就连心和肺都好像在出汗。在地平线的边缘，他能看到一阵毁灭一切的大风在给他带路。阴风阵阵，淫雨霏霏。膝盖、肩膀和手肘都在为他做天气预报。天气的方式。他感觉自己剩下的日子不长了。投降不会很难。就让雨一直下吧，他这么想的时候水和泡沫正滑过他的脸颊。就让它流下来吧。最近几个月沃克主动放弃，不去看医生了。疼痛是他的伙伴。他会感到吃惊——甚至寂寞——如果它离他而去。它已经在他身边聚集多年，安排了他每天的作息、日常安排和眺望大街等等事情。他想起艾丽娜，她曾经在别处的卫生间洗脸盆边撩起睡裙的样子。

胡子掉落的时候，他的嘴角出现一丝令人意想不到的微笑。

过去的点点滴滴在沃克脑中一闪而过。他在这些回忆的边缘游走。他又开始做祷告了，节奏是冗长而复杂的，但他并不十分确定他是否是在和自己对话。他回想起一九一七年，男孩们开始扔掉蜡烛之前四周一片安静，那些他在隧道里没说出口的祷告。他可以伸出舌头，几乎是在品尝其中的味道。

剃刀高高悬在他灰白的鬓角边。

"说吧，孩子。"

"嗯？"

"我昨晚听到楼顶上有轰隆隆的声音，"沃克说，"听上去像是有人跳来跳去。"

克拉伦斯·内森感觉自己脸颊泛红，但他爷爷却放声大笑起来，而且笑了很长时间。

"那是个好姑娘。她叫啥名字？"

"丹塞斯卡。"

"行了，她会是个好老婆。"

克拉伦斯·内森有些尴尬，拿着剃刀的手不由得手抖，他爷爷的耳朵旁边就出现了一道微小的伤口。他抹掉老人脸上剩下的肥皂沫，用毛巾轻轻按压那道伤口，看着血迹没入棉质毛巾当中。

"抓住她。"沃克说。

克拉伦斯·内森撕下一块报纸，用舌头舔了舔，贴在老人的伤口上，唾液干了之后就留在了上面。血把报纸染黑了。

"对不起，我把你划破了。"

"根本感觉不到。"沃克说。他看了看镜子里的自己说："内森·沃克，你他妈还是那么帅。"

他忍不住笑了出来，然后对克拉伦斯·内森说："让我们两个人享受享受。出去走走。"

"是，先生。"

"我有些事要告诉你。"

"是，先生。"

外面的街道似被阳光劈开，被热度加宽。沃克和他的孙子穿过林荫道一路向西，走上小山包往河滨路方向走去。沃克感觉银十字架在脖子上翻来翻去，冷的那一面贴着自己的皮肤。

他一边走，一边看着身旁的克拉伦斯·内森。这个年轻人穿了件花哨的宽松外套。红绿黄三色的帽子停在他的头上。绿色的喇叭裤。口琴——沃克送的礼物——让裤子口袋凹进去一块。看克拉伦斯·内森的嘴唇，他已经变得像个十七八岁的孩子了。肌肉在衬衫下面轰轰作响。他粗大的喉结很明显。走起路来大摇大摆，有似曾相识的感觉。这个小男孩一直想留一个非洲黑人的圆蓬式发型，但大多数时候他的头发会很快垂下来，长而柔软的黑发一直会垂到锁骨那里。

他们坐在格兰特陵园后面的公园长椅上，视线穿过沿峭壁生长的树木，看着下面的河水流过。几个少年坐在长椅的椅背上。沃克掀起烟袋的盖子，让鼻子靠近烟袋，把香味吸进去，然后抬起头。

"感觉很清爽，对吧？"

"嗯？"

"这天，感觉很清爽。"

"是，先生。"

"她叫什么来着？那个女孩？"

"丹塞斯卡。"

"抓住她。我已经跟你说过了吗？"

"是的，先生，你说过了。"

沉默了很长一段时间之后,克拉伦斯·内森说:"他们昨天让我上到四十三层。还有电焊工。你能看到几公里外的河。伊斯特河,哈德逊河。只要不是迷雾天就能看得到。"

"你干这个赚到钱了?"

"是的,先生,赚了点。"

"存起来了?"

"对啊,对啊,当然啦。"

"剩下的钱你怎么花的?"

"都是些零零碎碎的东西。"

"我就想跟你说说这个事。"

"什么?"

"有两种自由,孩子。一种自由是去做你想做的事,一种自由是去做你应该做的事。"

然后沃克说:"你给你老妈买毒品了,是吗?"

"没有,先生。"

"别骗我了,孩子。你给她买海洛因。我知道的。你知道我是怎么看撒谎的。"

"我从来没买过毒品,从来没有。"

"那你把钱给她了。"

克拉伦斯·内森没有说话。

"别再给她钱了。"

这位少年低下头。"好的,先生。"

"我是说真的。你要答应我。"

"好的,先生。"他说。

"如果你做不到的话,都不知道她会怎么样。这才是对的事。"

"我知道的。"

"你知道她做了什么吗?她把钢琴里的琴键都拿走了。有一天我抬起琴盖,它们都不在了。"

"嗯?"

"我猜她以为那些是纯象牙制的。我猜她想拿去换钱。它们的顶上是象牙的,但是其他都是木头的。一个子儿都不值。"

"听着,孩子。"沃克说。他一边咳嗽,一边擦掉从下巴上流下来的口水。"我跟你说过全世界第一座水下球场的事吗?"

他听过那个故事,但是却说:"没有,先生,你没说过。"

"那你要答应我不再给她钱哦?"

"我答应你。"

"好,"沃克一边说,一边把五指伸开,"假装这是本《圣经》。"

克拉伦斯·内森把手掌放在爷爷的手上。

"就在这里发誓吧。"

"我发誓。"

"以你的生命发誓,你不会再给她一分钱。"

"我以此发誓。"

"嗯。"沃克说。他又咳嗽了一声,突如其来的疼痛让他感觉身体啪的一声折断了,他闭上眼睛。"这是第一班火车,小男孩都带了棒球下去,看……"

树蛙听到远处有很响的掌掴声,是皮肉打在皮肉上的声音,疼得那人直哼哼。风从南面那头吹进隧道,隧道里的每个角落都被吹得呼呼作响,大风一路搜刮,朝着他的小窝而来。卡斯特坐在他腿上,胡须上的牛奶已经结成了冰。他在她身上哈了口气,用大拇指和食指把牛奶擦掉,以免冰结起来之后影响她的平衡性。

克拉伦斯·内森经常看到他爷爷在他妈妈的衣服堆里乱翻一气,拿出一些小包装盒,然后到厕所里冲掉。路易莎回到家之后,就用一根折弯的挂衣钩在盆里一通翻找,什么都找不到。她穿过房间,手里挥舞着晾衣架,就像是拿着武器一样。她威胁说自己要走,说那些海洛因是戒毒计划的一部分,她要让毒品慢慢在身体里消散。他们曾经聊到南达科他州,坐大巴去旅行,坐飞机去玩玩,但她只能把自己这身骨头从房间搬到街上,从街上搬到房间。她的脸色黄得就像皮革一样,脸上还有成排的皱纹。这几年她唯一看到的颜色,就是塑料针筒里升起的一片红,这是她操作失误的结果,也就是做完皮下注射之后把针头退得太远了。

"我要借钱。"有天深夜的时候,她说。

"不会再借你了,我跟你说过。"

"我要买点吃的。"

"我们有吃的。"

"你就不知道我要养你们吗?你知道养个家是怎么回事吗?"

"你连你自己都养不了。除了那狗屎玩意儿。"

"别说狗屎这个词,"她合上眼皮,"我要钱,克拉伦。求你了。"

"凌晨三点你去哪儿买药?"

"就是借点钱。求你了。"

"他会杀了我的。"他一边说一边朝熟睡的沃克点头示意。

"他又不会知道。"

她用手捧着他的脸,用颤抖的手指在他的脸颊上温柔地抚摸。

"不行,老妈。对不起。"

"最后一次了,"她说,"我用《圣经》发誓。"

"老妈,别对我那样。"

"我明天就去找份工作。"

她大大的眼白上写满了恳求。她的手指在颤抖,极度渴望。她看着他,仿佛他可以摧毁她,折断她,终结她,创造她。

"求你了,"她一边说,一边让双手靠近旋转的电风扇叶片,电扇上没有护盖,"我在求你。求你了。"

在最后时刻,她的手从电风扇那里收了回来,垂着头,闭上双唇,撇着嘴说:"我看你倒宁愿看到我跑到街上去。"

"老妈。"

"我的亲儿子,把我扔在街上。"

"我不会的。"

"那我怎么去买药呢?"

他叹了口气,低下头。

"你知道吗?鸟的脚印——"

"老妈。"

"——是最适合做和平标记的东西。"

"你脑子糊涂了,老妈。"

"它们的确是,它们是最适合的。"

"你在说胡话,老妈。"

"你在它们周围画个小圈。想想看。我给你看。完美的小圈。像这样。"

她用手指在他的胸口画了一个圈,在圈里划出三条线,好像鸟的脚爪一样,她把头歪向一边,说:"别把我扔到街上去。求你了。街上的事我知道太多了。你明白我失去你父亲时的感觉。"

克拉伦斯·内森把手伸到床垫下面他放钱的地方,然后把一张叠得整整齐齐的二十元纸币握在她手里。她微微一笑,把纸币塞进衬衫胸口处。

"我永远不会忘的。"她说。

她在他额头上轻吻了一下,然后就走了。他对着自己的手掌打了一拳。

克拉伦斯·内森睡在消防通道上——有人跟他说过,他父亲以前也这么做。他不受下面噪音的影响:有警笛声,敞开的窗户里传来的唱片歌声,吉米·亨德里克斯[①],詹姆斯·布朗[②]。他的身体在很小的空间挤成一团,手臂围着膝盖。有时候夜里会突然传来一阵枪响,或者是汽车喇叭里刺耳的音乐,或者是两口子探出窗外大声喊叫。一幅爱恨交织的图景。空气中有一种明显的恶意,但也有一种温柔。世界这一角的某些东西是这般鲜活,就连它自己的心也会从积怨里爆发。好像它会在生命的重力之下突然绊倒。好像因为有了城市,人心才错综复杂。静脉与动脉——就像他爷爷的隧道——随着血液不停翻滚。数以百万计的男男女女在街道上把那些血液搅出声响。

克拉伦斯·内森经常在想,耳朵很尖的话,就能聆听那血液拍打身体的皮岸,一首痛与爱的交响曲。如果是那样,会是一种什么样的感

---

① 美国著名吉他手,被公认为是流行音乐史中最重要的电吉他演奏者。
② 美国灵魂乐教父,"放克"(Funk)音乐缔造者。

觉呢。

他往下看,看到妈妈从闪烁的街灯下走过,她看上去很瘦,双臂环抱自己,瑟瑟发抖,不断松弛的皮肉好像让她变回了那个曾经的小女孩。

几周之后,他正站在地上往钢梁上套吊索的时候,有人传话来说有电话找他,就在电焊工们的小木屋边上。他一边在工地上走,一边在腿上打拍子。

"是你老妈的事,"沃克说,"快回来。"

他还没敲门,房间的门就开了。克拉伦斯·内森的视线在房间里扫了一圈。被挖空的钢琴在那儿,琴盖是开着的。沙发顶住了窗户。几把藤条椅孤零零地摆在房间当中,上面的网罩还没解开。沃克站起来,一把抓住他孙子衣服的前襟,打了他一拳,这一拳速度很慢,没有力量。但这个年轻人还是朝后倒在地上。

"你答应的事情没有做到,孩子。"

克拉伦斯·内森把一根手指放到嘴上。

"拿个椅子坐下。"沃克说。

"老妈在哪儿?"

沃克摇摇头。

"她在哪儿?"

"我就知道会这样。"沃克说。

"什么?"这个年轻人把膝盖收到胸前,抱起自己的双脚,"她在哪儿?"

"从地上起来。"

他站起来,环顾房间四周,然后哭了起来,说道:"我把所有的钱都给她了。"

"这没所谓了。事情结束的时候,就结束了,你要接受。结束了。"

"结束了。"克拉伦斯说的时候没有去想这话是什么意思。

"来吧,把你的手给我。"

克拉伦斯·内森伸出一只手,沃克把自己颤抖的手放在上面:"让我们来做祷告。"

几分钟的沉默之后,沃克说:"对不起,我打了你。"

老人在沙发上换了个姿势,从脖子上的烟袋里拿出一点烟草,直勾勾地盯着那点烟草,想数数有多少颗。"啊,妈的。"他最后说了句。他擦了擦眼睛,虽然知道茶杯已经空放很久了,但还是想喝一口。"我希望她可以戒掉。"

克拉伦斯·内森看着窗外:"是我的错。我给她的钱。"

"不要为自己感到难过,孩子。是她自作自受。对一个男人来说,这实在太糟糕了。像那样伤心难过。"

沃克挣扎着起身,擦干眼睛,穿过房间。"我们要去下面的殡仪馆。然后做下安排,把她送回南达科他州。她得离她说的湖滨近一点。"

克拉伦斯·内森把他爷爷外套上的扣子扣好,帮他在脖子上围了一条围巾,弯下腰给老人系上鞋带。他们锁上房门上的三道锁,一起走下楼梯。老人握着扶手,克拉伦斯·内森在一旁扶着他,不让他跌倒。然后他们走到了阳光里。仍在哭泣的克拉伦斯·内森摘下棒球帽,把它戴在沃克的头上,这样帽檐就可以遮住老人的眼睛。

某天天气很糟糕,他在圣尼古拉斯公园给丹塞斯卡展示他的小把戏,用鸟的脚爪做标记。"看,"他说,"看。在这儿画一个圈。就像这样。"

树蛙在后面的墙洞里醒了过来，有只老鼠正急匆匆地爬过他的脚踝。他把膝盖收到胸前，吹了声口哨，想找卡斯特，但是它并不在旁边。他不知道现在是夜晚还是白天，他是否已经死去，或者他是否只是睡着了，或者两者都有，他也不知道自己是否会一直处于这两种状态里，一边死去，一边睡觉。

他又点燃一支蜡烛，把地图塞回原来的塑料袋里。四周一片黑暗潮湿，他前后摆动了一下，等待列车发出声响告诉他现在是早晨还是夜晚。午夜到七点之间是没有列车的，七点之后美铁列车每四十分钟一班。他用点燃的蜡烛烤焦了最下面的胡须，感受下巴上的热度，然后等了将近一个小时，身体蜷起来，他感觉胃里咕咕叫。什么都没有，所以一定是晚上。他把火热的烛蜡滴在两个拇指的背面，那里很快就变硬了。他用手指按压身体左侧，想平复一下肝部的疼痛。从法拉第葬礼上拿来的钱还没有用完，他不知道是不是该出去买点杜松子酒。

他从墙洞里出来，来到前面的房间，感觉被隧道拉着，纵身一跃就下来了。

一点儿光都没有。最纯粹最高等级的黑暗。树蛙经过迪恩的垃圾堆，闻到人类排泄物的味道，他绕开点走，这样鞋子上就不会沾到屎。

他敲了敲婴儿手推车，现在里面装满了垃圾。他停下来，盯着推车的座位看，然后伸出双手，把推车稍稍左右摇晃了一下。那是一九七六年的夏天。莱诺拉刚出生。她真的很小。她的发质很好，头发不多，颜色很深。她红褐色的皮肤非常光滑。克拉伦斯·内森感觉自己的世界已经自转起来，让他有了深度，有了意义，有了经历。他会花上几个小时只是简简单单地抱着她。她会躺在他的肚子上，在毯子里伸出小脚丫乱踢一气。丹塞斯卡和他们躺在一起。时间被赋予一种新的属性——有时候只是盯着孩子看,几个小时的时间就会悄然溜走。他们感觉完整、充实、勇敢、安心。莱诺拉的无助就是他们的牵挂。他们一起行动,三位一体,他、丹塞斯卡和莱诺拉。每个星期天他都会花钱叫辆出租车,这样沃克就可以过来看他们了。他们坐下一起看棒球比赛。小孩睡在旁边的婴儿床里。这是一段甜蜜又缓慢的时光,就算莱诺拉捣蛋大哭也没关系。有一次星期天的时候,沃克把莱诺拉从婴儿床里抱起来。他亲吻了小孩的前额。他把她带进卫生间,之前他已经在洗脸盆里放满了热水。克拉伦斯·内森看着他们。老人马上要给孩子施洗礼——这种做法融合了他自己的宗教习惯和艾丽娜的经历。就在他把小孩的头轻轻放入洗脸盆之前,沃克在她耳边小声说了几句。一时间,一切都安静下来。然后他把孩子在水里沾湿。小孩哭了几下,然后就停了。沃克用温热的毯子裹着她,从卫生间走出来。过了一会儿,他说:"我要带莱诺拉走走。"丹塞斯卡和克拉伦斯·内森在窗口看着老人推着婴儿车走上街道。经过一个消防栓的时候,莱诺拉的奶嘴掉出来了。沃克弯下腰,非常吃力地把它从地上捡起来。奶嘴的橡皮弄脏了。他看看周围,好像有点搞不明白。然后他把奶嘴塞到自己嘴里,把它弄干净。他弯下腰,把奶头轻轻地塞进小孩的嘴里,并在莱诺拉的耳边轻声说了几句。克拉伦斯·内森隔着一段距离也能清楚地知道他爷爷对孩子说了些什么。

　　树蛙从婴儿车旁转过身,继续往前,在铁轨上保持平衡,左脚右脚,左脚右脚。现在他感觉有种强烈的冲动,让他想找人说话,随便谁,随便说什么,仅仅是让话从喉咙里出来就够了,时间长,速度慢,内容真诚。他在"爱心老爹"的门前停了一会儿,还是决定不去叫醒那个老艺术家了，反正他也不会应门的。

以利亚的小隔间里传出一阵咕哝声，门后泛出一点光线。以利亚肯定又通上电了。树蛙把耳朵凑到门上，听到安吉拉在哭。突然有一阵闷响。这一声击中树蛙肚子的下方，留在那里，啃噬着他。他从口袋里取出活动扳手。他的喉咙发干，双脚站不稳。他想打开门冲进去，但是他退缩了，感觉浑身动不了。重击和哭声还在继续，然后他听到安吉拉一边抽泣，一边用可怜的口气高喊："你为什么要伤害你爱的人，你为什么要伤害你爱的人？"

树蛙一直留在门口，用活动扳手有节奏地敲击两只手的手掌。然后他听到以利亚走动起来。

树蛙晃晃悠悠地离开小隔间，站在隧道对面的隔栅下面。他又听到几声闷响和啜泣声，还有安吉拉吸气的声音。树蛙让自己沿着墙壁悄悄地移动，最后坐在隧道的沙石堆上。他慢慢地脱下手套，拿出折叠刀。他把刀刃对着手掌按了下去。所有这些虚无，他想，这些懦弱。这孤独的人生，就像一只耳朵——听，一直听，只能听。

他用小刀在右手掌上划开一道小口子，然后是左边。他打着了打火机，看到两道细细的血流顺着手腕平行地流下，很吃惊。他把外套的袖子高高撸起，红色的小液滴聚集在肘弯处。

从隔栅下面往上看，他看到一些彼此不相关的星星。树蛙知道他眼睛看到的光是好几年前发出的；上面的那个地方什么都没有，只有过去的种种，早就内爆、永远消失的东西。数年之后的一个星期五，他在摩天大楼上上完班，坐着电梯下来，洗完澡，把头发扎成一个短短的马尾。他们在外面一辆租来的新车里等着，那是一辆福特车。沃克坚持要美国产的汽车。丹塞斯卡和五岁的莱诺拉坐在车的后排。克拉伦斯·内森开车。他们花了四天才到南达科他州。克拉伦斯·内森已经寄了几百美元过去让他们做墓碑,每周一张二十块的,但是墓地里什么都没有,只有一个简单的木十字架,上面刻着:图利沃。路易莎一家已经搬走了。她曾经住过的老木屋那儿野草很茂盛。他们一起去了湖滨,他们四个全去了。湖非常大,水面只有一艘快艇驶过。他们带了吃的东西来野餐,坐在那里,对着软乎乎的黄瓜三明治一句话也不说。快艇投来阵阵波浪,一个滑雪者跌倒在地。这是他们这一整天里第一次大笑,当时那个滑雪者正好一跃而起,飞到空中。那时因为风湿病的关系,沃克的身体刚开始有些不听使唤,但他还是带着小莱诺拉下到湖滨,伸出一只胳膊,一只膝盖弯曲,一只脚往空中伸。每个动作小孩子都会去模仿。天空中没有一丝纷乱,地上也没有泥印子。他们就这样待在那里,然后跳舞。克拉伦斯·内森抚摸着妻子的胳膊,南达科他州的阳光慷慨地斜照在他们身边。

树蛙突然听到一声闷响,大吃一惊,他睁开眼睛,两脚站定,摸了摸活动扳手。小隔间大门最上面的那个铰链啪的一声开了,木头都裂成了碎片。

电灯的光从砸烂的门里偷偷溜了出来。

一时间他搞不清楚自己确切的位置——在隧道、在车里还是在湖滨——然后安吉拉摇摇晃晃地从小隔间里出来,推了下破门,身体上下起伏,呼吸急促。

以利亚跟在她后面。

"不要!"她大叫。

裸露的灯泡在小隔间里晃来晃去。

以利亚重重地打在她的后脑上,她又站不稳了,转身,在光线里旋转，倒下。

安吉拉用脚在地上爬，血从她的嘴里流出，血从她的眼睛里流出，血流到她的下巴上。只有一小块地方有光线，而且还是像钟摆一样摇来摇去，但即使这样，树蛙还是能看到她，只见她的身体乱七八糟，满是骨折和伤口，让人看了十分难受。她在轨道边的碎石堆上走得东倒西歪，毛皮大衣半敞开着，手提包在空中挥舞，好让以利亚离远一点。"不要！"然后树蛙从远处的黑暗里冒了出来，拳头里紧紧握着活动扳手。以利亚——站在安吉拉能用手提包够到的范围之外——朝轨道对面看，把运动衫的兜帽放下，说："看谁来了。"他勾勾手指，朝树蛙示意了一下："来啊，伙计，来啊，去你妈的。"

安吉拉在轨道边抽泣，手提包紧紧抓在胸前。树蛙每走一步都特别留神，就好像他正在黑暗之中飘动。

小隔间的门来回晃动，光线泄露到隧道里，舔食着黑暗的角落，触摸着树蛙的身体，一次又一次滑落，最后那门不晃了，他便站在一个清晰的光圈里。

毋需保持平衡，确定的感觉注入他的身体。他穿过轨道，然后停住。

以利亚咧嘴一笑。

树蛙也对他咧嘴一笑。

以利亚两脚一前一后，握起拳头。

树蛙走近了。

以利亚快速转身。

只见一道弧线，以利亚踢了过来，树蛙往后退，再往前，低头躲过第二下。

以利亚的腿慢慢从他上面划过。

树蛙的身体好像装了弹簧一样，刚才还蜷着身子，现在就站了起来，活动扳手往上挥——精准无误，不差分毫——打中以利亚的裆部。以利亚朝后倒在小隔间上，捂着自己的蛋。他疼得要死，大叫出来，深深地吸了四大口气。

以利亚一手撑地，慢慢站起来，想找后面口袋里的刀。

树蛙走得更近了。

以利亚的双眼分得很开。他拿出刀子，戳了出去。

树蛙依旧往前。

以利亚的眼白看上去特别大。

刀子在空中划过。

树蛙往旁边一撤。

以利亚的身体随着刀子划出的曲线移动。

树蛙走到这块创造出来的空间之后咧嘴一笑。他挥舞活动扳手，击中以利亚的手肘，动作迅速又优雅，骨头断裂的声音与木门碎裂、刀子哐当落地的声音组成了一组回声。

活动扳手再次挥舞起来，打中了以利亚的肩膀，以利亚发出一声动物般的嚎叫，面孔在惊恐中皱成一团。他跟跟跄跄，一只手捂住手肘，另一只手护住睾丸，活动扳手又挥舞起来。

这次打中了以利亚的膝盖，树蛙用一个流畅的动作把刀子踢飞了。

以利亚倒下的时候，树蛙的靴子狠狠踩进他的嘴里。以利亚的脑袋撞到破门上的时候，有一种无以复加的喜悦让他全身都兴奋起来。靴子踢中以利亚的裆部，他的身体就像手风琴一样折叠起来，巨大的疼痛让他发出一声呻吟，树蛙觉得这一声可能会在墙壁之间回荡，然后在隧道里绵延不绝。

他捡起以利亚的小刀,把它塞进自己的口袋,弯下腰,冷静地说:"早上好,混蛋。"

以利亚吐了口血,把脸转了过去,一边咳嗽一边呻吟。安吉拉在轨道边看着,把手从被打烂的嘴边拿开,然后欢呼起来。树蛙一直觉得这是他这一生中做的第一件正事。

第十三章　钢筋会在那里碰撞天空

他把她的手提包抛到小窝里，然后轻轻松松地爬上第一道窄梁。为了让自己抓得更牢，他把手套脱了，然后弯下腰一把揽住她的腰。

她让腿顶住柱子，但是高跟鞋的鞋底太滑，他一定要用尽双臂的力气才能把她拉起来。她的脸上满是淤青，已经开始肿胀；嘴里有颗牙齿碎了，还在冒血；她的眼睛被划破了，不停流血。她一条腿顶住水泥柱子，抽泣着说："树蛙。"她的双臂乱摆，呼吸声听上去很紧张。"我不能这样。我不能这样，树蛙。"

她好像是想往下坠——那里离隧道的地面也就几米而已——但是她伸开手臂，抓住了横梁，他曲臂抓住她的腋窝。真是惊险极了，他在横梁上俯下身子，一路把她从黑暗里拽了上来，最后她躺在较低的那道横梁上呜咽起来。他想到自己也曾把女儿从秋千上举起来，想到这里，他感觉胃里又大又空。

"两腿交叉。"他说。

"你为什么不——"

"放轻松，安吉拉。"

"——他妈弄把梯子呢？"

"我想下去。"她说道。但是他从她身上跨过，动作一气呵成，然后把她的手握在自己手里。

"站起来，"他说，"我抓着你，你不会落下去的，我保证，你得相信我。"

"我谁也不信。"

"试试嘛。"

"谁也不信,我说了。"

她还是把两条腿放在冰冷的横梁两侧,双手紧紧抓住横梁的边缘。她的身体开始发抖,他便俯下身子,用双臂围住她,帮她暖身。他低头看着她的高跟鞋说:"等一下。"

于是他就走开了,在横梁上走了十二步,上到旁边的那道横梁,进入小窝,再下来,手里拿了几双运动鞋和三双袜子。树蛙蹲下来,把安吉拉的鞋子脱掉。

"这儿。"他说。

他把高跟鞋一扔,只见它越过轨道朝壁画飞去,落地的时候在隔栅下面的雪堆上滚了几下。"别动。"他一边说,一边往她脚上套了两双袜子。他系好运动鞋的鞋带——这鞋还是太大了——然后跟她说:"好了。"

他把第三双袜子塞进口袋,跨过蜷成一团的她,站在她身后,把她拉起来,从后面抱住她的腰。

"树蛙!"

"我抓着你。"

"冷死了。"

走在她背后的时候他想到了这一切:他是黎明之后到的,一个向着天空移动的人。他爬上地铁站的台阶,走过街道,汽车的喇叭声把整条街都惹火了。生意场上的男男女女走在去华尔街的路上,他像被钉在原地似地看着他们,但很快他就走到另一群人当中,他们都是建筑工人,就好像是从重焦油香烟的广告里走出来一样。那些充满性、酒精、电视和可卡因的夜晚让他们的眼神迷离。看看他们牛仔裤后面的口袋，就能推测他们带了什么———一包香烟的压印、烟盒凸出来形成的小圆圈、小塑料袋装的可卡因和钱包的印迹。他们在钱包里装着母亲、妻子、女朋友和女儿的照片，有时甚至是他们父亲和儿子的照片。这样一来，如果他们受伤，身边就是他们关心在乎的人——死的时候靠近家里人总比靠近生意要好一些。不变的是，死亡几乎不会被提及——就算是在葬礼上，他们也不会细说那个死掉的人从十几米的高空摔下，或者电梯井突然倒塌，或者自杀未遂，被网罩接住了，或者单根螺栓从很高的地方落下来，在泥瓦匠头上打出一道血沟。这些他们都不会说，他们会聊的就是女人、小姑娘、女服务员、臀部柔和的曲线、妖艳的骚娘们、夏天经常能看到的乳头印和一边肩膀在阳光下裸露的样子。

他们一边在路上走，一边大声骂脏话。他们从来不让步。在他们旁边，那些生意场上的人就显得渺小、无用、不够阳刚。

有时候，有的工人会把手指放到鼻孔上，往地上擤鼻涕。有个生意人觉得很恶心，就噘起上嘴唇，但那些工人还是不管不顾地在早高峰里穿行。

克拉伦斯·内森那双新的褐色工作鞋已经穿得不成样子，鞋帮上的一圈毛都磨掉了。算是个护身符，能带来好运。他的蓝色 T 恤紧紧贴在躯干上。他在自己的钱包里放了自己的爷爷、死去的母亲、妻子和三岁女儿的照片。丹塞斯卡给他弄的非洲卷发已经不见了，现在他的头发又变得很直很长。在他的上方，如果他抬起头，就能看到自己构建的框架正在不断上升，而上面则是曼哈顿晴朗无云的天空。有几个同事会留在建筑底部悬吊索；另一些会吊在绳子上，然后身体探到中段钢筋上方，动作十分危险；另一些人就整天待在走道里，修理电梯井、扭电线、灌泥浆、用锤子敲东敲西、涂油漆、上石膏板。但是克拉伦斯·内森会是整个曼哈顿爬得最高的人。

在工棚里喝过咖啡之后,他跟几个电焊工一起进了电梯,像贵族一样升到半空中。十四个人,两支七人小分队。升降机在风中摇摆,上面没有安玻璃,只是在膝盖、臀部和胸部的地方有格栅。曼哈顿在他身下变得模糊一片,只有移动的黄色出租车和昏暗的轮廓。在上升的过程中有种类似欲望的东西,左右轻晃,凉风阵阵,他知道自己将刺破天空的清白之身,钢筋会在那里碰撞天空。

克拉伦斯·内森的同事全都是一身肌肉。他们之中有几个莫霍克人[①],他们的血液以某种方式均匀地分布在他们身体的每一个部位里,这是他们的历史所致,是一种天赋,他们拥有纯粹的平衡,摔倒会让他们深恶痛绝。其他一些人来自西印度群岛和格林纳达,还有一个英国人叫"板球",他发元音的时候就好像把那几个音拿出来放在钳子上一样。他很瘦,一头金发,脸上有痘痕,戴一只避雷针形状的耳环。"板球"是他们给他起的绰号,因为他站在横梁顶端的时候,总是想教其他的工人玩他祖国的这项运动。他假装手里有球,拿着球在裆部擦了擦,然后低下头,沿着狭窄的横梁一路跑,展示自己的投球技术,手臂旋转,划出很大的一个圈。他的观众都坐在那里盯着看,"板球"好像要摔下去了——他离下面的金属平台有三十英尺多——但他两臂一用力,还是稳住了,只见他摇摇晃晃,咧着嘴笑起来,然后停下来说:"腿要放在三柱门前面,先生们!"

电梯哐啷一声停了下来。克拉伦斯喝完咖啡,扔掉纸杯,穿过金属

---

① 生活在北美大陆东部的北美原住民。

平台，往伸向空中的两把梯子走去。他们几个开玩笑地把那里叫作**睾地**：睾丸萎缩之地。一般人都不会再往上走了。

身手最好的人——克拉伦斯·内森和"板球"——上楼梯的时候一次上两格。他们的皮带上绑满了工具，长长的活动扳手会敲到他们的大腿。他们爬过三把梯子，来到建筑物的最顶端，那里的钢筋柱子直冲天际。工头拉法耶特戴着宽边框眼镜，从梯子顶端探出脑袋说："做一天和尚撞一天钟。"

拉法耶特小心翼翼地迈着步子，走过不太牢固的工作平台，"板球"在他身边说："又是一天。"

克拉伦斯·内森心里记得昨天的地形情况，那些特定的设备留在了什么地方，工作平台上的洞可能在哪里，他可能会在楼顶的哪些地方不小心踢翻一桶螺栓，上一班的人下班的时候可能会把啤酒罐扔在什么地方。无线电里交织着噼噼啪啪的电台声和含糊不清的人声。他们几个看着巨大的黄色法福克吊车摇动起来，把钢制的横梁和立柱带上来。这些金属玩意儿在空中慢慢移动。钢筋被放到工作平台上的时候，拉法耶特会决定大家施工的顺序。电焊工一边等着一边聊天。

他们之中最安静的就是克拉伦斯·内森。他几乎一个字都不说，但有时候，工头不在的时候，他和"板球"会彼此挑战，要对方闭着眼睛在横梁上走。他们就像是在坚实的地面上移动。如果他们摔下去，也不会走远，但是九英尺和三十英尺是一样危险的。他们闭上眼睛，一拍也不会错。

工作平台上的克拉伦斯·内森把安全帽转到后面，头发塞到帽子下面。信号员对吊车里的工程师说了些什么，用的是代码化的无线电信号语言。一根巨大的钢筋立柱被吊起来，几个人一起上手把立柱扶正，然后在底部打上螺栓。立柱向着天空一颠一颠地往上走。吊车上荡着一根吊绳，绳子末端有一个球状物——他们几个都叫它重球。拉法耶特吹口哨叫来个人，克拉伦斯·内森冲他竖起大拇指。吊绳朝他这边来了。

他伸手抓住吊绳，让它不乱晃，然后漫不经心地走上了那个小钢球。

吊绳突然动了起来，他在空中晃来晃去，周围什么都没有。他非常喜欢这种感觉。一个人，在钢铁上，在城市上方。他的同事在他下面。他脑子里什么也不想，只是在空中晃。他只用一只手抓着。吊车里的工程师非常小心，把他慢慢带到立柱的顶端。重球轻轻晃动，然后停住。克拉伦斯·内森变换了下重心，很轻巧地来到钢筋立柱的厚凸缘上——有那么一瞬间他挣脱了一切，那是最纯粹的时刻，只有他和空气。他的双腿夹住立柱。"板球"在立柱的另一侧等着。法福克吊车吊起一根巨大的钢筋横梁朝他们移动，那根横梁在空中慢慢移动，小心翼翼，有条不紊。他们俩都伸出手抓着它，把它往自己这里拉。"好了吗？""板球"大叫。"好了！"他们用蛮力把横梁搬到对应的位置，有时候用大橡皮锤或者自己的活动扳手把它敲到位。汗水顺着他们的躯干快速滚落。他们把螺栓插进去，然后转松——待会儿螺栓工会把它们压紧。然后几个人解开吊索上的钩子——现在横梁位于两根立柱之间，建筑的骨架正在生长。克拉伦斯·内森和"板球"走在横梁上，在中间相遇了。他们走下来，然后站到头疼球上，扶着对方。他们下到工作平台上，其他人都在那里等着。有时候为了开玩笑，站在立柱顶端的克拉伦斯·内森会拿出口琴，只用一只手吹。大风吹过，几乎听不到什么调子，但是偶尔有几个音符会渗到下面的电焊工那里。那音调听上去汹涌澎湃，还有些不自然，因为这个，大家有时候会叫他"树蛙"，这名字他也不太在乎。

"好吧！"说这话的时候，树蛙和安吉拉正好来到第一根横梁的末端。

安吉拉的呼吸很沉重，尽管外面穿了毛皮大衣，他还是能看到她的胸口在上下起伏。"你要把我弄哪儿去？该死，没门儿。"

"很容易。"

"让我下来。你就是想揍我。你就跟其他所有人一样。我很难受，树蛙。噢。树蛙。"

"这里也就是看上去比较高，就这么回事儿。"

"我要我的鞋子。"

"就当你是在地面上。"

"得了，我没在地上。"

"如果你觉得你是在地面上，那就很容易了。"

"我不是小孩子。"她一边说，一边把流到毛皮大衣上的血擦掉。

"我从来没说过你是。"

"我就待在这儿。把我的鞋子给我。"

"它们在下面，真该死。"

"我拿到我的鞋子之前哪儿都不去。"

"好吧，那就待在这儿。"

"别把我留在这儿，树蛙。求你了。"

"看好了。"

之前他在立柱上凿出一块作为抓手，现在他把手放在上面，然后用了几秒钟就上到第二个窄道。安吉拉在他下面两米的地方，双臂仍抱着水泥立柱，就好像是被绷带绑在那里一样。树蛙一条腿缠住横梁，身子往下倾,拉住她的手——几乎是用蛮力——他拉着她在空中晃了几下,然后一下揽住她的腰把她拖上来。他原来以为她会大喊大叫、乱踢乱踹,但她只是说了句:"多谢,树蛙。"

安吉拉坐在横梁上瑟瑟发抖。她已经不哭了,眨了几下她那只没有受伤的眼睛,把从另一只眼睛里流出的血擦掉。

"我很难受。"

"你要做的就是从这儿走过去。放松。看到没?那上面。别往下看。别往下看,我说了!"

"他打我。"

"我知道。"

"你把他弄死了吗?"

"没有。"

"我想让你弄死他,"安吉拉说,"弄死那混蛋。把蓝毛巾塞到他喉咙里。"

"好的。"

"别把他弄死,树蛙。"

"已经完了。无所谓。"

"你会让我摔下去的。"

"相信我。我在摩天大楼上干过活。"他说。

她眼睛盯着他看。"我害怕。"

"没事的,我保证你不会有事的。"

"你真奇怪。"

"你自己也不怎么正常呀。"

"我很正常!别说我不正常。"

"好吧,好吧,好吧。你是我见过的最正常的女人。来吧。"

"你真可爱,树蛙。"

他站在她身后,领着她走过狭窄的横梁。她的步子很慢,每一步都恰到好处,他始终用双臂抱着她:只有天气才能让他停下来——起过雾、结过冰或者下过雨之后,钢板就会变得非常滑,而闪电是其中最危险的一个。楼顶上有一根临时的避雷针,但是一看到暴风雨要来,他们还是会被准假回家。天气好的时候,他们一个星期能建好一层楼。金属板会反射太阳光,但至少有一丝风吹过,能让电焊工凉快一点。尽管这是违反规定的,但克拉伦斯·内森干活的时候经常不穿衬衫。当时他的身体上还没有被人扎开口子,也没有伤疤。工头拉法耶特会谈起加拿大结冰的瀑布,谈起穿着特制的鞋子,带着登山扣和冰锥在厚厚的冰面上攀爬的事,谈起待在桑拿小屋里,对着天空絮絮叨叨唱圣歌。克拉伦斯·内森喜欢这个想法——让自己悬在一条河上——他想象自己身处瀑布正面中间的地方,水在冰后慢慢流淌。

每周五快交班的时候,他们几个会在最高的横梁上坐成一排,一起喝啤酒,任由双腿在空中晃来晃去,把啤酒罐扔到下面的安全网里。他们喜欢做出一副无所谓的样子——在无所谓方面,他们的天赋最高,永远都是那副样子。就算他们发现潮湿的云雾在身边停留不散,他们还是会待在那里坐着聊天。啤酒罐砰砰作响。他们用登山扣把安全帽别在腰间。很多帽子上都有贴纸,哈雷·戴维森的标记,纽约大都会队的徽章,黄石公园的标志,硬石咖啡馆的圆形贴纸,特别常见的是中间有大麻叶的加拿大国旗。人们会谈起即将到来的周末——他们会见谁、会花多少钱、会上几次床。他们的哄笑声会被大风带走。只有极为轻微的声音能从下面的城市传上来,奇怪的警笛声和卡车喇叭声。他们会一直等到拉法耶特走开，然后拿出一小袋一小袋的可卡因和很细的红色吸管，有时候还有点大麻。火柴点燃大麻烟的一头。剃刀劈开大号的白色颗粒。一个人双臂围住一条很粗的可卡因，这样它就不会被风吹走了。

借着大麻的兴奋劲儿——他不吸可卡因——克拉伦斯·内森会和在伊斯特河和哈德逊河之间穿梭的直升机聊天。

干完活儿之后，他会搭地铁去96街，那里离家还有一段路，他会一路走回去，这时候西边的太阳正循着弧线往下落。他的活动扳手挂在工装裤的皮带上，有节奏地敲击着他的大腿。他依然觉得自己像是在横梁上似的，腾空飘浮着，他要绝对确保自己的双脚不碰到人行道上裂开的缝隙。回家的路并不远，他和家人住在西端大道和101街交会处的公寓里，但是他会先去一下湖滨公园，一边走路一边抽烟。有时候——在他到公园之前——他会在停车场的计时表那里停下脚步，耍他的那套老把戏，只用一只脚站在顶上保持平衡。

他一直低着头，一边走一边数着步子。有一点很稀奇，尽管没有这个必要，但他还是喜欢以偶数步落地。这不过是他自己玩的游戏而已。在公园的时候，他经常被男妓骚扰，这些人会主动给他口交。公园是他们最喜欢晃悠的地方之一。"今天不行。"他说道。有时候，有人会冲他吹口哨，他们喜欢他穿无袖T恤、双臂满是肌肉的样子。他家门口常常会上演这样的戏码——"亲爱的，我到家了！"——接着丹塞斯卡出现了，她就好像刚从电视机里爬出来一样，妆容精致，头发上串着珠子，皮肤黝黑，牙齿雪白，他们的小女儿抓着她的大腿。克拉伦斯·内森在过道里脱下衬衫，丹塞斯卡把手指放在他的胸口上摩挲，开玩笑似地捏他。当他洗去一天工作印迹的时候，莱诺拉就站在浴室外面。出来的时候，他会举起莱诺拉，让她越过自己的头顶，一直转圈，直到她说："爸爸，我晕了。"晚餐之后，他会把孩子放到床上。莱诺拉在自己卧室的墙上钉了一张很大的蓝色透明塑料纸，她把这个称作自己的水族箱。塑料纸后面有一些剪下来的照片，分别是鱼、贝壳、植物和人。那里有一张她父母在婚礼上拍的宝丽来照片，它被放在水族箱最上方，她最喜欢的人都会去那里。那张照片是一九七六年在婚姻登记处外面拍的。克拉伦斯·内森系着宽大的棕色领带，穿着喇叭裤。他的头发很短。丹塞斯卡已经穿上了孕妇装。他的手指紧扣，看上去很紧张。他们的肩膀没有碰在一起。但是在背景里隐隐约约能看到沃克，他在那里得意洋洋，没有戴帽子，很搞笑地指着自己的秃头。

还有一张沃克和其他隧道工的黑白照片，他们在隧道口摆出了一副准备拍照的样子。其他几个隧道工都蓄着大胡子，表情好像都很严肃，但浑身是泥的沃克看上去却很高兴。一把铁锹靠在他的臀部旁边，双手托着手臂，肌肉鼓鼓的。

睡觉之前，莱诺拉会把水族箱里的照片换一下位置。克拉伦斯·内森坐在她床边，当她最终忍不住打瞌睡的时候，他会在门口给她一个飞吻。有时候为了好玩，他会闭起眼睛，在房间里一通瞎走。这套公寓很小，也很旧，但很干净，有一套立体声音响，一个印花沙发，一台老式电视机，厨房里满是红白机器。浴缸本来放在客厅里，但现在里面都是垃圾，上面盖了一层油布。墙边放了几幅裱起来的素描画，画的是纽约的店面，这些都是沃克送的礼物。

克拉伦斯·内森坐在沙发上，砰地一声打开一罐啤酒，身边是丹塞斯卡，他们在看电视。深夜的时候他们会做爱，丹塞斯卡在他身下如河流般涌动。然后他们又回去看电视节目，他喜欢这种枯燥，这种节奏。他想让自己的爷爷来跟他们一起住，但是沃克说他要死在哈莱姆区，要死在自己那个房间里,他在那里和世界上仅有的几个称职的鬼魂聊天,一聊就是好几天,他死的时候要跟他们每一个都耳语几句。西恩·鲍尔、大黄范努奇、康·奥列里、毛拉、克拉伦斯、路易莎·图利瓦,还有最重要的艾丽娜。她撩拨头发,挪到卫生间水槽上方的时候,对他微微一笑,那感觉既挑逗又可爱。

树蛙在横梁上领着安吉拉,同时脚往前迈,稳住她的身体。

"再走几步就好了,"他对她说,"再走几步就到了。"

她的双臂乱晃,他让它们紧贴着她的身体。他用双臂围着她,感觉她身上的毛皮大衣很暖和。她的双脚沿着横梁一点点移动,就在他们来到空中小窝的矮墙之前,她向前一冲,两只手抓住了墙壁。

"我成功了,"安吉拉说,这时她正一边微笑着一边爬过矮墙,"很容易。"

他在她身前荡了过去,迈了两步,点燃床头桌上的一根蜡烛。

"哇。"她说。

"这以前是储藏室。他们把隧道里的东西都放在这里。我想这儿以前肯定有个梯子或者楼梯什么的,但是现在没了。几乎没人来过这儿。"

"轮毂盖干吗用的?"

"当盘子。"

"伙计,"她说,"交通灯!"

"法拉第找到的。"

"你有电?"

"我跟你说过,没有。"

"哇。这地方有多大?"

"一直到后面那个墙洞。"

"洞穴人树蛙。"

"是得画个岩画。"

"那是什么东西?"

"没什么。听着,我们得搞定那些伤口,安吉拉。你的眼睛在流血。"

"那地方我不疼了。"她一边说一边摸自己的眼睛。

"那只是因为你的肾上腺素上来了,"他说,"我们应该在开始疼之前把它搞定。"

她把手提包从地上捡起来。"我看上去还好吗,树蛙?"

"还好。"

"你骗人。"

她在手提包里一通乱翻,然后开始抽泣起来。"以利亚会杀了我们。"

"我们会躲在后面。"说完他就抓过一支蜡烛,然后两人就一头钻进后面的墙洞里。他把蜡烛放在临时用的架子上,火光摇曳,映在之前被炸开的岩石上,很是奇怪。她把手捂住鼻子。

"伙计,你在这里拉屎。"她说。

"我没有。"

"一股屎味。我不喜欢这里。我要我的鞋子。我要我的镜子。"

"看,我这些地图。"他一边说一边指着一排塑料密封袋。

"我才不管地图呢。以利亚会杀了我们。"

她从墙洞里出来,又回到前面的房间。那里有一点点光从隧道的隔栅间透过来。"我不要待在这儿,没门儿。他会杀了我们。"

"坐床上。"他说。

"没门儿,树蛙。"

"我不会碰你的。"

她摸了摸自己那颗松动的门牙。"他肯定会杀了我们。"

"你应该去看医生。"

她用大拇指来回摇那颗牙，呜咽着说："不去。"

"为什么不去？"

"我不喜欢医生。树蛙医生除外。"

他微微一笑，指了指床脚边的小罐子。"我要烧点水，然后给你洗洗脸。"

"我口渴。"

"我没有药给你磕。"

地上满是灰尘，她犹犹豫豫从上面走过，来到地毯那里，然后坐在床上。他把剩下的柴火和报纸都点着了。安吉拉在火堆上暖手，她在地上找到个装磁带的盒子，便摆弄了起来。她用卡带的内页边缘清洁下面那排牙齿之间的缝隙，然后用手指把内页上的牙垢弄下来，弹到火堆里。

他往后退，不想吓到她，于是就坐在床脚边的地上，水烧着。

"现在疼了。"她一边说一边爬进他的睡袋。

"水开了就帮你搞定。"

"真的疼。"

"我知道，"沉默了很长一段时间之后，他说，"真不知道卡斯特在哪儿？我几个钟头没见她了。"

"她怎么上来的？"安吉拉问。

"得靠我把她抱上来。"

她又往睡袋里钻了钻。"你会照顾我吗，树蛙？"

于是他想到，莱诺拉五岁的时候发过一次高烧，当时他在家待了一个星期，没有再去摩天大楼，丹塞斯卡去上班了。午饭的时候他打电话去当地超市订了些吃的东西，还在炉子上热了几罐鸡汤。莱诺拉躺在床上，旁边就是蓝色塑料纸。父亲和女儿，他们把房间里所有的照片都看了一遍。她把自己喜欢的挑了出来。他去多印了几份，这样莱诺拉就能把这些照片排到水族箱里。如果她的体温还往上升，他就会在她额头上平铺一块湿布，小心地舀一勺鸡汤，先吹一吹，保证不会烫到她的舌头。

"树蛙。"

"嗯？"

"你在听我说吗？"

"嗯？在。"

"你会保护我吗？"

他把那条印花大方巾轻轻放到沸水里蘸了蘸，转身说道："当然，我会保护你，安吉拉。"

星期六的时候，沃克会在131街上叫一辆无执照出租车，然后让司机在克拉伦斯·内森家楼下摁喇叭。这是一栋五层楼的老房子，没有电梯。要爬楼梯的话，沃克的双腿和心脏都会抗议的。克拉伦斯·内森和丹塞斯卡带着女儿下楼，克拉伦斯·内森会倚在出租车的车窗边，付钱给司机，还会给他不少小费。

他帮着沃克从出租车里出来，同时还要挡着莱诺拉，不让她吓到老人家。沃克给自己做了一根木头拐杖，现在就拄着拐杖。他剩下的那些头发是鲱鱼骨的颜色，皱纹和皱纹相互刻蚀。

"我的小南瓜怎么样啦？"沃克弯下腰问。

"嗨，爸爸。"

沃克挺起身体。"嘿，棒极了。"

"嘿，内森。"丹塞斯卡说。

"我的天，"他对她说，"你真是每天都在变得越来越好看。"

四个人以极慢的步伐走下小山坡，来到公园。沃克戴了顶新帽子，汉森牌的，一小撮羽毛从帽檐上方伸了出来。莱诺拉在三个大人前面一蹦一跳的，他们几个会回顾一下前一周的日常琐事——棒球赛的比分、篮球比赛和变化莫测的天气。对话很是轻松有趣，有时候话题甚至会转到沃克口中的鬼魂上面去。丹塞斯卡喜欢听他讲艾丽娜的故事。而这些故事克拉伦斯·内森已经听过很多遍了，所以沃克讲故事的时候，他经常会和自己的小女儿走到前面去。

那段日子真是棒极了，是最好的时光。

就算是下雨天，他们也会去公园，在伞下挤成一团。克拉伦斯·内森会用衬衫的下摆擦秋千的坐凳，有几次丹塞斯卡会给她丈夫准备毛巾，让他把滑梯抹一遍，帮莱诺拉弄干滑梯。星期六之行的一切都是围绕莱诺拉转的。几个大人让她坐在秋千上，然后轮流推；他们集中在滑梯下面迎着她；他们把她抱到玻璃纤维做的恐龙上。沃克会对照自己的拐杖算出她的身高。有时候他会把子弹在肚脐那里变没，但是小女孩不太喜欢这个把戏，因为这吓到她了。

春天的时候，他们四个会在地上铺一条毯子，坐在盛开的樱桃树下吃黄瓜三明治，这可是沃克的最爱。傍晚的太阳落到哈德逊河另一边的时候，他们会跋涉到公园的另一端，接着克拉伦斯·内森会拦一辆出租车，悄悄塞给他爷爷二十块钱，然后老人就走了。

有天星期六下午，丹塞斯卡和莱诺拉到别处去了，沃克把克拉伦斯·内森带到河滨公园下面的铁路隧道边上。隧道入口有一道门，但是上面的锁坏了。两人打开门，悄悄走进去，站在铁楼梯上。沃克对着带血的皮下注射针头踢了一脚，它就掉到隧道底部去了。"该死的东西。"他说道。那里一开始很暗，但他们的眼睛能适应，他们看到天花板上有隔栅，那下面有壁画。樱花的花瓣不断从隔栅间飘落。他们看到有个人从阴影里冒了出来，身上还有几罐喷漆。祖孙二人四目相对，然后就离开了隧道。克拉伦斯·内森的手臂搭在沃克的肩膀上，把他扶上陡直的河堤。

"我在这儿挖过土，"沃克一边说，一边指了指后面的隧道，"我在这地方挖过土，灌过浆。"

他仔仔细细地清理了她眼角的伤口，把那条带印花的大方巾浸到沸水中，拽着围巾的一角转，稍微在锅里洗了洗，虽然周围不太亮，但他还是看到水最终变成了红色。她小的时候，热水是铁锈色的，当时她是什么样的呢？她父亲带她去玩过秋千吗？她有没有坐在汽车后排，双臂弯曲放在腿上呢？她有没有想过有些地方甚至会比爱荷华州夜晚的玉米地更黑呢？如果他用最细小的比例尺，能把眼角遭受暴力的细胞绘制成怎样的地图，能将她的皮肉化作怎样的地图呢？

他触摸那些伤口的时候，脖子上能感觉到安吉拉的呼吸。晨光从隧道那头照射进来——现在的亮光足够了，以利亚可以来叫板了。他本应该把活动扳手埋到以利亚的喉咙里，他打他的时候本应该下手更重一点，就像他的父亲一样，他未曾谋面的父亲把那个警察和汽修工都埋了。一时间有一个影像在树蛙脑中掠过，他看到一个铁锹的把手深埋进了一个白人的脑袋里。他父亲朝他使了个眼色说："好了，孩子，我打了个本垒打。"

树蛙用舌头润了一下印花方巾干净的那头。如果有杜松子酒的话，他就可以给伤口消消毒，但是也无所谓了，它很快就会好的。他把印花方巾叠成方形，拿着它在她脸颊上轻柔地按了按。他弯下腰，在她额头上面吻了一下。她对他说："你臭死了，伙计。"

"睡觉去。"他说。

树蛙拉上睡袋的拉链，抓来几条毯子，回到椅子那里去了。他把盛着血水的锅子从火堆上拿开。火焰蹿起来的时候，他暖了暖手，想到了口琴，但这时安吉拉的双眼正快速转动起来，她很快就要入睡了。

他裹紧身上的毯子，让火堆自己熄灭，在一片安静之中听寻卡斯特的动静。安吉拉在睡袋里稍稍动了下身子，她的嘴唇贴在枕头上。他面带微笑重复着她的话："你臭死了，伙计。"有时候，当他和丹塞斯卡一起躺在床上的时候，她能闻出他从工地里带出来的汗味，就算是洗完澡也一样。她会转过去背对着他说："交通违章！""嗯？"他会问。"违章停车罚款！""嗯？""你有味道，克拉尔。""哦。"他会起来再去洗一次，把胡子刮干净，在两颊上喷一点古龙水，回到床上，跟她紧紧依偎在一起。自从他们结婚之后，她就越来越瘦，他想念大的感觉，丰满的胸部，但他没有跟她提过，有时候想到这一点，他还感觉很自豪——别人的老婆都越来越胖，关系渐行渐远，而她却和他走得越来越近。

有次她跟他去休斯敦，他和一队人马在那里的摩天大楼干活。莱诺拉被留在丹塞斯卡父母家里。这是丹塞斯卡第一次坐飞机，她喜欢饮料里细细的红色吸管。她收集了七根——莱诺拉几岁就有几根。就算是冬天，德克萨斯州的热浪还是让人有压迫感，感觉有分量压在他们身上。干完一天的活儿之后，他们通常都会待在酒店的房间里——那是段好时光，最好的时光。空调嗡嗡作响。浴室里小瓶装的洗发水让丹塞斯卡很着迷。床头桌上有几个塑料杯子,外面套着莎纶保鲜膜,一直都没打开过。丹塞斯卡和克拉伦斯·内森就直接往对方嘴里倒杜松子酒。她喜欢让冰块在肚子里融化。他们想发一封电报给沃克,但想不出要说什么,只是说:"我们在孤星之州[①]。"

有天晚上,他、丹塞斯卡和"板球"坐在市郊的一家酒吧里喝鸡尾酒。音乐的声音很响。酒精在他们体内翻江倒海。旁边一桌坐了几个油井工人。"板球"向他们发出挑战,要比赛在酒吧屋顶上走——"板球"说,这是个平衡感的问题。他们打了一百块钱的赌。大家都走了出来,投入夜色中。这幢房子有两层那么高,房顶很尖,像一个倒放的V字。他和"板球"闭着眼睛在上面走。那几个油井工人很紧张,在后面走得跟跟跄跄,看到他们觉得大吃一惊。回到屋里之后,他和"板球"从别人那儿把赢钱收过来,两个人一边喝酒,一边拍对方的背。突然间,一根桌球杆砸在克拉伦斯·内森的后脑上。他倒在地上,想要爬起来,但还是一跤摔在自己的血泊里。丹塞斯卡尖叫起来。四个人一拥而上,把"板球"暴打了一顿。一把小刀从克拉伦斯·内森的胸口划过,留下一片温热。他被送到医院。这是他身上的第一道疤。丹塞斯卡待在他床边,之后的好几个月——他们回到了纽约的家——她一直体贴地照料他,在他胸口上抹一种特制的药膏。她会把黄色的膏体涂在他胸口上,然后她的手指会迂回曲折地往下走,直到两人兴奋地停下来为止。

他睁开眼睛看着安吉拉,此刻她正在睡觉。

树蛙温柔地摸了摸她的眼角,伤口还在出血。他又把伤口清理了一下,然后退回到属于自己的味道刺鼻的黑暗中。他对着火堆吹了吹气,让

[①] 得克萨斯州的昵称,因为该州州旗上只有一颗星。

它重新燃烧起来。"古拉格"里只有一点点大米和猫粮了。他把大米拿出来，分散放在一个杯子里，把长柄锅洗干净，用他第二件也是最干净的那件衬衫的下摆擦干。他用手指搅拌了下大米，等它煮熟，然后在安吉拉脸颊上吻了一下，把她叫醒。她狼吞虎咽吃起来，吃完的时候说："我们要干什么，树蛙？"

树蛙看着她，耸耸肩。

她手伸到大衣口袋里，把那张图纸展开，上面是之前他画的她的脸。她看着图纸，摸了摸脸颊说："我打赌这些山现在更大了。"

"我可以给你画一张没有淤青的地图。"他说。

"你为什么要画地图呢，伙计？"她问。

"我给每个地方都画地图。我还给我的小窝画地图。"

"为什么？"

"万一上帝要来看呢。"

"什么？"

"这样他就能循着等高线一路回到这里。"

"你信耶稣信过头了还是怎么的？"

"没有。只不过这样他就能找到我。"

她在睡袋里转了个身，叹了口气说："你真奇怪。"她摸了摸那颗松动的牙齿，用另一颗门牙从拇指的长指甲上咬下一块。她用那小片指甲把下面牙齿上剩下的牙垢刮掉了。"我以前牙齿很好，"她说，"大家都说我的牙好极了。"

"你现在也有一口好牙。"

"别骗人了。"

"我没骗人。"

她把那片指甲吐掉的时候,他正透过烛光看着她。"树蛙?"她说,"我口渴。我想吃糖。"

树蛙突然间明白过来,这一切不会持续下去,她会离开的,她不会待在自己的小窝里,他什么也做不了,她来也匆匆去也匆匆。他的膝盖靠在胸口,裹紧毯子,膝盖骨上能感觉到自己低沉的心跳声。他的肝部有隐隐的刺痛感。他问她要烟抽,她在手提包里一通乱翻,最后两手空空,什么都没找到。

"妈的,"她说,"我要去见以利亚。"

"你不能去。"

"为什么不能?"

"蓝毛巾。"他说。

他们一直不说话,差不多一个小时过去了,他不知道他们是不是会这样一直到永远,或许有人会下来,然后发现他们的尸骨,高高挂在小窝里,都已经发白了。如果有钟的话,他就可以给这段沉默估个价。每二十分钟一美分。一小时三分钱。一天七毛两分钱。到他生命结束的时候,他就是百万富翁了。他坐在椅子上左右摇晃,眼睛里抖出一根长头发。

但突然间他坐起来,双手一起在身上拍打,手伸到口袋里,拿出他的瑞士军刀。

"看这个。"他对她说。

树蛙摸了摸胡子,手指在上面动来动去。他拉出剪刀,坐在床边开动起来。他剪下第一撮胡子的时候,感觉寒气在咀嚼他的下巴,这种感觉让他大吃一惊。

安吉拉说:"伙计,你看着年轻了。"

他微微一笑，从下巴中间开始一路刮到左边的鬓角，然后在另一边继续。胡须落到他的腿上，他低头看着一团团毛发说："我记得你们。"剪刀有些钝，他能感觉到脸颊上有些刮伤。就算这样，他刮胡子的时候还是继续紧贴着皮肤。如果有剃刀的话，他可能会刮得更贴面，走进自己的本初，也许甚至会一路刮到骨头。动手的时候，他对安吉拉说，在上面的时候有时候他会在雪上刻下自己的真名，这样他才不会忘记自己的名字，克拉伦斯·内森·沃克。

　　他的拇指和食指操作着小剪刀，红壳小刀动作流畅，甚至都不用来回换手。胡子刮干净之后，他摘下羊毛帽，摸了摸头发。

　　"哇，伙计，我喜欢，不是说你的胡子，你的头发。"

　　"稍等。"

　　为了保护刀刃，他用另一把刀，一把锋利的厨用刀把头发劈断，然后把一团团长头发扔进火堆，闻着它燃烧的味道。他又用剪刀剪了起来，直到头皮上感觉发紧为止。

　　"过来。"安吉拉说。

　　"看我。"他回答道。

　　他从床上跨过，和安吉拉依偎在一起，拉上毯子盖在两人身上。他的衣服和外套都没有脱。她翻过身来面对他，头发碰到他的脑袋，他伸出舌头尝了一下味道，全是地下的臭味，但是他不介意，就那样把舌头放在她头发里，她微笑起来，抚摸着他脸上的胡茬。

　　"你真可爱，树蛙，你真的很可爱。"

　　她的双臂围着他，他轻轻推了下已经合上的睡袋。树蛙深深地吸了口气，双臂交叉摆出 X 形放在胸前，身体往里缩了缩。她在睡袋里一边翻身一边低吟。他弯下腰，把睡袋尾端抖开放平，之前她的脚在那里被睡袋缠住了——她的呼吸变平缓了——他移动了一下，这样他整个身体就能伸直，正好对着她。隧道被火车的前灯点亮，耀眼的光线迎面而来，填满了他的小窝。他的动作全都和着车厢轧在轨道上的咔咔声。

车厢驶过，投出的光线照出一个个移动的阴影，在小窝的墙上组成一段网状脉冲。他轻轻咳嗽了一声，用力闻着她汗毛的味道。他举起毯子的两头，脱下手套，抓住睡袋上的拉链。她稍微转了下身子，他一个齿一个齿地往下拉拉链，这时感觉喉咙发干。

他把睡袋开到她胃部上方，然后伸出手，感觉安吉拉的毛皮大衣很暖和。

"树蛙。"她说。

大衣是很廉价的那种，他双手在塑料仿制纽扣上摸索的时候就能知道。最上面的三颗纽扣已经解开了，他的手指放在第四颗上面，他放松了下来。他解开她身上的三件衬衫，然后扔了出去。他的手放在保暖内衣上，此刻他意识到这下面的肌肤是多么柔软、美丽和圆润。他听到安吉拉的手抬了起来——碰在睡袋上，发出沙沙声——她的手紧紧抓着他的手，引着它进到保暖内衣下面，他的手碰在皮肤上颤抖了一下，她说："你手好冷，伙计。"他把手缩了回来，在自己皮肤上搓了搓，想暖暖手，又伸到保暖内衣下面。衣服的布料很紧，没有什么活动的空间。安吉拉引着他的手，保暖内衣一路上到腹部。她把衣服拉到胸部上面。他的手指紧靠在乳头上面盘旋，似乎想要握住，但始终在她胸上盘旋，他的手退了回去，开始摸她的肚脐。他爱抚她的时候，能听到再轻微不过的喘息落进满是灰尘的枕头里。

"树蛙。"她再次轻声说道。

"克拉伦斯·内森。"他说。

然后她说"噢"的时候,他的双手正抚摸着她的两肋。

安吉拉的手一直贴在他的手上,放在自己的胃部上方,手指迂回而行,他能感觉到她心跳得很快。这些年来,她是第一个被他这样抚摸的女人——肾上腺素嗖地一下涌遍全身,思绪飘渺,血液轻快,放肆勃起。他的手在她乳房边上画圈,但就是不去碰——他不能碰——她的乳头隆起,如自然风景一般,他把手留在那上面盘旋踌躇。"等一下,树蛙。"她小声说道。然后她动作别扭地脱下长运动裤和内衣,又躺回睡袋里。她的头靠在枕头上,对着他微笑,他稍稍移动了下身体——放轻松,别撞车——她拉着他的手紧贴在自己的乳房上,一时间树蛙甚至感觉不需要再找平衡了,她没有说话,一个字也没说,什么都没说,只是抓着他的肩膀,让他更贴近自己,他挤压着她的乳房——他忘记了一切——然后更近一步,她已经解开他的拉链,身体温热,他进入她的身体,她呻吟起来,体会属于女人的所有无尽痛苦,身处边界之上,一边是无聊乏味,一边是属于人类的某种强烈情欲。

*

晚上,以利亚的喊声从窄梁下面传来,然后他用力把那个带血的塑料袋扔到小窝里,塑料袋落地的时候发出一声巨响。

他们离开小窝之前,他选了块很长时间没有画过的地面。他双手颤抖,拿出一张新的纸,在纸的这一面画了一张水平方向的图表,在它下面画了条很长的直线,还用烟盒导直铅笔的轨迹。

他在小窝里走过，用脚上的鞋子感受地形。他给安吉拉看他是怎么做标记的。他一边走，一边叫她，她会用铅笔把他小窝地上高起的地方都标出来，每有一个就在图表上增加一个半英寸高的标记。她把打火机打着，认认真真地在纸上做标记。他拖着步子往回走，准确知道自己的鞋跟会碰到什么东西。他一定要深深地弯腰才能把墙洞这一块搞定。他的双脚碰到了他收集的轮毂盖，与此同时安吉拉的铅笔描绘出一个半圆形的轮廓。他来到小窝的前部，踩在床垫上。从床上再到地上，好像有一段巨大的落差。他双手放在床头桌上探路，把安息日蜡烛从上到下摸了一遍，然后又猛地往下面一闪，刚好没有撞到那具破交通灯，接着他来到小窝的尽头，那里有个很大的陡坡，下面就是隧道。他按照同样的路线返回，确保所有的东西都没错，然后闭上眼睛在床垫上徘徊。

蜡烛燃到了最下面，白色的蜡油渗到了灰尘里。

他的图表完成了——墙洞、床、安息日蜡烛和他埋葬卡斯特的小土丘——他完成之后，整个地形图充满了巨大的山谷、悬崖、山脉和峡谷，这是段艰难的旅程，他知道，就算对上帝来说也是如此。

他在靴子上缠了一些布基胶带，那里有块皮子松了。只见他纵身一跃，来到窄梁上，然后帮安吉拉下到隧道底部。她下来的时候很犹豫，速度很慢。他还带了几条毯子。"我们去哪儿？"安吉拉问。"我一直在想的地方。"他回答道。"我口渴。"她说。他小声对她说，他们会去一个能找到糖的地方。她问他有没有足够多的钱，他点点头，有的。她跑到隧道对面，拾起自己的高跟鞋，把上面的雪抖掉，然后再回来，踮起脚吻了他一下说："来吧，我希望你没撒谎。"

他把眼睛擦干。然后他说，如果他看到以利亚，这次他会毫不犹豫地弄死他，他会打碎他的头盖骨，他会勒死他，他会把他打成烂泥，打入地下，和卡斯特的尸体在一起。但是当他们沿着隧道一路穿过巨大黑暗的时候，他们连个鬼影都没有看到。当他们来到上面的时候，那里很冷，天气很晴朗，一点儿雪也没有下。他们穿过公园，来到街上，走到一家通宵营业的商店外面，他在里面买了烟，安吉拉把领口拉高，摸了摸脸上的淤青，然后停下来微微一笑——"糖。"她说——她期待着，在嘴上涂了唇膏，只是涂得太多了。

第十四章 既然我们都很幸福

他一直住在131街那里。他这一辈子都没发过什么声音。但你看，我爱他胜过世上的一切。所以我们都尽可能多地来看他。就像我跟你说的，他一直在做家具。但出于某些原因，他决定，在自己生命的终点前，他要做一把四弦琴。他弄来一些木头，在上面雕刻一番，四弦琴的样子就出来了，就像这样，你懂吗？有些人叫它小提琴。他会把石榴石砂纸包在软木外面，接着就一整天坐在那里上清漆、雕刻、打磨。然后他弄来些马毛，鬼知道从哪儿来的，给自己装一个琴弓。他说音乐一直是他生命中的一种礼物，还有那架钢琴什么的都很重要。我奶奶甚至还在隧道下面弹过钢琴，但那完全是另一回事儿了。把自己裹在毯子里，姐们。不管了，没错。所以他就一直在公寓里泡茶，等一会儿会到下面的门廊那里做四弦琴。他有这个，这个茶壶套，可以让茶壶保温。它属于我奶奶的妈妈毛拉·奥列里。有一天泡茶的时候，他把茶壶套戴在了头上！以前都是他的孩子们对他这么干的。我小的时候，那茶壶套甚至还戴在我头上过。就因为他喜欢这样，对他来说很好玩。可能他喜欢那样，戴在自己的头上，就像是让他的记忆保温什么的。

然后他会下来，带着那把没做好的四弦琴坐在131街上，头上还有这该死的茶壶套。有人嘲笑他，但他不在乎，他就快死了，他准许自己搞些怪，你懂吗？我有次给他带了个随身听——那时候我有钱——但他对那些玩意儿一点兴趣都没有。妈的，他甚至还给我的莱诺拉弄了个小茶壶套，但她不喜欢戴，我们也不能怪她。我们来过很多次的，和他一起坐在门廊上，那真是段好日子，最好的日子。当时我们都在那儿——莱诺拉也在——那是他第一次拉四弦琴。好家伙，他拉得真差，听上去一塌糊涂，伙计，糟糕透了，对吧？但是也很美妙。他唱了首歌，是首蓝调歌曲，跟四弦琴根本不搭，是这么唱的：老天，我是如此低微渺小，我想我是待在下面往上瞧。我们坐在门廊那里特别高兴，然后就把词改了，我们唱的是：老天，我是如此高高在上，我相信我是待在上面往下望。汽车开过。我们甚至听到大街那头有几声枪响，但是我们根本没在乎。

有几件事我发觉我自己一直都在想，这就是其中之一。待在下面往上瞧，待在上面往下望。我从来没听过比这更好的了，不管你信还是不信。

我知道你很冷，姐们，我也很冷。但是，伙计，我去他公寓的那天才是最冷的。丹塞斯卡和莱诺拉，她们回丹塞斯卡的娘家了，我们所有人都有两个家，不管你对这个怎么想。就像老法拉第。我走到楼梯上，当时我还抽烟——不，不——香烟，香烟，姐们——所以我老是要在离他家还有一层楼的地方确保把烟头在花盆里掐了，因为我跟他说我已经把烟戒了。

我跟你说了，等一会儿。

不管了。听着。

只有我一个人，敲敲门。正常的话他应该是缩在沙发或者什么东西上面，身上还有些疼，但是这次他就给我把门打开了——那是一九八六年，他当时八十九岁，离进棺材也不远了。但是，这次他打开门说，我看到你在街上走，孩子。他全都穿戴好了，有外套、围巾和那个傻得要死的茶壶套。我走进去，自己管自己坐下，打开电视机，里面在放棒球比赛，看，洋基队对红袜队。他问我谁赢了，我告诉他洋基队刚得分，事实上他们还没得。他有个老朋友很喜欢道奇队和洋基队。所以如果洋基队赢了，我爷爷是会很高兴的。洋基队刚打出一个本垒打，我说。然后他就到沙发上说，你跟我出去走走吧。我跟他说外面冷，但是他说，我今天感觉身体很好，我能走上一百万公里。让我们看比赛吧，我说，但是他接着就伸手把我从椅子上拽了起来——他还有些力气——我们穿上外套到外面去了。这边是一个头上顶着茶壶套的老人，房子外面真他妈冷，外面只有几个卖白粉的家伙。

我们去了熟食店，给自己买了一份《每日新闻》，我从没见过他精力这么旺盛，我听说有时候如果你知道你要死了，你就会有精力了。

你不会死的，安吉拉，加油。

然后，看，他往嘴里塞了点烟草，虽然我想抽烟，但我什么也没说。他老是说自己年纪已经够大了，可以做点坏事，他老是说一个老年人一辈子最后悔的事就是自己太规矩了。所以，不管了，我们下去坐了地铁，转几次线，到他很久以前挖过的隧道那里去。我们跑出去站在伊斯特河旁边，离老海关大楼边上的垃圾堆很近，当时他对我说，那边河底下有一枚金戒指，是我曾祖母的，然后我说我知道，因为他告诉过我一百万遍。然后他对我说——你知道他说了什么吗？——他说："我想走过去，穿过那条隧道，跟我的老朋友康打个招呼，我想这么做。"

我说："啊？"

"我要在那河下面走。"他说。

我当然会说："你疯了。"他只是叹了口气说："来吧，我们走下去就乘火车。"

"我们不能在隧道里走。"他说。

我说乘火车,他说乘,孩子。

然后,我们走下台阶——我永远也忘不了——我们放了标志物,我帮他走下台阶。他还是拿着自己的拐杖。我们在站台边上等 M 线地铁,是 M 线地铁吧?对。车来的时候——刹车的声音又尖又响——他用胳膊肘把我挡住,像这样瞪着我的眼睛,说:"怎么样?我说你要在河下面走吗?今天是星期天,我们等下一班,看看两班车之间要多长时间。半个小时就很好了。星期天地铁跑得一般般。"我不知道过了多久,但是他妈的大概快三十五分钟了,我对上面那个谁发誓,我发誓,我们看着对方大笑起来,我爷爷和我。然后那列火车的门关上了,站台上空空荡荡的,还好。我们互相点点头。"好,"他说,"只有几米那么远了,就这样。"我们拍了拍手。当时我速度很快——比现在快——我用手撑了一下,跳到下面的轨道上,接着伸手抓着他,帮他下来。"我们不一定要这样。"我说,然后他说:"我想这样。这就是我想要做的。只有几米了。"

"小心第三轨。"我说。

他很高兴,说:"我知道第三轨是什么,孩子。"

然后他问我:"你有打火机吗?"我问他为什么要。他说万一火车提早来了,我们可以打着打火机,这样司机能看见我们。

我把打火机给了他,问他我们要走多少路,他说十五分钟左右。我说我们最好快点。

接着我们来到离站台几米的地方,开始往黑暗里走。比其他隧道都要暗。说出来我也不怕丢脸,走的时候我们是手拉手的。把你的手给我。

我知道你冷。来,戴我的手套。

我们沿着轨道中间,走到隧道的斜坡那里。他放开我的手,抓住我的肩膀，走在我身后一步的地方。就好像我们被蒙住眼睛一样。我也不知道我们为什么没有停下，而只是一直往前走。我一直在想，我们应该带一个手电筒。然后他把隧道里所有的东西都指了个遍，墙上红色白色的金属条，转弯的地方，焊工开火焊接的地方。

那个隧道，当然是一个人也没有。没人能在那里生活。太窄了。但是这里有人住过，涂鸦艺术家，比如克斯特瑞夫斯2000[1]和其他所有的涂鸦。没有人像"爱心老爹"那样，世界上没有人能像"爱心老爹"那样画画。我们紧紧靠在一起。我在想，那上面，水面上有船，布鲁克林区和曼哈顿区，我们在河下面走路。这里又冷又潮，我们都在发抖。我回头往肩膀后面看，害怕极了。我当时还好。我是说，我没乱。我脑子没乱。

我知道我没有，安吉拉。

没错，你也很可爱。

但是听着。

听好。

我们应该回来的，但是没有。隧道里都是拐弯，还很安静，他拿着打火机，好几次打着时是靠近地面。绕个弯，他说，就是婚礼乐队。我就看到一堆沙砾和几颗卵石，其他什么也没有，但是他抬头看着顶上，天花板，不管叫什么，我问他有没有找到戒指，他说："等一会儿。"打火机的上面烧到了他的拇指。"快点！"我说。"等一会儿，"他说，"我就是看看。""快点快点快点！"他把打火机的盖子合上，往上看，对着天花板说："我们说话的时候洋基队领先一分！"当时我害怕极了，我感

---

[1] "克斯特"和"瑞夫斯"是纽约两位著名涂鸦艺术家的代号。

觉很不好，因为洋基队根本就没打出本垒打，但是我什么也没说。我很害怕。所以我把芝宝打火机拿了过来，抓着他的外套，把他拽到隧道里比较平坦的那块地方来。我自己在想，他进了隧道肯定是疯了。没有老鼠，没有"斯卡格拉克"，没有"巴伦支"，什么都没有——只有我们的呼吸——他说："我记得。"我说："记得什么？"他说："我不记得。"

我说："快点。"

"我的天。"他说。他有时候会这么说。

"走啊！"我说。于是我手往后伸，拽着他的袖子。我不想让芝宝打火机的火灭了，但是它老是烧到我。离第三轨远远的就好了。就在轨道中间。越来越快，越来越快，我用力拖着外套。他动都动不了，我，我在想我是不是得背他。

我没事，让我一个人待会儿，安吉，我没事。

安吉。安吉拉。无所谓了。

听好。

他大概是觉得自己身上有了年轻的感觉，妈的就像这样，八十九岁的人突然十九岁了，他大概是跟着自己回到了过去，一次，两次，三次，铲下去，拉出来，他大概又往上升了——穿过隧道和河水，穿过一切——但是他没有。我只是拖着他走，我们远远地看到地铁站那里有光——他们还很远很远——我当时大叫起来，大叫起来："快点！快点！"他停下来，把双手放在膝盖上，弯下腰说："这些年我就没感觉这么好过。"

然后他就站在那里，眼睛盯着看。他大概认出了那个角落。他大概记起了什么事情。但是他没有动。于是我就更用力地拖他。他的双脚在地上砰砰作响，我看到了站台，我在想，伙计，我们胜利在望了，我们胜利在望了。我们到了,对吗?我们已经从河底走过了。走了一路,从这边走到那边。他把拐杖放到站台上,双手也上去了,然后我听到隆隆声,一列火车爆出很响的汽笛声,两盏前灯在远处亮得耀眼,我——我速度很快——我,我在站台上,手伸下去抓他,抓他的腋下,把他拉上来——火车的光来了——一只手滑了,他又伸手抓,帽子掉下去了,可怕的事来了,你知道的,就是那个茶壶套——那是世界上最傻的东西,他伸手要去拿,我想抓住他,但是他,他看着我,我对上面那个谁发誓——我发誓,我要发誓。我爱他,我爱他,我爱他,安吉,他抬头看着我,他脸上的表情就好像是在说:我们现在干什么呢,孩子,既然我们都很幸福了?

这个梦是这样的:克拉伦斯·内森砍掉自己的双手,把骨头里的骨髓吸出来,一直到出现中空的走廊为止。他走在走廊上,既兴奋又绝望,就像在曼哈顿的时候一样。

丹塞斯卡照顾我。她也伤心得要死。还有莱诺拉,哭得没完没了。她甚至还把他的拐杖放在水族箱里,但它老是掉出来。我是说,世界上没有人会像这个老人一样被大家这样想念。我头脑里老是会看到这一幕——火车拖着他一直走。我在站台上面大叫。列车的轮子发出刺耳的刹车声。然后突然之间,就是你听到过的最巨大的沉默。这之后我什么也不能做。我瘫了。手里什么也没有。我爱他,胜过任何人的爱。
不,我不难过。
我没有哭。
我说了我没有。

看这里——看这个，看——这是我第一次干这个。看，我想要把我的双手和我碰过的所有东西都杀掉——妈的——所有东西我都像这样碰两下。或者这样。现在有时候还这样，但是没有那么过分。现在就是习惯。但是——当时——如果我不碰两次，我会发疯，就像有人抽空我一半的身体。我回到摩天大楼那里，但是我干得不太好，我花了很长时间才爬上去，我的头怦怦地跳，我知道他们想解雇我。所以一天晚上，我就待在摩天大楼顶上——我们当时到四十七层了——和我的这个朋友，"板球"。他给了保安几个子儿，这样他们就不管我们了。天很冷，星星都出来了。我感觉很不好，我的大脑里一直在怦怦怦怦乱响。钢筋其实很危险，因为之前刚下过雨，有点冻住了。城市都被点亮了，就像现在有时候的样子。

　　你看，对我来说就好像是那种所有灯光都模糊的照片，因为快门开着，知道我在说什么吗？

　　我们上了梯子，我们有点喝晕了，我们喝了几瓶啤酒。"板球"一直在说："你肯定是脑子坏了。"但是我一直在想我爷爷，没有什么能让我停下来。我们到了平台上，那里有几根X形的横梁，我到那上面去了。没问题，但是"板球"他有点紧张，因为有点喝晕了。最终他也上来了，我从没见过他爬这么慢。我把香烟从口袋里拿出来。

　　不管了，我点了一支烟，扔到横梁的另一头，"板球"在那里，但老是接不到。我没蜡烛了，但是你应该看看那些小小的红色烟头在空中划过。有一两次"板球"接住了一个，他把手捧起来了，但是大部分香烟都掉到大楼那边去了，被下面的网接住了，我想。但是你应该看看那些小小的红色烟头。像这样。我点了得有两包烟。把它们扔到空中。我整个晚上都坐在横梁上，说出来我也不怕丢脸，我哭得像个婴儿。我就坐在那儿，整个晚上都一直想要扔那些香烟，因为这是我唯一想到的事。

当时我把香烟踩扁，那是第一次，我想。

妈的，对，很疼，但是我感觉不到。

在这只手的手背上烧出一个小洞，就像弹坑。然后这只手，之后"板球"才拦住我。他一把抓住我，他说："我很抱歉，伙计。"他用胳膊围着我说："都会好的。"没到早上我们就回家了，丹塞斯卡，她都慌死了，她要疯了，让我坐下，说她很爱我什么的，她把自己的药膏涂在我手上。她有祖传的药膏配方。

没错，就是黄色的东西，很有效的。

哦，她眼睛是棕色的，很漂亮，跟你很像。

牙很好，没错。

我跟你说过我们会有糖的。

大概早上三点。

但是安吉。安吉拉。

你应该看看那些小小的红色烟头在空中划过。

他观察着回形针的形状。他把弯曲的地方完全拉直，拿着伸长的金属条放在煤气炉的火上。

金属受热变红，他用小钳子把金属拗弯。金属条稍稍有一点弯曲，他在上面吹了口气，让它冷却变硬。克拉伦斯·内森拂开眼前的头发。他一定得很小心，回形针很容易断。他用小钳子钳住回形针放在煤气炉的火上，耐心地在金属条上拗出各种弧度。等他做完的时候，那个回形针看上去像一条鬼鬼祟祟的蛇。还有其他的图形：小船、小眼睛、金字塔和铁锹的形状。

克拉伦斯·内森离开炉子，来到餐桌那里——赤着脚感受木地板上冰冷的钉头——他坐在那儿抽烟，看着青烟盘旋而上。在角落里有一台闪着灰色雪花的电视机。除此之外，一切都静得出奇。他把那些回形针放在灶台上冷却，等它们准备好的时候，他会把它们一个个地加热，直到烫得发红发亮为止。他把那些回形针放在胳膊上，用拳头用力按下去，一直到疼痛感射穿他为止。

他闭上眼睛，咬紧牙关，脖子上的肌腱凸了出来，喉咙里发出一声嘶吼。丹塞斯卡听到过太多次，甚至都不会再从卧室里惊起。

他的心感觉并未参与其中，只剩下身体。感官上的事情。美味可口。他为它感到高兴，向它致意。身体是他的形式，痛苦是其内容。他的皮肤看上去像一块刻着图案的废弃的石柱，身体两边烧焦的程度相同，连同旁观者的好奇心一起燃烧。

他甚至把它们熔进自己的脚里，这样一来，晚上的时候，当他赤脚在地板上走，这些图案看上去就像是在他全身上下动来动去。他回想了一下，沃克到底死几个月了——如果是三个月，他就认定是四个月；如果是五个月，他就认定是六个月；如果是九月份，奇数月，他就认定已经十月份了。

在外面的时候，每次走在人行道上，他都要保证自己的脚不碰到地上的裂缝。他一边走一边数着步子，一定要以偶数结束。有几次为了把数字弄对，他甚至会折返几步。然后他一定要来回地走，来确保左右脚的压力相同。他在一家杂货店门口一会儿往前一会儿往后。店员们都盯着他看。买好香烟之后，他对他们说："谢谢，谢谢。"他回到家，重拾回形针，继续微雕他的躯体。

丹塞斯卡做了一大桌子菜，打破了夜间的沉寂。他坐在桌边，用叉子轻轻敲着空盘子。莱诺拉问他为什么要用两把叉子吃饭。他跟她说这是种特别的游戏,于是她也开始这样做了,后来她母亲在她耳边说了些什么,她这才停下来。

然后他女儿说:"爸爸,你疯了吗?"

"回房间睡觉去,丫头,现在就去。"丹塞斯卡说。

她看着克拉伦斯·内森说:"她才开始有这些概念。"

上班的时候,工头已经注意到有些异常——不管碰什么东西,他都一定要用双手。一九八六年,三十一岁生日的时候,他硬要说自己三十岁。他们听说了香烟的事情。现在已经变成习惯了。他们把他解雇了,他在失业登记办公室填表的时候也填了两次。

在家的时候,他关上电视机。转动旋钮的时候,他需要用左手保持平衡。但这样旋钮是不会转的,于是他就把电视机打开,然后再关上。他发现自己的右手被忽略了。他再一次伸手去碰旋钮。屏幕一闪,活了过来。

开关开,关开关。

开。

关。

一直到最后他都记不清一开始是什么情况。是开着的?是关着的?他抓着自己的头发。他躺在地上,穿上鞋子,两只鞋子上的鞋带系得一样紧,然后用双脚把电视机砸烂。玻璃碎成一片一片。他把手伸到电视机里面数了数,发现碎片的数量是偶数,感到很高兴。他用胶带把它们黏回到一起,再一次用双脚打穿了玻璃。

克拉伦斯·内森坐在地上,前后摇摆,头埋在双手里。

早上他一定要准备两杯咖啡。轮着喝。把黄油贴在四片面包上。确保草莓酱里草莓籽的数量是偶数。

如果他不把自己均分的话，脑子里会有一阵轻微的悸动。返回集中，返回集中。

在房间里的时候，沙发上有些东西让他很不舒服。他看到那儿有个鬼魂，要赶走它。

"就在这里发誓吧。"他大声说道，周围一个人都没有。

"我发誓。"

"以你的生命发誓，你不会再给她一分钱。"

"我以此发誓。"

所有话都重复两遍。

有一次他打电话给问讯处要到一个号码，那人住在曼哈顿，也叫内森·沃克；他听到有个声音在电话里回他，一句话没说就把听筒放了回去。然后他用左手拿起听筒，拨号，又再次把电话放下。一时间，自杀的念头在脑边骚动。他让这个念头待在那里，任由其在他的脑海里挖了一条沟。

我们有间很好的房子，看。在西端大道上。五楼，只是看不到什么风景，不过很好。我一直在摩天大楼上赚钱。那个时候一个电焊工每年可以挣五十个子儿。我们银行里有钱。我们干得不错，但钱还是少了。工会保险还不错。

大概三十二吧。

现在？三十六吧我觉得。你多大了？

放轻松，别撞车。

别的不管了，我当时在莱诺拉的房间里。有这种黄色的墙纸，还有水族箱什么的,她越长越大,现在她那里有电影明星的照片了,也有学校里的男孩子的相片,还有歌手,史蒂夫·汪达[1],库尔邦[2]。她不喜欢离开水族箱,但是那房间要留给我,让我回回神,因此我要待在那儿。所以她就跟丹塞斯卡睡。但是莱诺拉,她老是要进来看。我在水族箱上面装了盏蓝色的小灯,它照下来,照在塑料纸里面,她喜欢那样。顶上很亮,底部很暗,就像个真的水族箱一样。就连老法拉第也会喜欢的。有一次我们一起去宾州车站,我和莱诺拉,我们到自动快照亭给自己拍了张照片,坐在旋转椅上,四张我和她的照片,都在水族箱上面。看,我还有一张,看。

对。

看,她每天都给我送好几盘子吃的,三明治和咖啡什么的,一小壶牛奶,甚至还有从三明治上切下来的焦皮。她就在那儿,看着我问我:"爸爸,你为什么不能用刀吃东西呢?爸爸,妈妈怎么说你不能有鞋带呢?"

有时候丹塞斯卡也会进来,她坐在床头,一边帮我剪头发一边对我说话,她说:"这事谁都可能碰上。不是你的错。"她会把莱诺拉带进来,吻我然后道晚安什么的。她真是世上最好的小孩。我是说,她墙上有水族箱,对吗?还有沃克,在最最上面。我在橱柜里找到了底片,去照相店又印了一份,然后一份又一份,一直到我身边全是他游来游去为止。我印了,我不知道多少份。我猜我应该去精神病院,不过我已经去过好几次了,都是作为门诊病人去的。他们告诉我我没事,这些都是我自己给自己虚构出来的。他们那些说话的人,还有心理学家什么的说我真的很有意思,因为我并没有生理紊乱,如果给我吃药只会更糟,所以他们

---

[1] 美国著名黑人灵魂乐音乐人,出生不久后就因意外失明。
[2] 美国爵士乐团体,上世纪六十年代成立于新泽西。

不会再给我开药了,丹塞斯卡,她跟他们说她会照顾我的。她也是这么做的。她把我照顾得真的很好。她确保我一切都好。吃饭的时候,她把台布铺在桌子上,铺得很好看,就算我还是用叉子在上面划来划去,她也不说什么。我们会聊一会儿天,已经很开心了,我要回回神。但我也喝酒,从丹塞斯卡的提包里拿点钱。跑到卖酒的店里,那里便宜。有时候一天一瓶。

啊哈。

她剪头发赚钱,莱诺拉在学校,我大部分时间在家,我们甚至还买了台新电视,因为之前那台被我砸坏了。

我不知道,安吉。我大概是吧。

妈的,每个人都有点疯,不是吗?

什么?

不。

别走。

待在这儿。太阳要出来了。看这儿,我有三双袜子。穿一双。穿在你手上,我无所谓。我什么东西都无所谓。我从没跟人说过这故事。这儿。穿上。

你为什么不要蓝的呢?

哦。对。没问题。我忘了。

但那不是毛巾。

不管了。

别冻伤了。

看,看怎么样。很好看吧?别走,安吉。就坐在这儿,坐到太阳出来,然后我们就看清楚了。

啊哈。

潮退了。

对对对，沙子很冷，还挺那什么的吧？

别走，安吉。

以利亚？

以利亚什么也没捞着，就是肩膀烂了。他会杀了你的。你看他对卡斯特做了什么。把那该死的毯子拉上，然后听着。

安吉拉。听着。你得告诉我。

你得跟我说你不会恨我。

跟我说。

因为我不想你恨我。

跟我说，因为丹塞斯卡恨我，莱诺拉也恨我。她们走了，那之后我再也没见过她们。所以你要跟我说你不会恨我。

他在港区政府车站碰到了丹塞斯卡和莱诺拉。她们在芝加哥和亲戚们待了两周。他们三个一起打了辆出租车回家。他让司机停在计时表旁边，然后耍他的那套把戏，但是丹塞斯卡没有看，当他从一个计时表跑到下一个计时表上去的时候，她一直低着头。他双臂张开，一直在乞求她看看自己，到最后莱诺拉摇下车窗说："妈妈想让你回到车里来。"

那很糟糕，看。我有点疯。莱诺拉，她老是问问题，比如你为什么再也找不到工作了？为什么妈妈说你病了？为什么妈妈老是想去芝加哥看她的兄弟姐妹？像这种小事情。她大概九岁十岁的样子，她抬头看着我，问我这些问题。有时候，我去洗澡或者看电视什么的时候，她会过去把我在水族箱里的照片换掉，所以有的时候我会在底下，跟浮游生物一块儿。这让我感觉很不好，但是我也没说什么，一句话也没说。别恨我。她有着小女孩特有的那种小眼睛，大多数小孩眼睛都很大，但她的就很小。她耳朵上有道疤，是从三轮车上摔下来的时候弄的。她抬头看着我。我知道这听起来很傻，但是那些小事情让我心碎。

对，我记得这故事。你在后座。

现在你看吧，安吉。嗯，差不多。太阳全升起来了。

对。我也记得那个。你那个老头。

那个叫辛迪的女孩肯定会跳舞。

但是听着。我一定要把这个告诉你。

听着。

看，很多时候我们会去公园，我们三个全去。如果天气潮湿，我会把毛巾垫在屁股下面滑两次滑梯；如果天气干燥，她会爬上去，但她不小了，不能滑了，她也不太喜欢，但是她喜欢秋千，或许这能让她想起我们还正常的时候，那时候我脑子里还没一团糟。或许她记得那个。有时候丹塞斯卡和我会坐在长椅上，她对我说，你要振作起来。我知道。我是说，不是我想那样的。是我的脑子。就是，你知道的，那个操场——

97街上那个。

对。

已经没事了。只要放轻松就好，好吗？

把你的头放在我肩上。就这样。很好。难道感觉不好吗？

我没有在你耳朵边说话。

我没有哭。

安吉。

我在房间里，你知道吗？我在房间里好几天了。就躺在那里。一个人。然后我听到那些孩子都跑进来了，我对自己说，这他妈是什么玩意儿？我从房间里出来，所有的孩子都穿戴整齐。他们是莱诺拉的朋友。我出去的时候一切都很安静。桌上有个大蛋糕。莱诺拉，她跑过来对我说，今天是我生日，爸爸。然后我胃里就觉得一阵空虚，就像我跟你说过的那样，我说生日快乐，生日快乐。我看到桌上那个大蛋糕。于是我进了厨房，从丹塞斯卡的提包里拿了点钱，最后五块钱。我们的钱不多，就连存款也变少了。我不在摩天大楼上工作了。我把那钱藏在口袋里，到外面去，去了家有蛋糕店的超市。但等我回来的时候，那个蛋糕不像原来那么大了。于是我进了厨房，打开橱柜的抽屉，丹塞斯卡一把抓着我的手腕，说把刀放回去。我只是去切蛋糕，我说。她说今天是莱诺拉生日，让莱诺拉切蛋糕。我说求你了，我就是想分蛋糕。

我不知道为什么。但是丹塞斯卡朝我微笑，就好像她懂了，还在我脸颊上吻了一下。

于是我就切了蛋糕，把所有的小蛋糕分在两个盘子里，这样它们就一样大了，都放在白色的大盘子上。

因为我喜欢把东西平均分。

对。

我觉得那可能是我人生中感觉最好的时刻了，就那么坐在房间里，看孩子们吃生日蛋糕，尽管莱诺拉没有机会切蛋糕，而且所有的生日蜡烛都插在了一块蛋糕上。我很开心。坐在那里，做一个父亲。所有那些孩子走了之后，丹塞斯卡一边收拾东西，一边对莱诺拉说，你为什么不和你爸爸一起去公园呢？现在莱诺拉她长大了，但是因为某些原因她还是喜欢秋千。长高了，长胖了，也快到青春期了，但她还是喜欢秋千。

她可以一整天都站在秋千上。所以我们就去了。当时是夏天,操场上有垃圾,上面人行道旁的樱桃树开花了。我们一起来到秋千那里。她梳着辫子。她荡得很开心,要人推一下。我能做的就是让她升得更高一点。我站在她身后。那个小小的木头秋千勉强容下她,双脚在空中划出一道道弧线。一开始我只是推着金属链条往前。她一直在笑。不是故意的。

我发誓。

就是我的手——这只手——在链条上转了个圈,我只碰到她身体一点点边,就是手指轻轻碰到一下,连她都没注意,她喊着要荡得更高一点——她穿着白色的连衣裙,为了生日买的——然后,妈的,我不是有意的,我就是在推她,双手在她腋窝那里,那时丹塞斯卡正好沿着人行道过来,手里拿着三罐可口可乐,但是我看到她了,我的双手放回到金属链条上。但是你看,我又来了一次。

然后我又来了一次。在秋千上。

然后有天晚上我在卧室里来了一次,她当时穿了件小睡衣,我对莱诺拉说,这是我们的小游戏,只是在她腋窝那里玩的,就是这么回事,就是我轻轻摸你的腋窝。

不。

他妈的没门。

不。

我不会再跟你说了。

不是那个。

我没有哭。

我只是冷了,就是这样。天冷我就流鼻涕。

听好了。求你了。

这个女人，看吧，她约了人，因为她说莱诺拉在学校里好像遇到什么事了。我记得这个，因为她进来的时候看着我的手，我的手上全是疤。香烟烫的，还有回形针弄的。我把双手塞在屁股下面，我就坐在那里等着。我和丹塞斯卡坐在桌子旁边。那个社工，她走进来，好像对丹塞斯卡挺好的，但她什么话也没跟我说，她只是说，请您给我们一点儿时间，沃克先生。

这么多年第一次有人这么叫我，沃克先生，看。但是看吧，这名字让我感觉身体里什么都没有，像是被挖空了，所以我就不在房间里待了。当时我喝酒挺凶的。在房间里就有这种杜松子酒。我就是爬到酒瓶里去了，就连敲门什么的也听不见。然后门关了，我听见丹塞斯卡在厨房里。她在橱柜里一通乱翻。我一直看着水族箱。她进我房间的时候拿着一把刀，但是她没有用，只是以防万一。她拿着刀站在我面前，然后扇了我一巴掌，让我的脸贴着肩膀，接着她就走了，巴掌的刺痛感留在我脸上。我在想扇我另一边呀，扇我另一边呀，扇我另一边呀，但是她走了。她在另一间卧室。扇我另一边呀。我走出去，站在过道里。我盯着她看。她伸手去拿行李箱。她把衣服装进去，叠都没有叠，两个箱子都塞得满满的。扇我另一边呀。她把锁锁牢。她从我身边走过，就好像我是空气一样。莱诺拉当时不在，她还在学校里。丹塞斯卡打开莱诺拉的橱柜，举起一个少女胸罩。你认识这个吧？她对我说，又埋头往行李箱里塞东西。她把莱诺拉所有的衣服都装进去，然后把蓝色塑料纸从墙上撕下来，再从地上拾起照片，把我的那张扔给我。她对我说，变态。你就是个十足的变态。

我没法说话。

我整个人却麻木了，就像我跟你说的。

她不是个婊子。

她肯定不是个婊子。

没有,我没有碰她那儿。

没有!

对,就是腋窝。没有其他地方。

我从没碰过那个。没碰过乳头。

就是那旁边。

不是——

她只是个孩子。

只是个孩子。安吉。只是个孩子。

我也没想干吗。

那以后我就再也没见过她,丹塞斯卡把莱诺拉从学校接出来,去了她爸妈那里,我想打电话给她,但我说什么她都不听了,然后她就彻底消失了。他们说她走了,她们俩都走了,他们说她在纽约,不想跟我说话,但是我知道她在哪儿,我知道她在芝加哥。

我一直想去那儿,对。总有一天。

安吉。

安吉!

没有。我绝对没有碰她那儿,我发誓,我从没碰过,我在这儿发誓,这是真的,没碰那儿。

不是那样,不是那玩意儿硬了,绝对不是那么回事儿。

我没有像你想的那样碰她。

没有。

听着!

我是说,这就是我一直想说的。我会在她房间里,我会摸她的肩膀,我的头会晕,我会失去控制,想其他东西。我是说,不是那玩意儿硬了,如果你不相信我,你也就不必相信我,是因为别的东西,但是丹塞斯卡不会听的,没有人会听的。我猜我也不听我自己说,我的脑子真是一团糟,它会一直怦怦怦怦地跳,就像我跟你说的。

　　我一直在想这件事,一直在想。这事我之前没跟别人说过。我是说,我们大家都会有过去,对吗?每个人都只保留他自己喜欢的那部分,这也是人喜欢自己的原因。

　　这不是屁话。

　　不是。

　　啊,安吉,不要。

　　不要,安吉。

　　别那样。

　　我是说,看。

　　在那儿。

　　你没看到吗?看,我跟你说过太阳会出来的。看。现在你看到了。全是灰色的,但是很好看吧?嘿。安吉。

　　妈的,我是说,我就是那意思。你说你之前没见过,安吉。

　　安吉。

　　你说你想看海。

　　去他妈的糖。

　　没错,这就是我该死的糖。我没有那该死的糖了。我也不会再有了。去他妈的糖。

　　去他妈的糖!

　　安吉。

嘿,安吉。你不能去那儿。

他会杀了你的。安吉拉!

你把我该死的袜子弄掉了。

安吉。

安吉拉。

不是像你想的那样。

该死,安吉。安吉拉。安——吉——拉!

我把他从她那里弄走。

丹塞斯卡离开后的几个星期,克拉伦斯·内森一直睡在街上,在这个城市的其他街区。他的头发很短,天气太冷,他能感觉到耳朵很疼。他在河滨公园用他的瑞士军刀捅了一个红头发的男人。他以前见过这人,他也是无家可归的。克拉伦斯·内森正坐在哈德逊河边的公园长椅上,红头发的家伙拍拍他的肩膀——"给根烟,伙计?"——克拉伦斯·内森叫他在另一边肩膀上再拍一下,以保持平衡。红头发的哈哈大笑,往前伸手从他嘴里把点着的香烟偷了出来。刀刃很小,也不够快,但是它滑进去又滑出来,红头发的站在那里,一小片血迹在T恤衫上胃部的位置散开。克拉伦斯·内森跑开了,过了一会儿他乘公交车的时候,用刀捅了自己。几个星期之后他又看到那个红头发的,红头发的说他要杀了他,但是克拉伦斯·内森扔给他两包烟,事儿就了结了,他再也没见过那个红头发的。他在城市里到处乱晃,感觉很疼。他那双工作靴有一只鞋底掉下来了,他用从杂货店偷来的胶水把它粘了起来。有天下午,他远远地看到"板球"在公园里走,他躲在河堤旁边的杂草堆里。公园里吸毒的人和男妓特别多,但是他们都不会再问他要不要口交了,他现在已经垮了，耷拉着脑袋，脏得要死，长长的衬衫把精壮的躯体遮了起来，这样他就不用盯着伤疤看了。

有时候公园里会有一对母子。他会迅速走上来，跟在后面，然后挡着脸从她们身边走过，等在灯柱或者公园的长凳旁边，再转身一看，发现不是她们。

有天下午实在是无聊至极，他看到一只鸽子飞过公园，朝山脚那里俯冲下去，穿过铁门，他在想那鸽子是不是住在隧道里的。有一处河堤可以通向铁门，他顺着那里下去了。沙果树旁的花儿已经开了一些。他的双脚滑到了污泥里。门锁住了。克拉伦斯·内森一直盯着铁门上的条条框框看，发现有根横杆是往后弯的。他等了很长时间才让自己的心平静下来，然后他弯下身子，用手肘开道，从缺口穿了过去。他在金属平台上站了很长时间，就像他和他爷爷曾做过的一样。一片安静。隧道很高很宽，十分优雅。他从台阶走下去的时候起了一身鸡皮疙瘩。他来到昏暗的隧道深处，经过一堆垃圾。他打开一个酒瓶抿了一口，抬头看着天花板。他盯着隧道看了好久，然后他感觉到某种东西穿过他的身体升腾起来，一种原始而必需的东西；他现在知道他属于这里，这是他的地方。

他拖着步子一路走着，看到一片土堆里种了一棵死树，看到壁画被上面照亮了。再往隧道深处走，他对行走于自己上方的这个世界感到好奇，那些孤寂的灵魂，平淡的生活，还有他们身上形式各异的耻辱。丹塞斯卡在上面，还有莱诺拉，在某个地方，他不知道在哪儿。他试过打电话到芝加哥，但是电话被砰地一声挂断了。他甚至还想过买大巴车票，但是他自身的疼痛太过强烈，除了待在这里，他哪儿都去不了。他喜欢这里，这种黑暗。他踩在轨道上，脚下能感受到轻微的隆隆声，几秒钟之后，一列火车驶来，喇叭声尖利刺耳，他走到旁边看着它开过，乘车上下班的人靠在窗口毫无察觉。然后火车驶过，剩下的就只有他眼睛上红色灯光的印迹，他回到墙边，躺在萨尔瓦多·达利的熔钟壁画下，不知道现在几点。

他透过天花板上的隔栅看上面，看着天光离开天空。他让双手在身体上移来移去，然后对着隧道墙壁就是狠狠一拳，然后又来一次，每次他都感觉手上裂开一道口子。他一直不停地捶墙，直到两只拳头上都是血为止，然后他把上面的血混在一起，继续捶墙，直到自己筋疲力尽为止。他甚至还用手肘敲墙，接着他便东倒西歪地跌入最黑暗的黑暗之中，隧道里一点声音也没有。

克拉伦斯·内森可以感觉到双手上的疼痛，但是他不在乎，他希望自己可以杀掉它们，消灭它们，弄死它们。它们与手腕连在一起，并没有什么意义——其他都不管，他就是想要摆脱这双手。

刚才他在这里看到有鸽子飞过，现在回来发现四周一片黑暗，感觉要吵架一样。他撞上一根柱子，于是就用上所有能记起来的体操动作爬了上去，然后来到一根很窄的横梁上。他在上面一路走，手上的疼痛让他很开心——他甚至已经感觉不到了，这是他的一部分，是器质性的——他在隧道里很高的地方，各种壮观的平衡都在他身上停留，没有任何其他人和东西的影子，这里又冷又静，超越尘世，他发现这条路通向一间架在半空中的房间，这让他很惊讶，他对着黑漆漆的房间张开面目全非的双手，然后倒了下来，蜷成一团，但并没有睡着。

关于这件事，安吉，一个人需要些时间才能把自己的双手埋起来。你在听吗？如果我想的话，我在这儿就可以把我的手埋了。盯着看好了。看它是怎么消失的。就在这儿的沙土里。两只。安吉。安吉拉。真该死，你他妈到底去哪儿了？安吉。看它们是怎么消失的。

第十五章　我们的重生跟以前的不一样

　　他一个人在康尼岛的沙滩上醒来,涨起的潮水离他只有不到两米,波浪里夹杂着塑料碎片和浑浊的泡沫,他身边都是难得一闻的水声聒噪,一只衰弱无力的猎狼犬在他脚边嗅来嗅去。他动弹了一下,狗就跑开了。他的脚趾在靴子里,感觉冰凉,他记得把自己的袜子给了安吉拉。他动了动身子,把头发上的沙子搓掉,这么短的头发真是让他感到震惊。他站了起来,把衣服和毯子上的沙子都抖掉,然后手伸到口袋里找太阳眼镜,但是眼镜被打烂了,碎成了两半。他想让眼镜在耳朵上保持平衡,但最终还是掉了下来。他把眼镜留在沙滩上,朝海那边看去,他感觉天气要变了,远处的地平线上泛着一抹晨间特有的红色。看到太阳这么快就升了起来,他觉得很奇怪。过了这一瞬间,太阳缓慢移动,又开始一天的苦差。

　　他转过身来,离开了沙滩。

　　不少早起的人在沙滩边的人行道上慢跑。几对情侣喝醉了酒从夜总会里出来。有个俄罗斯犹太人戴着顶黑色的帽子,胡子很长,头发卷卷的。还有个人推着银色小推车,在那里卖咖啡和甜甜圈。

　　他把手伸到外套口袋里,发现自己还带着从法拉第的葬礼上拿来的五元钞票,上面还穿着一根针。他买了咖啡和面包圈,在沙滩边的人行道上走了一小段路,边咳嗽边吐痰。他痰里的血从没有像这次那么多。他感觉咖啡的热度灼烤着他的全身,胃部收缩得太厉害,他只能吃下半个面包圈。他扔了点面包圈给那只狗,它还在下面的沙滩上。猎狼犬嗅了嗅那半个面包圈，然后转身快步跑开了。他听到远处的高架轨道上有火车的隆隆声。他数出一块两毛五，然后径直朝车站走去。人行道边是半融的积雪。手掌上被他自己划开的地方现在已经结痂了。

他轻触羊毛帽子的帽檐，让两位年长的女士先过。

"早上好，女士们。"他说道。她们都没理他，快步向前。

他撑起身子从进站闸机上越过，没有人拦他。他坐在列车的正数第二节车厢里，在一排座位的中间，没有挨着地铁路线图。列车上全都是得体的西服和套装，有个女人正在给自己脸上扑粉。他注意到除了他身边的那几个，其他的座位全都有人坐了。他知道自己身上的味道肯定很难闻，那一刻他在考虑是否要站起来，把自己的位子让给一个女人——哪个女人都行——然后站到两个车厢之间，让风把他的气味带走。但是他没有这么做，而是在座位上伸展开来，然后蜷着身子，把手放在脑袋下面，随着 D 线地铁的节奏摇摆。他已经清空了自己过往的记忆，克拉伦斯·内森·沃克生命中所知晓的一切都留在了这里和隧道之间。

"还有老西恩·鲍尔，上帝拯救了他的灵魂，老鲍尔有次跟我说，上帝不会停留，随它去吧，上帝不会停留，放了个屁。但是我不愿意这么想，孩子，不过的确很好笑，让我笑出来了。我嘛，我想是另外一回事儿。夜里有的时候，看，我还是能感觉到整个身子从那河里升起来。"

他等在门口，刚下过一场雪，周围一下子变得很安静，他拾起一小块雪，在脸上猛擦，感觉重新振作，充满活力，头脑灵敏。他整个早晨都在汽车站待着——单程票十五块，他们跟他说。他口袋里有二十块钱。

瓶瓶罐罐。赎银[1]。

雪上有一排脚印,他知道它们是属于安吉拉的。他把靴子放在脚印里,把它们拉长。

克拉伦斯·内森把两件外套都脱下来,从铁门的间隙里挤了过去,站在金属站台上喘口气,把外套穿上。一路上,夺目的蓝色光束在黑暗的隧道里时隐时现。雪片从光线里穿过,这段旅程既熟悉又漫长——它们旋转,它们落下,它们聚在一起。他从台阶上下来,快步从一根光束走到另一根光束,享受这段短暂且强烈的光明。

这个男人,脸上刮得干干净净,衣服裹了一件又一件,看上去黑漆漆的,衣服的衬里垂打着大腿。他看起来很瘦,像是极其潦倒,他的工作靴上裹着胶带,紫色的帽子紧紧压在耳朵上,光束里的尘埃碰撞在他身上之后又向各个角度弹开,好像就连这束光也不想碰他。但他还是十分确定地往前走着,动作奇怪但很流畅,一边走一边在轨道边沿上保持平衡。克拉伦斯·内森重新审视了自己一遍,绕一圈又回到原点,他的每一个影子都会引出下一个,而这不过是黑暗游乐园里的又一道阴影。他看到一只小老鼠在轨道边跑来跑去,不由发起抖来,就好像它会伴他度过余生。他拾起一把砾石,朝老鼠扔了过去,然后接着走。

三十九天的冰雪严寒。他的双脚已经麻木,一点儿痛的感觉也没有。胡碴已经开始冒出,下巴看上去黑黑的。但是他动作很快,目的性强,单一而准确。

他在以利亚的住处停下,把耳朵贴到门上,收音机里的音乐在安吉拉的笑声底下流动,这一点他并不感到意外。他闭着眼睛,想象着以利亚,还有阵阵爱的撞击传遍他全身,就算是肩膀已经被打烂、膝盖骨已

---

[1] 此处为圣经典故,出自《旧约·民数记》第3章49节。

经被敲碎也毫无影响，他想象着以利亚或许正准备悄悄向她胃部下方袭去，动作干脆有力。克拉伦斯·内森发现门已经修好了，以利亚也把法拉第的坐便器顺走了。一抹微笑瞬间掠过他的嘴角，但是当他想到卡斯特的时候，微笑就不见了，他想冲进去扑向他们，但是他没有那么做，他知道自己不会那样，以后也永远不会。他会任由他们自己摧残自己，无尽的冬天还没有到来。

"安吉拉，"他轻轻说道，"安吉。"

他朝空中挥了一拳，继续往前走，一路上有成堆的罐头、购物车、婴儿车、死树、屎尿的味道，只要是这个世界上能想得到的污秽之物，这里都会有一点儿。他用手指碰了碰死树，不知道它是不是有一天会开花。这种荒谬的想法让他自己咯咯发笑，绮丽的花瓣突然绽放，就像遥远的钢琴声，多年前在地底下奏响。哈莱姆区曾有一棵树，希望之树——他爷爷告诉过他——人们拓宽第七大道的时候，那棵树被砍倒了。树的一部分现在还在市区的一家剧院里。

克拉伦斯·内森在隧道里走的时候，有一段回忆闪过。都是那首歌的来历。主啊，我不曾见过日落，自从我下落至此。

他把一只手插进口袋，在很里面的地方找到一个粉红色的手球。手球在手上转的时候，他窥探到阴影里有动静，他的眼睛已经是训练有素了，他能察觉出那是个男人，长头发，络腮胡，肮脏不堪，然后他意识到他正在看树蛙。"嘿哎。"他说，那个身影微笑着点头回应。克拉伦斯·内森转过身，把球往墙上砸。拍打一下身体两侧，他开始热起来了，他感觉那个身影还在盯着他看。克拉伦斯·内森让球始终留在空中，在死树上方来来回回，他玩球的时候，所有遗传特征贯穿他的全身——那个在佐治亚州的沃克，眼睛盯着墙上的蛇皮看；把脸凑在枕头边的沃克，那枕头在他梦里不停移动；伊斯特河边的沃克，和几个戴帽子的人在一起；满心欢喜，把鸽子漆成两种颜色的沃克；手指放在系着缎带的钢琴上面的沃克；用拳头把汽车打凹进去的沃克；和一个瘦小女孩在湖边的沃克；用石榴石砂纸把软木包住的沃克；从地铁轨道抬头看他的沃克；戴红帽子的沃克；在巨大湍流里的沃克；我们现在干什么呢，孩子，既然我们都很幸福了？

克拉伦斯一直让球保持在空中，隧道里唯一的声音就是橡胶撞击墙壁发出的砰砰声。

他用右手抓住球，咬了咬脸颊内侧。他顺着肩膀往后看，光束流泻照亮了整个隧道。不变的是，树蛙站在阴影里，看着他。他们的交流是无声的，彼此点一点头，一种理解。克拉伦斯·内森把球往墙上用力一扔，接到球的时候准许自己笑出来。他把球放到树枝分叉的地方，往他的小窝的方向走去。

石钟乳已经开始往下滴了。他伸出手，就一只手，用手掌接住滴下来的石钟乳，抹在脸上，他的眼睛马上亮了起来，欢欣愉悦——那个用拇指按住留声机的唱针，不让它跳针的沃克；把铁锹插进棕色河床的沃克；木桨摇动，膝盖弯曲，坐在载着地衣的小船里的沃克；对着隧道天棚读报纸的沃克；哼着歌骑着自行车的沃克，车把上挂了笼子，得很小心才能保持平衡；在铁锹上刻下自己名字首字母的沃克。

克拉伦斯·内森穿过轨道，来到水泥柱那里，一把抓住把手，把自己拽了上去。他的身体让人放心，每个动作都一模一样，他可以一直在这些柱子和横梁上走来走去。离地三米，他知道即使他想要掉下来也不是件容易的事，他的双臂会跟记忆打起来，四肢会去抓住或者握住周围的东西，他会死去，但是他的身体或许仍旧会活下来。横梁摸上去还是很冷。他的皮肤或许会粘在横梁上，手印会永远留在上面。他走过横梁，没有数步子，来到第二根柱子前，穿过最后一根窄梁。他熟练地翻过矮墙，来到交通灯旁边，低头看着树蛙的影子，现在隧道里就他一个人了。克拉伦斯·内森闭着眼睛，坐了一会儿，然后在地上摸索了一番，找到一支蜡烛，只剩下一小段了，他把它点着。他身边升起一个小小的光环——被警棍打得额头留疤的沃克；从三轮车上摔下来的莱诺拉；礼服店里的沃克；手里甩着书包，放学回家的莱诺拉；手掌根砸进电焊工牙齿的沃克；拉扯身上床单的莱诺拉；在镜子前打扮自己的沃克；换掉墙上那张老人照片的莱诺拉；在雪茄店雨篷下面喘气的沃克；盯着切好的生日蛋糕看的莱诺拉；探下身子抓住帽子的沃克；女孩睡衣的肩带滑落；在隧道里驾着独木筏的沃克，返回集中，返回集中；把关于莱诺拉的部分从树上抹去的沃克；在大水柱上的沃克，往上，往上，往上。

克拉伦斯·内森靠在小窝边上，低头看着下面的阴影，朝向一片黑暗，似笑非笑地说："我们的重生跟以前的不一样。"

对他来说，这火光并没有像燃烧的灌木丛或者光柱那么亮，但他还是咧嘴笑了起来，然后用双脚碰了碰床头小桌的边沿。

蜡烛滴下的蜡油在桌上流成硬邦邦的一摊。他又碰了碰桌子，看着白色的湖泊随之摇晃。然后他又用脚碰了碰桌子，比刚才更用力，他感觉不错，感觉对味，这下他用的力气更大，一时间桌子快要倒下了，又回到原位。晨间的列车在隧道里呼啸而过，但他没有在意，走了回来。他就踢出一只脚，床边桌猛地撞到墙上，白色的湖泊底朝天了——其中有无穷的能量——他举起床边桌,狠狠往墙上砸,听到木头爆裂的声音。他从地上捡起碎片,把它们弄成各种各样的小块。他把这些碎片从小窝那里扔下去,它们落在隧道里,离轨道有段距离。

克拉伦斯·内森把靴子甩到交通灯上。原本用带刺的铁丝钩在墙上的交通灯晃得很厉害。他把两件外套都脱下来扔到床上,开始用力把交通灯从原来的地方拉出来。它微微颤抖,灰尘从挂钩的孔里渗了出来,他不停地用力拉,一直到它被扯下来为止。他手里拿着灯,人往后倒下,同时哈哈大笑。他举起交通灯——放轻松,别撞车——在每块玻璃上打出个拳头大的洞,先是绿灯,然后黄灯,然后红灯。他面带笑意举起交通灯,扔到了窄梁上。交通灯在空中旋转,下落,砸得稀烂,彩色的玻璃碎片飞到远处,散落在隧道的石子堆上。

他伸手把天花板上挂的一排领带拽了下来,这时他脑子里闪过一个念头,就是在额头上绑一条,但是没有时间解领带结,他只是把它们团在一起扔出去,看着它旋转散开,有各种颜色,最后落地弹起。他拿出口琴,也要扔掉,一路滑翔,或许在它砸到地上之前,簧片里会发出几声鸣响。他在小窝另一边把尿壶里的东西倒掉,那东西划出一道长长的黄色弧线。空罐子跟着下去。他抬起床垫,让它斜过来,然后打着打火机,看到床褥潮湿的那面有蛆在爬。尽管如此,他还是在那下面寻找了一番,看看有没有零钱和香烟,最后他找到几个抽了一半的烟头,还有一小瓶没开封的杜松子酒,他咧嘴笑了起来,把杜松子酒倒在地上。然后他用力拍打着他自己和安吉拉沉睡的鬼魂,再把床垫翻了个面,扔到小窝下方。

落地的时候是一声悲伤的巨响。

他把手伸到"古拉格"里面扫了一遍,确保里面什么都不剩。几个轮毂盖旋转着从他手指间飞出去，滑过隧道，撞在墙上的时候发出一声奇怪的高音。他把一块石头踢进火堆，他还活着，他身体里进行着一百万个动作，他在小窝里走的时候经过精心计算，什么东西都不要，就连落在地上的头发和胡须也不例外。当他把这些东西扔下去的时候，它们飘在空中，像羽毛一样大幅摆动。

克拉伦斯·内森来到后面的墙洞，动作十分小心，这样就不会惊扰到卡斯特所在的小土墩。他来到书架那里，一下子把它拉倒。

先扔书。他拖着步子在后面的墙洞里走进走出，把那些书搬出小窝，其中大多数都翻开着落在轨道上。迪恩或许会过来把它们收走。他低头看着自己的那些散落在冻泥间的地图。有好几打。他非常明白它们将如何燃烧起来，也明白这意味着什么。一打密封塑料袋落到地上。他走了出来，来到火堆边，寻找自己的芝宝打火机。他把地图都揉成一团——火焰之中有上帝此行的路线和他自己各种不同的面孔——他看看小窝的周围，咯咯直笑，其中没有悲伤，地图都化作灰烬，等高线都燃尽。烟雾飘过隧道，去到上面的世界：四年的地图付之一炬。他回到自己那堆衣服那里，往塑料袋里塞了几样他可能需要的东西——除了几件衬衫、几条裤子和一双运动鞋外，就没有别的了——塑料袋滚落下来，落在轨道旁边，他待会儿会把它捡起来，只用来扔的话，这个袋子已经够重了。

想要就是不去得到，他这样想着，记起了莱诺拉和他抚摸她的样子，但不再有这种空虚感，此刻的平静充满了他。

他应该在这儿待一会儿，欣赏这空荡荡的小窝，但是他却没有。他走了出去，来到窄梁上，他的腿肚子有点微微发抖。两肘收起来贴紧身体。他下方六米处是一片巨大的黑暗深渊。窄梁上还有一点结冰。半支点着的香烟栖在他嘴边。他闭上眼睛，微笑，让自己在窄梁上转了半圈，慢慢地，一点一点地移动，同时咂着舌头。香烟在他唇边上下摆动。他的靴子在冰上嘎吱作响。他知道，眼睛看不见意味着一切都是突如其来的；除了回忆，其他东西到来之前都不会声张。所有真实的光芒都会随着回忆之光减退而减退。

　　走到一半，他的脸上摆出一种诡异的笑容，只用一只脚站立，伸出一只胳膊，然后伸另一只，换一条腿，把脑袋靠在肩膀上，在地下国家鹤舞起来。

　　他微微摇晃，单腿跳跃，转圈，伸开胳膊保持平衡。让自己没有头发没有胡子，这个主意现在在他看来真是棒极了，他告诉自己，虽然现在他没有，但如果有面镜子，只有这次他或许才有勇气看自己闭起的双眼。想想就荒唐，他咯咯大笑起来，在窄梁上转身，一整圈转完了。他现在知道，他会想办法去见她，或许他永远不会，但是——当他这么做的时候——他没想要求什么，但他想告诉她，他做的那些事并不是那个意思，他一直在寻找自己的祖先，生命的馈赠，他会告诉她，当她还小的时候，他把自己的爷爷拉起来，他一直都在把内森·沃克的肩膀从她身体上拉开。

　　我一直都在把内森·沃克的肩膀从你身体上拉开。

　　但是现在，他充分伸开双臂，一只脚放在身前，脑袋靠紧腋窝，然后抬起，变换身体的动作，看到自己可笑的样子，克拉伦斯·内森微笑着——次，两次，三次，铲下去，拉出来——他说，他再次充分伸开双臂，他说："我们的重生跟以前的不一样。"

　　但是他转身，单腿跳跃，知道这或许并不真实，落到地上，在隧道里，他人生的碎石堆里，膝盖弯曲，心脏狂跳，他让一个字停在舌头上，就一次，它停在那里，一种不平衡。他穿过光束，走进黑暗，又走进光束，经过小隔间，他停了一会儿，听安吉拉的呼吸声。他给了她一个飞吻，然后接着走，经过那棵死树，越过壁画，身体变得非常轻，没有在隧道里投下任何阴影。他对着铁门微笑，掂量一下舌头上那个词的分量，它所有的可能性，它所有的美，它所有的希望，一个词：重生。